比较文学与世界文学 研究丛书

主编 曹顺庆

二编 第 **18** 册

钱钟书《管锥编》入门（之一）
《诗经》篇（上）

周 敏 著

花木兰文化事业有限公司

国家图书馆出版品预行编目资料

钱钟书《管锥编》入门（之一）《诗经》篇（上）／周敏 著
－－初版－－新北市：花木兰文化事业有限公司，2023〔民
112〕
目 4+198 面；19×26 公分
（比较文学与世界文学研究丛书 二编 第 18 册）
ISBN 978-626-344-329-7（精装）
1.CST：钱钟书 2.CST：管锥编 3.CST：诗经 4.CST：学术思想
810.8   111022124

ISBN-978-626-344-329-7

9 786263 443297

比较文学与世界文学研究丛书

二编 第十八册   ISBN：978-626-344-329-7

钱钟书《管锥编》入门（之一）
《诗经》篇（上）

作　者	周　敏
主　编	曹顺庆
企　划	四川大学双一流学科暨比较文学研究基地
总编辑	杜洁祥
副总编辑	杨嘉乐
编辑主任	许郁翎
编　辑	张雅淋、潘玟静　美术编辑 陈逸婷
出　版	花木兰文化事业有限公司
发行人	高小娟
联络地址	台湾 235 新北市中和区中安街七二号十三楼
	电话：02-2923-1455／传真：02-2923-1452
网　址	http://www.huamulan.tw 信箱 service@huamulans.com
印　刷	普罗文化出版广告事业
初　版	2023 年 3 月
定　价	二编 28 册（精装）新台币 76,000 元　　版权所有 请勿翻印

钱钟书《管锥编》入门（之一）
《诗经》篇（上）

周敏 著

作者简介

周敏，1957 年出生，安徽铜陵人。独立学者。

爱好文史哲和写作。曾被中国国学学会授予"国学九大名家"；被中国传统文化研究会授予"中国传统文化标杆人物"；被英国皇家艺术研究院聘请为荣誉院士。

从 2014 年起研究钱学，百度编辑部设专属定制刊载其读钱札记，各家网络纷纷转载，很多篇什被收进《百度文库》、《一点资讯》等，获得一致好评，尤其深受开设钱锺书选修课程的中、高校学子和广大钱学爱好者的欢迎！

提　　要

《管锥编》是钱钟书的扛鼎之作，共四部，由十个分册合集而成，涵盖易经、诗经、楚辞、老子、史记等十大经典，纵贯古今，横扫中西，体大思精，辞采雅丽，是中华传统文化的经典荟萃和集大成者。

然而，《管锥编》用文言写成，繁体字，文字排列不分段落，冷僻字难查难输。书籍内容虽精彩绝伦却读解不易，使得莘莘学子和广大钱学爱好者心向往之，却往往知难却步，不利文化瑰宝的传播和普及。

作者在准确把握钱著的基础上，逐篇梳理，揭示其文化精奥，厘清其逻辑层次，用深入浅出的语言讲解其内涵和要点，并陈述自己的研究心得。每一篇的文后有附录，将钱钟书《管锥编》原著的繁体转化成简体并经过了认真的校核，便于读者学习研究。

本书名为钱钟书《管锥编》入门（之一）《诗经篇》，是作者对钱钟书《管锥编》第二分册《毛诗正义》的读解札记。

比较文学的中国路径

曹顺庆

　　自德国作家歌德提出"世界文学"观念以来，比较文学已经走过近二百年。比较文学研究也历经欧洲阶段、美洲阶段而至亚洲阶段，并在每一阶段都形成了独具特色学科理论体系、研究方法、研究范围及研究对象。中国比较文学研究面对东西文明之间不断加深的交流和碰撞现况，立足中国之本，辩证吸纳四方之学，而有了如今欣欣向荣之景象，这套丛书可以说是应运而生。本丛书尝试以开放性、包容性分批出版中国比较文学学者研究成果，以观中国比较文学学术脉络、学术理念、学术话语、学术目标之概貌。

一、百年比较文学争讼之端——比较文学的定义

　　什么是比较文学？常识告诉我们：比较文学就是文学比较。然而当今中国比较文学教学实际情况却并非完全如此。长期以来，中国学术界对"什么是比较文学？"却一直说不清，道不明。这一最基本的问题，几乎成为学术界纠缠不清、莫衷一是的陷阱，存在着各种不同的看法。其中一些看法严重误导了广大学生！如果不辨析这些严重误导了广大学生的观点，是不负责任、问心有愧的。恰如《文心雕龙·序志》说"岂好辩哉，不得已也"，因此我不得不辩。

　　其中一个极为容易误导学生的说法，就是"比较文学不是文学比较"。目前，一些教科书郑重其事地指出：比较文学不是文学比较。认为把"比较"与"文学"联系在一起，很容易被人们理解为用比较的方法进行文学研究的意思。并进一步强调，比较文学并不等于文学比较，并非任何运用比较方法来进行的比较研究都是比较文学。这种误导学生的说法几乎成为一个定论，

一个基本常识，其实，这个看法是不完全准确的。

让我们来看看一些具体例证，请注意，我列举的例证，对事不对人，因而不提及具体的人名与书名，请大家理解。在 Y 教授主编的教材中，专门设有一节以"比较文学不是文学比较"为题的内容，其中指出"比较文学界面临的最大的困惑就是把'比较文学'误读为'文学比较'"，在高等院校进行比较文学课程教学时需要重点强调"比较文学不是文学比较"。W 教授主编的教材也称"比较文学不是文学的比较"，因为"不是所有用比较的方法来研究文学现象的都是比较文学"。L 教授在其所著教材专门谈到"比较文学不等于文学比较"，因为，"比较"已经远远超出了一般方法论的意义，而具有了跨国家与民族、跨学科的学科性质，认为将比较文学等同于文学比较是以偏概全的。"J 教授在其主编的教材中指出，"比较文学并不等于文学比较"，并以美国学派雷马克的比较文学定义为根据，论证比较文学的"比较"是有前提的，只有在地域观念上跨越打通国家的界限，在学科领域上跨越打通文学与其他学科的界限，进行的比较研究才是比较文学。在 W 教授主编的教材中，作者认为，"若把比较文学精神看作比较精神的话，就是犯了望文生义的错误，一百余年来，比较文学这个名称是名不副实的。"

从列举的以上教材我们可以看出，首先，它们在当下都仍然坚持"比较文学不是文学比较"这一并不完全符合整个比较文学学科发展事实的观点。如果认为一百余年来，比较文学这个名称是名不副实的，所有的比较文学都不是文学比较，那是大错特错！其次，值得注意的是，这些教材在相关叙述中各自的侧重点还并不相同，存在着不同程度、不同方面的分歧。这样一来，错误的观点下多样的谬误解释，加剧了学习者对比较文学学科性质的错误把握，使得学习者对比较文学的理解愈发困惑，十分不利于比较文学方法论的学习、也不利于比较文学学科的传承和发展。当今中国比较文学教材之所以普遍出现以上强作解释，不完全准确的教科书观点，根本原因还是没有仔细研究比较文学学科不同阶段之史实，甚至是根本不清楚比较文学不同阶段的学科史实的体现。

实际上，早期的比较文学"名"与"实"的确不相符合，这主要是指法国学派的学科理论，但是并不包括以后的美国学派及中国学派的学科理论，如果把所有阶段的学科理论一锅煮，是不妥当的。下面，我们就从比较文学学科发展的史实来论证这个问题。"比较文学不是文学比较""comparative literature is not literary comparison"，只是法国学派提出的比较文学口号，只是法国学派一派的主张，而不是整个比较文学学科的基本特征。我们不能够把这个阶段性的比较文学口号扩大化，甚至让其突破时空，用于描述比较文学所有的阶段和学派，更不能够使其"放之四海而皆准"。

法国学派提出"比较文学不是文学比较"，这个"比较"（comparison）是他们坚决反对的！为什么呢，因为他们要的不是文学"比较"（literary comparison），而是文学"关系"（literary relationship），具体而言，他们主张比较文学是实证的国际文学关系，是不同国家文学的影响关系，influences of different literatures，而不是文学比较。

法国学派为什么要反对"比较"（comparison），这与比较文学第一次危机密切相关。比较文学刚刚在欧洲兴起时，难免泥沙俱下，乱比的情形不断出现，暴露了多种隐患和弊端，于是，其合法性遭到了学者们的质疑：究竟比较文学的科学性何在？意大利著名美学大师克罗齐认为，"比较"（comparison）是各个学科都可以应用的方法，所以，"比较"不能成为独立学科的基石。学术界对于比较文学公然的质疑与挑战，引起了欧洲比较文学学者的震撼，到底比较文学如何"比较"才能够避免"乱比"？如何才是科学的比较？

难能可贵的是，法国学者对于比较文学学科的科学性进行了深刻的的反思和探索，并提出了具体的应对的方法：法国学派采取壮士断臂的方式，砍掉"比较"（comparison），提出比较文学不是文学比较（comparative literature is not literary comparison），或者说砍掉了没有影响关系的平行比较，总结出了只注重文学关系（literary relationship）的影响（influences）研究方法论。法国学派的创建者之一基亚指出，比较文学并不是比较。比较不过是一门名字没取好的学科所运用的一种方法……企图对它的性质下一个严格的定义可能是徒劳的。基亚认为：比较文学不是平行比较，而仅仅是文学关系史。以"文学关系"为比较文学研究的正宗。为什么法国学派要反对比较？或者说为什么法国学派要提出"比较文学不是文学比较"，因为法国学派认为"比较"（comparison）实际上是乱比的根源，或者说"比较"是没有可比性的。正如巴登斯佩哲指出："仅仅对两个不同的对象同时看上一眼就作比较，仅仅靠记忆和印象的拼凑，靠一些主观臆想把可能游移不定的东西扯在一起来找点类似点，这样的比较决不可能产生论证的明晰性"。所以必须抛弃"比较"。只承认基于科学的历史实证主义之上的文学影响关系研究（based on scientificity and positivism and literary influences.）。法国学派的代表学者卡雷指出：比较文学是实证性的关系研究："比较文学是文学史的一个分支：它研究拜伦与普希金、歌德与卡莱尔、瓦尔特·司各特与维尼之间，在属于一种以上文学背景的不同作品、不同构思以及不同作家的生平之间所曾存在过的跨国度的精神交往与实际联系。"正因为法国学者善于独辟蹊径，敢于提出"比较文学不是文学比较"，甚至完全抛弃比较（comparison），以防止"乱比"，才形成了一套建立在"科学"实证性为基础的、以影响关系为特征的"不比较"的比较文学学科理论体系，这终于挡住了克罗齐等人对比较文学"乱比"的批判，形成了以"科学"实证为特征的文学影响关系研究，确立了法国学派的学科理论和一整套方法论体系。当然，法国学派悍然砍掉比较研究，又不放弃"比较文学"这个名称，于是不可避免地出现了比较文学名不副实的尴尬现象，出现了打着比较文学名号，而又不比较的法国学派学科理论，这才是问题的关键。

当然，法国学派提出"比较文学不是文学比较"，只注重实证关系而不注重文学比较和文学审美，必然会引起比较文学的危机。这一危机终于由美国著名比较文学家韦勒克（René Wellek）在 1958 年国际比较文学协会第二次大会上明确揭示出来了。在这届年会上，韦勒克作了题为《比较文学的危机》的挑战性发言，对"不比较"的法国学派进行了猛烈批判，宣告了倡导平行比较和注重文学审美的比较文学美国学派的诞生。韦勒克作了题为《比较文学的危机》的挑战性发言，对当时一统天下的法国学派进行了猛烈批判，宣告了比较文学美国学派的诞生。韦勒克说："我认为，内容和方法之间的人为界线，渊源和影响的机械主义概念，以及尽管是十分慷慨的但仍属文化民族主义的动机，是比较文学研究中持久危机的症状。"韦勒克指出："比较也不能仅仅局限在历史上的事实联系中，正如最近语言学家的经验向文学研究者表明的那样，比较的价值既存在于事实联系的影响研究中，也存在于毫无历史关系的语言现象或类型的平等对比中。"很明显，韦勒克提出了比较文学就是要比较（comparison），就是要恢复巴登斯佩哲所讽刺和抛弃的"找点类似点"的平行比较研究。美国著名比较文学家雷马克（Henry Remak）在他的著名论文《比较文学的定义与功用》中深刻地分析了法国学派为什么放弃"比较"（comparison）的原因和本质。他分析说："法国比较文学否定'纯粹'的比较（comparison），它忠实于十九世纪实证主义学术研究的传统，即实证主义所坚持并热切期望的文学研究的'科学性'。按照这种观点,纯粹的类比不会得出任何结论,尤其是不能得出有更大意义的、系统的、概括性的结论。……既然值得尊重的科学必须致力于因果关系的探索,而比较文学必须具有科学性,因此,比较文学应该研究因果关系,即影响、交流、变更等。"雷马克进一步尖锐地指出,"比较文学"不是"影响文学"。只讲影响不要比较的"比较文学",当然是名不副实的。显然,法国学派抛弃了"比较"(comparison),但是仍然带着一顶"比较文学"的帽子,才造成了比较文学"名"与"实"不相符合,造成比较文学不比较的尴尬,这才是问题的关键。

美国学派最大的贡献,是恢复了被法国学派所抛弃的比较文学应有的本义——"比较"(The American school went back to the original sense of comparative literature——"comparison"),美国学派提出了标志其学派学科理论体系的平行比较和跨学科比较:"比较文学是一国文学与另一国或多国文学的比较,是文学与人类其他表现领域的比较。"显然,自从美国学派倡导比较文学应当比较(comparison)以后,比较文学就不再有名与实不相符合的问题了,我们就不应当再继续笼统地说"比较文学不是文学比较"了,不应当再以"比较文学不是文学比较"来误导学生!更不可以说"一百余年来,比较文学这个名称是名不副实的。"不能够将雷马克的观点也强行解释为"比较文学不是比较"。因为在美国学派看来,比较文学就是要比较(comparison)。比较文学就是要恢复被巴登斯佩哲所讽刺和抛弃的"找点类似点"的平行比较研究。因为平行研究的可比性,正是类同性。正如韦勒克所说,"比较的价值既存在于事实联系的影响研究中,也存在于毫无历史关系的语言现象或类型的平等对比中。"恢复平行比较研究、跨学科研究,形成了以"找点类似点"的平行研究和跨学科研究为特征的比较文学美国学派学科理论和方法论体系。美国学派的学科理论以"类型学"、"比较诗学"、"跨学科比较"为主,并拓展原属于影响研究的"主题学"、"文类学"等领域,大大扩展比较文学研究领域。

二、比较文学的三个阶段

下面,我们从比较文学的三个学科理论阶段,进一步剖析比较文学不同阶段的学科理论特征。现代意义上的比较文学学科发展以"跨越"与"沟通"为目标,形成了类似"层叠"式、"涟漪"式的发展模式,经历了三个重要的学科理论阶段,即:

一、欧洲阶段，比较文学的成形期；二、美洲阶段，比较文学的转型期；三、亚洲阶段，比较文学的拓展期。我们将比较文学三个阶段的发展称之为"涟漪式"结构，实际上是揭示了比较文学学科理论的继承与创新的辩证关系：比较文学学科理论的发展，不是以新的理论否定和取代先前的理论，而是层叠式、累进式地形成"涟漪"式的包容性发展模式，逐步积累推进。比较文学学科理论发展呈现为层叠式、"涟漪"式、包容式的发展模式。我们把这个模式描绘如下：

法国学派主张比较文学是国际文学关系，是不同国家文学的影响关系。形成学科理论第一圈层：比较文学——影响研究；美国学派主张恢复平行比较，形成学科理论第二圈层：比较文学——影响研究＋平行研究＋跨学科研究；中国学派提出跨文明研究和变异研究，形成学科理论第三圈层：比较文学——影响研究＋平行研究＋跨学科研究＋跨文明研究＋变异研究。这三个圈层并不互相排斥和否定，而是继承和包容。我们将比较文学三个阶段的发展称之为层叠式、"涟漪"式、包容式结构，实际上是揭示了比较文学学科理论的继承与创新的辩证关系。

法国学派提出，可比性的第一个立足点是同源性，由关系构成的同源性。同源性主要是针对影响关系研究而言的。法国学派将同源性视作可比性的核心，认为影响研究的可比性是同源性。所谓同源性，指的是通过对不同国家、不同民族和不同语言的文学的文学关系研究，寻求一种有事实联系的同源关系，这种影响的同源关系可以通过直接、具体的材料得以证实。同源性往往建立在一条可追溯关系的三点一线的"影响路线"之上，这条路线由发送者、接受者和传递者三部分构成。如果没有相同的源流，也就不可能有影响关系，也就谈不上可比性，这就是"同源性"。以渊源学、流传学和媒介学作为研究的中心，依靠具体的事实材料在国别文学之间寻求主题、题材、文体、原型、思想渊源等方面的同源影响关系。注重事实性的关联和渊源性的影响，并采用严谨的实证方法，重视对史料的搜集和求证，具有重要的学术价值与学术意义，仍然具有广阔的研究前景。渊源学的例子：杨宪益，《西方十四行诗的渊源》。

比较文学学科理论的第二阶段在美洲，第二阶段是比较文学学科理论的转型期。从 20 世纪 60 年代以来，比较文学研究的主要阵地逐渐从法国转向美国，平行研究的可比性是什么？是类同性。类同性是指是没有文学影响关系的不同国家文学所表现出的相似和契合之处。以类同性为基本立足点的平行研究与影响研究一样都是超出国界的文学研究，但它不涉及影响关系研究的放送、流传、媒介等问题。平行研究强调不同国家的作家、作品、文学现象的类同比较，比较结果是总结出于文学作品的美学价值及文学发展具有规律性的东西。其比较必须具有可比性，这个可比性就是类同性。研究文学中类同的：风格、结构、内容、形式、流派、情节、技巧、手法、情调、形象、主题、文类、文学思潮、文学理论、文学规律。例如钱钟书《通感》认为，中国诗文有一种描写手法，古代批评家和修辞学家似乎都没有拈出。宋祁《玉楼春》词有句名句："红杏枝头春意闹。"这与西方的通感描写手法可以比较。

比较文学的又一次危机：比较文学的死亡

九十年代，欧美学者提出，比较文学作为一门学科已经死亡！最早是英国学者苏珊·巴斯奈特 1993 年她在《比较文学》一书中提出了比较文学的死亡论，认为比较文学作为一门学科，在某种意义上已经死亡。尔后，美国学者斯皮瓦克写了一部比较文学专著，书名就叫《一个学科的死亡》。为什么比较文学会死亡，斯皮瓦克的书中并没有明确回答！为什么西方学者会提出比较文学死亡论？全世界比较文学界都十分困惑。我们认为，20 世纪 90 年代以来，欧美比较文学继"理论热"之后，又出现了大规模的"文化转向"。脱离了比较文学的基本立场。首先是不比较，即不讲比较文学的可比性问题。西方比较文学研究充斥大量的 Culture Studies（文化研究），已经不考虑比较的合理性，不考虑比较文学的可比性问题。第二是不文学，即不关心文学问题。西方学者热衷于文化研究，关注的已经不是文学性，而是精神分析、政治、性别、阶级、结构等等。最根本的原因，是比较文学学科长期囿于西方中心论，有意无意地回避东西方不同文明文学的比较问题，基本上忽略了学科理论的新生长点，比较文学学科理论缺乏创新，严重忽略了比较文学的差异性和变异性。

要克服比较文学的又一次危机，就必须打破西方中心论，克服比较文学学科理论一味求同的比较文学学科理论模式，提出适应当今全球化比较文学研究的新话语。中国学派，正是在此次危机中，提出了比较文学变异学研究，总结出了新的学科理论话语和一套新的方法论。

中国大陆第一部比较文学概论性著作是卢康华、孙景尧所著《比较文学导论》，该书指出："什么是比较文学？现在我们可以借用我国学者季羡林先生的解释来回答了：'顾名思义，比较文学就是把不同国家的文学拿出来比较，这可以说是狭义的比较文学。广义的比较文学是把文学同其他学科来比较，包括人文科学和社会科学'。"[1]这个定义可以说是美国雷马克定义的翻版。不过，该书又接着指出："我们认为最精炼易记的还是我国学者钱钟书先生的说法：'比较文学作为一门专门学科，则专指跨越国界和语言界限的文学比较'。更具体地说，就是把不同国家不同语言的文学现象放在一起进行比较，研究他们在文艺理论、文学思潮，具体作家、作品之间的互相影响。"[2]这个定义似乎更接近法国学派的定义，没有强调平行比较与跨学科比较。紧接该书之后的教材是陈挺的《比较文学简编》，该书仍旧以"广义"与"狭义"来解释比较文学的定义，指出："我们认为，通常说的比较文学是狭义的，即指超越国家、民族和语言界限的文学研究……广义的比较文学还可以包括文学与其他艺术（音乐、绘画等）与其他意识形态（历史、哲学、政治、宗教等）之间的相互关系的研究。"[3]中国比较文学早期对于比较文学的定义中凸显了很强的不确定性。

由乐黛云主编，高等教育出版社 1988 年的《中西比较文学教程》，则对比较文学定义有了较为深入的认识，该书在详细考查了中外不同的定义之后，该书指出："比较文学不应受到语言、民族、国家、学科等限制，而要走向一种开放性，力图寻求世界文学发展的共同规律。"[4]"世界文学"概念的纳入极大拓宽了比较文学的内涵，为"跨文化"定义特征的提出做好了铺垫。

随着时间的推移，学界的认识逐步深化。1997 年，陈惇、孙景尧、谢天振主编的《比较文学》提出了自己的定义："把比较文学看作跨民族、跨语言、跨文化、跨学科的文学研究，更符合比较文学的实质，更能反映现阶段人们对于比较文学的认识。"[5]2000 年北京师范大学出版社出版了《比较文学概论》修订本，提出："什么是比较文学呢？比较文学是一种开放式的文学研究，它具有宏观的视野和国际的角度，以跨民族、跨语言、跨文化、跨学科界限的各种文学关系为研究对象，在理论和方法上，具有比较的自觉意识和兼容并包的特色。"[6]这是我们目前所看到的国内较有特色的一个定义。

---

1 卢康华、孙景尧著《比较文学导论》，黑龙江人民出版社 1984，第 15 页。
2 卢康华、孙景尧著《比较文学导论》，黑龙江人民出版社 1984 年版。
3 陈挺《比较文学简编》，华东师范大学出版社 1986 年版。
4 乐黛云主编《中西比较文学教程》，高等教育出版社 1988 年版。
5 陈惇、孙景尧、谢天振主编《比较文学》，高等教育出版社 1997 年版。
6 陈惇、刘象愚《比较文学概论》，北京师范大学出版社 2000 年版。

具有代表性的比较文学定义是 2002 年出版的杨乃乔主编的《比较文学概论》一书，该书的定义如下："比较文学是以跨民族、跨语言、跨文化与跨学科为比较视域而展开的研究，在学科的成立上以研究主体的比较视域为安身立命的本体，因此强调研究主体的定位，同时比较文学把学科的研究客体定位于民族文学之间与文学及其他学科之间的三种关系：材料事实关系、美学价值关系与学科交叉关系，并在开放与多元的文学研究中追寻体系化的汇通。"[7]方汉文则认为："比较文学作为文学研究的一个分支学科，它以理解不同文化体系和不同学科间的同一性和差异性的辩证思维为主导，对那些跨越了民族、语言、文化体系和学科界限的文学现象进行比较研究，以寻求人类文学发生和发展的相似性和规律性。"[8]由此而引申出的"跨文化"成为中国比较文学学者对于比较文学定义所做出的历史性贡献。

我在《比较文学教程》中对比较文学定义表述如下："比较文学是以世界性眼光和胸怀来从事不同国家、不同文明和不同学科之间的跨越式文学比较研究。它主要研究各种跨越中文学的同源性、变异性、类同性、异质性和互补性，以影响研究、变异研究、平行研究、跨学科研究、总体文学研究为基本方法论，其目的在于以世界性眼光来总结文学规律和文学特性，加强世界文学的相互了解与整合，推动世界文学的发展。"[9]在这一定义中，我再次重申"跨国""跨学科""跨文明"三大特征，以"变异性""异质性"突破东西文明之间的"第三堵墙"。

"首在审己，亦必知人"。中国比较文学学者在前人定义的不断论争中反观自身，立足中国经验、学术传统，以中国学者之言为比较文学的危机处境贡献学科转机之道。

三、两岸共建比较文学话语——比较文学中国学派

中国学者对于比较文学定义的不断明确也促成了"比较文学中国学派"的生发。得益于两岸几代学者的垦拓耕耘，这一议题成为近五十年来中国比较文学发展中竖起的最鲜明、最具争议性的一杆大旗，同时也是中国比较文学学科理论研究最有创新性，最亮丽的一道风景线。

---

7 杨乃乔主编《比较文学概论》，北京大学出版社 2002 年版。
8 方汉文《比较文学基本原理》，苏州大学出版社 2002 年版。
9 曹顺庆《比较文学教程》，高等教育出版社 2006 年版。

比较文学"中国学派"这一概念所蕴含的理论的自觉意识最早出现的时间大约是20世纪70年代。当时的台湾由于派出学生留洋学习，接触到大量的比较文学学术动态，率先掀起了中外文学比较的热潮。1971年7月在台湾淡江大学召开的第一届"国际比较文学会议"上，朱立元、颜元叔、叶维廉、胡辉恒等学者在会议期间提出了比较文学的"中国学派"这一学术构想。同时，李达三、陈鹏翔（陈慧桦）、古添洪等致力于比较文学中国学派早期的理论催生。如1976年，古添洪、陈慧桦出版了台湾比较文学论文集《比较文学的垦拓在台湾》。编者在该书的序言中明确提出："我们不妨大胆宣言说，这援用西方文学理论与方法并加以考验、调整以用之于中国文学的研究，是比较文学中的中国派"[10]。这是关于比较文学中国学派较早的说明性文字，尽管其中提到的研究方法过于强调西方理论的普世性，而遭到美国和中国大陆比较文学学者的批评和否定；但这毕竟是第一次从定义和研究方法上对中国学派的本质进行了系统论述，具有开拓和启明的作用。后来，陈鹏翔又在台湾《中外文学》杂志上连续发表相关文章，对自己提出的观点作了进一步的阐释和补充。

在"中国学派"刚刚起步之际，美国学者李达三起到了启蒙、催生的作用。李达三于60年代来华在台湾任教，为中国比较文学培养了一批朝气蓬勃的生力军。1977年10月，李达三在《中外文学》6卷5期上发表了一篇宣言式的文章《比较文学中国学派》，宣告了比较文学的中国学派的建立，并认为比较文学中国学派旨在"与比较文学中早已定于一尊的西方思想模式分庭抗礼。由于这些观念是源自对中国文学及比较文学有兴趣的学者，我们就将含有这些观念的学者统称为比较文学的'中国'学派。"并指出中国学派的三个目标：1、在自己本国的文学中，无论是理论方面或实践方面，找出特具"民族性"的东西，加以发扬光大，以充实世界文学；2、推展非西方国家"地区性"的文学运动，同时认为西方文学仅是众多文学表达方式之一而已；3、做一个非西方国家的发言人，同时并不自诩能代表所有其他非西方的国家。李达三后来又撰文对比较文学研究状况进行了分析研究，积极推动中国学派的理论建设。[11]

继中国台湾学者垦拓之功，在20世纪70年代末复苏的大陆比较文学研

---

10 古添洪、陈慧桦《比较文学的垦拓在台湾》，台湾东大图书公司1976年版。
11 李达三《比较文学研究之新方向》，台湾联经事业出版公司1978年版。

究亦积极参与了"比较文学中国学派"的理论建设和学科建设。

季羡林先生 1982 年在《比较文学译文集》的序言中指出："以我们东方文学基础之雄厚，历史之悠久，我们中国文学在其中更占有独特的地位，只要我们肯努力学习，认真钻研，比较文学中国学派必然能建立起来，而且日益发扬光大"[12]。1983 年 6 月，在天津召开的新中国第一次比较文学学术会议上，朱维之先生作了题为《比较文学中国学派的回顾与展望》的报告，在报告中他旗帜鲜明地说："比较文学中国学派的形成（不是建立）已经有了长远的源流，前人已经做出了很多成绩，颇具特色，而且兼有法、美、苏学派的特点。因此，中国学派绝不是欧美学派的尾巴或补充"[13]。1984 年，卢康华、孙景尧在《比较文学导论》中对如何建立比较文学中国学派提出了自己的看法，认为应当以马克思主义作为自己的理论基础，以我国的优秀传统与民族特色为立足点与出发点，汲取古今中外一切有用的营养，去努力发展中国的比较文学研究。同年在《中国比较文学》创刊号上，朱维之、方重、唐弢、杨周翰等人认为中国的比较文学研究应该保持不同于西方的民族特点和独立风貌。1985 年，黄宝生发表《建立比较文学的中国学派：读〈中国比较文学〉创刊号》，认为《中国比较文学》创刊号上多篇讨论比较文学中国学派的论文标志着大陆对比较文学中国学派的探讨进入了实际操作阶段。[14]1988 年，远浩一提出"比较文学是跨文化的文学研究"（载《中国比较文学》1988 年第 3期）。这是对比较文学中国学派在理论特征和方法论体系上的一次前瞻。同年，杨周翰先生发表题为"比较文学：界定'中国学派'，危机与前提"（载《中国比较文学通讯》1988 年第 2 期），认为东方文学之间的比较研究应当成为"中国学派"的特色。这不仅打破比较文学中的欧洲中心论，而且也是东方比较学者责无旁贷的任务。此外，国内少数民族文学的比较研究，也应该成为"中国学派"的一个组成部分。所以，杨先生认为比较文学中的大量问题和学派问题并不矛盾，相反有助于理论的讨论。1990 年，远浩一发表"关于'中国学派'"（载《中国比较文学》1990 年第 1 期），进一步推进了"中国学派"的研究。此后直到 20 世纪 90 年代末，中国学者就比较文学中国学派的建立、理论与方法以及相应的学科理论等诸多问题进行了积极而富有成效的探讨。

---

12 张隆溪《比较文学译文集》，北京大学出版社 1984 年版。

13 朱维之《比较文学论文集》，南开大学出版社 1984 年版。

14 参见《世界文学》1985 年第 5 期。

刘介民、远浩一、孙景尧、谢天振、陈淳、刘象愚、杜卫等人都对这些问题付出过不少努力。《暨南学报》1991 年第 3 期发表了一组笔谈，大家就这个问题提出了意见，认为必须打破比较文学研究中长期存在的法美研究模式，建立比较文学中国学派的任务已经迫在眉睫。王富仁在《学术月刊》1991 年第 4 期上发表"论比较文学的中国学派问题"，论述中国学派兴起的必然性。而后，以谢天振等学者为代表的比较文学研究界展开了对"X+Y"模式的批判。比较文学在大陆复兴之后，一些研究者采取了"X+Y"式的比附研究的模式，在发现了"惊人的相似"之后便万事大吉，而不注意中西巨大的文化差异性，成为了浅度的比附性研究。这种情况的出现，不仅是中国学者对比较文学的理解上出了问题，也是由于法美学派研究理论中长期存在的研究模式的影响，一些学者并没有深思中国与西方文学背后巨大的文明差异性，因而形成"X+Y"的研究模式，这更促使一些学者思考比较文学中国学派的问题。

经过学者们的共同努力，比较文学中国学派一些初步的特征和方法论体系逐渐凸显出来。1995 年，我在《中国比较文学》第 1 期上发表《比较文学中国学派基本理论特征及其方法论体系初探》一文，对比较文学在中国复兴十余年来的发展成果作了总结，并在此基础上总结出中国学派的理论特征和方法论体系，对比较文学中国学派作了全方位的阐述。继该文之后，我又发表了《跨越第三堵'墙'创建比较文学中国学派理论体系》等系列论文，论述了以跨文化研究为核心的"中国学派"的基本理论特征及其方法论体系。这些学术论文发表之后在国内外比较文学界引起了较大的反响。台湾著名比较文学学者古添洪认为该文"体大思精，可谓已综合了台湾与大陆两地比较文学中国学派的策略与指归，实可作为'中国学派'在大陆再出发与实践的蓝图"[15]。

在我撰文提出比较文学中国学派的基本特征及方法论体系之后，关于中国学派的论争热潮日益高涨。反对者如前国际比较文学学会会长佛克马（Douwe Fokkema）1987 年在中国比较文学学会第二届学术讨论会上就从所谓的国际观点出发对比较文学中国学派的合法性提出了质疑，并坚定地反对建立比较文学中国学派。来自国际的观点并没有让中国学者失去建立比较文学中国学派的热忱。很快中国学者智量先生就在《文艺理论研究》1988 年第

---

15 古添洪《中国学派与台湾比较文学界的当前走向》，参见黄维梁编《中国比较文学理论的垦拓》167 页，北京大学出版社 1998 年版。

1 期上发表题为《比较文学在中国》一文，文中援引中国比较文学研究取得的成就，为中国学派辩护，认为中国比较文学研究成绩和特色显著，尤其在研究方法上足以与比较文学研究历史上的其他学派相提并论，建立中国学派只会是一个有益的举动。1991 年，孙景尧先生在《文学评论》第 2 期上发表《为"中国学派"一辩》，孙先生认为佛克马所谓的国际主义观点实质上是"欧洲中心主义"的观点，而"中国学派"的提出，正是为了清除东西方文学与比较文学学科史中形成的"欧洲中心主义"。在 1993 年美国印第安纳大学举行的全美比较文学会议上，李达三仍然坚定地认为建立中国学派是有益的。二十年之后，佛克马教授修正了自己的看法，在 2007 年 4 月的"跨文明对话——国际学术研讨会（成都）"上，佛克马教授公开表示欣赏建立比较文学中国学派的想法[16]。即使学派争议一派繁荣景象，但最终仍旧需要落点于学术创见与成果之上。

比较文学变异学便是中国学派的一个重要理论创获。2005 年，我正式在《比较文学学》[17]中提出比较文学变异学，提出比较文学研究应该从"求同"思维中走出来，从"变异"的角度出发，拓宽比较文学的研究。通过前述的法、美学派学科理论的梳理，我们也可以发现前期比较文学学科是缺乏"变异性"研究的。我便从建构中国比较文学学科理论话语体系入手，立足《周易》的"变异"思想，建构起"比较文学变异学"新话语，力图以中国学者的视角为全世界比较文学学科理论提供一个新视角、新方法和新理论。

比较文学变异学的提出根植于中国哲学的深层内涵，如《周易》之"易之三名"所构建的"变易、简易、不易"三位一体的思辨意蕴与意义生成系统。具体而言，"变易"乃四时更替、五行运转、气象畅通、生生不息；"不易"乃天上地下、君南臣北、纲举目张、尊卑有位；"简易"则是乾以易知、坤以简能、易则易知、简则易从。显然，在这个意义结构系统中，变易强调"变"，不易强调"不变"，简易强调变与不变之间的基本关联。万物有所变，有所不变，且变与不变之间存在简单易从之规律，这是一种思辨式的变异模式，这种变异思维的理论特征就是：天人合一、物我不分、对立转化、整体关联。这是中国古代哲学最重要的认识论，也是与西方哲学所不同的"变异"思想。

---

16 见《比较文学报》2007 年 5 月 30 日，总第 43 期。

17 曹顺庆《比较文学学》，四川大学出版社 2005 年版。

由哲学思想衍生于学科理论，比较文学变异学是"指对不同国家、不同文明的文学现象在影响交流中呈现出的变异状态的研究，以及对不同国家、不同文明的文学相互阐发中出现的变异状态的研究。通过研究文学现象在影响交流以及相互阐发中呈现的变异，探究比较文学变异的规律。"[18]变异学理论的重点在求"异"的可比性，研究范围包含跨国变异研究、跨语际变异研究、跨文化变异研究、跨文明变异研究、文学的他国化研究等方面。比较文学变异学所发现的文化创新规律、文学创新路径是基于中国所特有的术语、概念和言说体系之上探索出的"中国话语"，作为比较文学第三阶段中国学派的代表性理论已经受到了国际学界的广泛关注与高度评价，中国学术话语产生了世界性影响。

四、国际视野中的中国比较文学

文明之墙让中国比较文学学者所提出的标识性概念获得国际视野的接纳、理解、认同以及运用，经历了跨语言、跨文化、跨文明的多重关卡，国际视野下的中国比较文学书写亦经历了一个从"遍寻无迹""只言片语"而"专篇专论"，从最初的"话语乌托邦"至"阶段性贡献"的过程。

二十世纪六十年代以来港台学者致力于从课程教学、学术平台、人才培养，国内外学术合作等方面巩固比较文学这一新兴学科的建立基石，如淡江文理学院英文系开设的"比较文学"（1966），香港大学开设的"中西文学关系"（1966）等课程；台湾大学外文系主编出版之《中外文学》月刊、淡江大学出版之《淡江评论》季刊等比较文学研究专刊；后又有台湾比较文学学会（1973 年）、香港比较文学学会（1978）的成立。在这一系列的学术环境构建下，学者前贤以"中国学派"为中国比较文学话语核心在国际比较文学学科理论、方法论中持续探讨，率先启声。例如李达三在 1980 年香港举办的东西方比较文学学术研讨会成果中选取了七篇代表性文章，以 *Chinese-Western Comparative Literature: Theory and Strategy* 为题集结出版，[19]并在其结语中附上那篇"中国学派"宣言文章以申明中国比较文学建立之必要。

学科开山之际，艰难险阻之巨难以想象，但从国际学者相关言论中可见西方对于中国比较文学学科的发展抱有的希望渺小。厄尔·迈纳（Earl Miner）

---

18 曹顺庆主编《比较文学概论》，高等教育出版社 2015 年版。

19 *Chinese-Western Comparative Literature：Theory & Strategy*，Chinese Univ Pr.1980-6

在 1987 年发表的 *Some Theoretical and Methodological Topics for Comparative Literature* 一文中谈到当时西方的比较文学鲜有学者试图将非西方材料纳入西方的比较文学研究中。（until recently there has been little effort to incorporate non-Western evidence into Western com- parative study.）1992 年，斯坦福大学教授 David Palumbo-Liu 直接以《话语的乌托邦：论中国比较文学的不可能性》为题（*The Utopias of Discourse: On the Impossibility of Chinese Comparative Literature*）直言中国比较文学本质上是一项"乌托邦"工程。（My main goal will be to show how and why the task of Chinese comparative literature, particularly of pre-modern literature, is essentially a *utopian* project.）这些对于中国比较文学的诘难与质疑，今美国加州大学圣地亚哥分校文学系主任张英进教授在其1998 编著的 *China in a polycentric world: essays in Chinese comparative literature* 前言中也不得不承认中国比较文学研究在国际学术界中仍然处于边缘地位（The fact is, however, that Chinese comparative literature remained marginal in academia, even though it has developed closely with the rest of literary studies in the United Stated and even though China has gained increasing importance in the geopolitical world order over the past decades.）。[20]但张英进教授也展望了下一个千年中国比较文学研究的蓝景。

新的千年新的气象，"世界文学""全球化"等概念的冲击下，让西方学者开始注意到东方，注意到中国。如普渡大学教授斯蒂文·托托西（Tötösy de Zepetnek, Steven）1999 年发长文 *From Comparative Literature Today Toward Comparative Cultural Studies* 阐明比较文学研究更应该注重文化的全球性、多元性、平等性而杜绝等级划分的参与。托托西教授注意到了在法德美所谓传统的比较文学研究重镇之外，例如中国、日本、巴西、阿根廷、墨西哥、西班牙、葡萄牙、意大利、希腊等地区，比较文学学科得到了出乎意料的发展（emerging and developing strongly）。在这篇文章中，托托西教授列举了世界各地比较文学研究成果的著作，其中中国地区便是北京大学乐黛云先生出版的代表作品。托托西教授精通多国语言，研究视野也常具跨越性，新世纪以来也致力于以跨越性的视野关注世界各地比较文学研究的动向。[21]

20　Moran T . Yingjin Zhang, Ed. China in a Polycentric World: Essays in Chinese Comparative Literature[J].现代中文文学学报,2000,4(1):161-165.

21　Tötösy de Zepetnek, Steven. "From Comparative Literature Today Toward Comparative Cultural Studies." CLCWeb: Comparative Literature and Culture 1.3 (1999):

以上这些国际上不同学者的声音一则质疑中国比较文学建设的可能性，一则观望着这一学科在非西方国家的复兴样态。争议的声音不仅在国际学界，国内学界对于这一新兴学科的全局框架中涉及的理论、方法以及学科本身的立足点，例如前文所说的比较文学的定义，中国学派等等都处于持久论辩的漩涡。我们也通晓如果一直处于争议的漩涡中，便会被漩涡所吞噬，只有将论辩化为成果，才能转漩涡为涟漪，一圈一圈向外辐射，国际学人也在等待中国学者自己的声音。

上海交通大学王宁教授作为中国比较文学学者的国际发声者自 20 世纪末至今已撰文百余篇，他直言，全球化给西方学者带来了学科死亡论，但是中国比较文学必将在这全球化语境中更为兴盛，中国的比较文学学者一定会对国际文学研究做出更大的贡献。新世纪以来中国学者也不断地将自身的学科思考成果呈现在世界之前。2000 年，北京大学周小仪教授发文（*Comparative Literature in China*）[22]率先从学科史角度构建了中国比较文学在两个时期（20 世纪 20 年代至 50 年代，70 年代至 90 年代）的发展概貌，此文关于中国比较文学的复兴崛起是源自中国文学现代性的产生这一观点对美国芝加哥大学教授苏源熙（Haun Saussy）影响较深。苏源熙在 2006 年的专著 *Comparative Literature in an Age of Globalization* 中对于中国比较文学的讨论篇幅极少，其中心便是重申比较文学与中国文学现代性的联系。这篇文章也被哈佛大学教授大卫·达姆罗什（David Damrosch）收录于《普林斯顿比较文学资料手册》（*The Princeton Sourcebook in Comparative Literature*，2009[23]）。类似的学科史介绍在英语世界与法语世界都接续出现，以上大致反映了中国学者对于中国比较文学研究的大概描述在西学界的接受情况。学科史的构架对于国际学术对中国比较文学发展脉络的把握很有必要，但是在此基础上的学科理论实践才是关系于中国比较文学学科国际性发展的根本方向。

我在 20 世纪 80 年代以来 40 余年间便一直思考比较文学研究的理论构建问题，从以西方理论阐释中国文学而造成的中国文艺理论"失语症"思考

---

22 Zhou, Xiaoyi and Q.S. Tong, "Comparative Literature in China", Comparative Literature and Comparative Cultural Studies, ed., Totosy de Zepetnek, West Lafayette, Indiana: Purdue University Press, 2003, 268-283.

23 Damrosch, David (EDT)*The Princeton Sourcebook in Comparative Literature*: Princeton University Press

属于中国比较文学自身的学科方法论，从跨异质文化中产生的"文学误读""文化过滤""文学他国化"提出"比较文学变异学"理论。历经 10 年的不断思考，2013 年，我的英文著作：*The Variation Theory of Comparative Literature*（《比较文学变异学》），由全球著名的出版社之一斯普林格（Springer）出版社出版，并在美国纽约、英国伦敦、德国海德堡出版同时发行。*The Variation Theory of Comparative Literature*（《比较文学变异学》）系统地梳理了比较文学法国学派与美国学派研究范式的特点及局限，首次以全球通用的英语语言提出了中国比较文学学科理论新话语："比较文学变异学"。这一新概念、新范畴和新表述，引导国际学术界展开了对变异学的专刊研究（如普渡大学创办刊物《比较文学与文化》2017 年 19 期）和讨论。

欧洲科学院院士、西班牙圣地亚哥联合大学让·莫内讲席教授、比较文学系教授塞萨尔·多明戈斯教授（Cesar Dominguez），及美国科学院院士、芝加哥大学比较文学教授苏源熙（Haun Saussy）等学者合著的比较文学专著（Introducing Comparative literature: New Trends and Applications[24]）高度评价了比较文学变异学。苏源熙引用了《比较文学变异学》（英文版）中的部分内容，阐明比较文学变异学是十分重要的成果。与比较文学法国学派和美国学派形成对比，曹顺庆教授倡导第三阶段理论，即，新奇的、科学的中国学派的模式，以及具有中国学派本身的研究方法的理论创新与中国学派"（《比较文学变异学》（英文版）第 43 页）。通过对"中西文化异质性的"跨文明研究"，曹顺庆教授的看法会更进一步的发展与进步（《比较文学变异学》（英文版）第 43 页），这对于中国文学理论的转化和西方文学理论的意义具有十分重要的价值。（"Another important contribution in the direction of an imparative comparative literature-at least as procedure-is Cao Shunqing's 2013 *The Variation Theory of Comparative Literature*. In contrast to the "French School" and "American School" of comparative Literature, Cao advocates a "third-phrase theory", namely, "a novel and scientific mode of the Chinese school," a "theoretical innovation and systematization of the Chinese school by relying on our *own* methods" (*Variation Theory* 43; emphasis added). From this etic beginning, his proposal moves forward emically by developing a "cross-civilizaional study on the heterogeneity between

---

24 Cesar Dominguez,Haun Saussy,Dario Villanueva Introducing Comparative literature: New Trends and Applications，Routledge,2015

Chinese and Western culture" (43), which results in both the foreignization of Chinese literary theories and the Signification of Western literary theories.）

法国索邦大学（Sorbonne University）比较文学系主任伯纳德·弗朗科（Bernard Franco）教授在他出版的专著（《比较文学：历史、范畴与方法》）*La littératurecomparée: Histoire, domaines, méthodes* 中以专节引述变异学理论，他认为曹顺庆教授提出了区别于影响研究与平行研究的"第三条路"，即"变异理论"，这对应于观点的转变，从"跨文化研究"到"跨文明研究"。变异理论基于不同文明的文学体系相互碰撞为形式的交流过程中以产生新的文学元素，曹顺庆将其定义为"研究不同国家的文学现象所经历的变化"。因此曹顺庆教授提出的变异学理论概述了一个新的方向，并展示了比较文学在不同语言和文化领域之间建立多种可能的桥梁。（Il évoque l'hypothèse d'une troisième voie, la « théorie de la variation », qui correspond à un déplacement du point de vue, de celui des « études interculturelles » vers celui des « études transcivilisationnelles . » Cao Shunqing la définit comme « l'étude des variations subies par des phénomènes littéraires issus de différents pays, avec ou sans contact factuel, en même temps que l'étude comparative de l'hétérogénéité et de la variabilité de différentes expressions littéraires dans le même domaine ».Cette hypothèse esquisse une nouvelle orientation et montre la multiplicité des passerelles possibles que la littérature comparée établit entre domaines linguistiques et culturels différents.) [25]。

美国哈佛大学（Harvard University）厄内斯特·伯恩鲍姆讲席教授、比较文学教授大卫·达姆罗什（David Damrosch）对该专著尤为关注。他认为《比较文学变异学》(英文版)以中国视角呈现了比较文学学科话语的全球传播的有益尝试。曹顺庆教授对变异的关注提供了较为适用的视角，一方面超越了亨廷顿式简单的文化冲突模式，另一方面也跨越了同质性的普遍化。[26]国际学界对于变异学理论的关注已经逐渐从其创新性价值探讨延伸至文学研究，例如斯蒂文·托托西近日在 *Cultura* 发表的（Peripheralities: "Minor" Literatures, Women's Literature, and Adrienne Orosz de Csicser's Novels）一文中便成功地将变异学理论运用于阿德里安·奥罗兹的小说研究中。

---

25 Bernard Franco La littérature comparée: Histoire, domaines, méthodes，Armand Colin 2016.

26 David Damrosch Comparing the Literatures,Literary Studies in a Global Age,Princeton University Press,2020.

国际学界对于比较文学变异学的认可也证实了变异学作为一种普遍性理论提出的初衷，其合法性与适用性将在不同文化的学者实践中巩固、拓展与深化。它不仅仅是跨文明研究的方法，而是一种具有超越影响研究和平行研究，超越西方视角或东方视角的宏大视野、一种建立在文化异质性和变异性基础之上的融汇创生、一种追求世界文学和总体问题最终理想的哲学关怀。

以如此篇幅展现中国比较文学之况，是因为中国比较文学研究本就是在各种危机论、唱衰论的压力下，各种质疑论、概念论中艰难前行，不探源溯流难以体察今日中国比较文学研究成果之不易。文明的多样性发展离不开文明之间的交流互鉴。最具"跨文明"特征的比较文学学科更需要文明之间成果的共享、共识、共析与共赏，这是我们致力于比较文学研究领域的学术理想。

千里之行，不积跬步无以至，江海之阔，不积细流无以成！如此宏大的一套比较文学研究丛书得承花木兰总编辑杜洁祥先生之宏志，以及该公司同仁之辛劳，中国比较文学学者之鼎力相助，才可顺利集结出版，在此我要衷心向诸君表达感谢！中国比较文学研究仍有一条长远之途需跋涉，期以系列丛书一展全貌，愿读者诸君敬赐高见！

曹顺庆

二零二一年十月二十三日于成都锦丽园

目

次

钱锺书论"诗之一名三训"

《管锥编—毛诗正义》札记第一则

《管锥编—毛诗正义》第一则《诗谱序》，副标题为《诗之一名三训》。

钱锺书在《管锥编—周易正义》之《论易之三名》介绍过训诂知识：一字能涵多意，对每一层意思分别进行训诂，称为分训。如果一字所含的两个意思并列，称并行分训。如果一字所含的两个意思相反，称岐出分训或背出分训。汉字的一字多训且同时合用称为"分训而合训"或"分训之合训"。

钱锺书本则运用上面的概念讲述"诗之一名三训"。诗特指《诗经》。

一、诗之三训

【诗之三训：承、志、持】

钱先生引《诗纬含神雾》解释"诗之一名三训"的意思："'诗者持也'。然则诗有三训：承也，志也，持也。作者承君政之善恶，述己志而作诗，所以持人之行，使不失坠，故一名而三训也。"

〔诗训之一：承——承君政之善恶〕

孔子说："《诗》可以兴，可以观，可以群，可以怨。"兴、观、群、怨的落脚点，在于"迩之事父，远之事君"，父乃家、君乃国，诗为家国情怀，目的在教化以辅政。在孔子看来，春秋战国时期礼崩乐坏，世风日下，《诗经》能挽救世道人心。

孔子云："《诗》三百，一言以蔽之，曰思无邪！""思无邪"就是正其不正以归于正。《诗经》三百零五篇在体裁上分为"风"、"雅"、"颂"。《毛诗大序》曰："风，风也，教也。风以动之，教以化之"；"雅者，正也。言王政之所由废兴也"；"颂者，美盛德之形容，以其成功告于神明者也。"可见，诗三百篇应君政之需，或讴歌善德，或鞭笞腐恶，目的在潜移默化，教正民风。我想，以上之意恐非诗人之本意，实乃编撰者之初衷。

〔诗训之二：志——述己志而作诗〕

《说文解字》云："诗，志也。"诗言志，志是人之内在理想、决心和向往，也是诗的本质特征，在心为志，发言为诗。孔子曰"诗亡离志"，离开志，便无所谓诗。

〔诗训之三：持——持人之行〕

《文心雕龙·明诗》云："诗者，持也，持人性情。"人为肉身且具社会性，近朱者赤近墨者黑，善恶俗雅有待教养，性情有待驯化，诗当有益于世风人心，引人向善向上，阻拦其沉沦下坠。

【诗之三训是并行分训而同时合训】

"诗有三训：承也，志也，持也。"诗这三方面的作用是并行不悖，同时合用的。钱先生指出，此三训是"并行分训而同时合训"。

二、"志"、"持"之再训

【"志"与"持"未尽底蕴】

钱锺书指出："然说'志'与'持'，皆未尽底蕴。"

未尽底蕴的意思，就是上面把"诗"训为"志"、训为"持"，并没有将"诗"的意蕴讲透，没有将其中深义揭示出来。因此，需要再训。

【"志"再训为"之"】

诗，可训为"志"，"志"又可训为"之"。

《释名》本之云："诗，之也；志之所之也"。意思是，诗，是人的志向所在也。《礼记·孔子闲居》论"五至"云："志之所至，诗亦至焉"。意思是人的心志所至则诗情随之，人的志向有多高，诗的境界就有多大。

【"持"再训为"止"】

诗，可训为"持"，"持"又可训为"止"。

钱锺书说："《诗纬含神雾》云：'诗者，持也'，即'止乎礼义'之'止'；《荀子·劝学》篇曰：'诗者，中声之所止也'，《大略》篇论《国风》曰：'盈其欲而不愬其止',正此'止'也。"

而且,通过"持"再训为"止"表明,"持"不仅是"持人之行",即不仅是对别人行为规范的教化,也是"自持情性",即对诗人喜怒哀乐的自我控制,使之合度中节,而不是肆意张扬,直吐快心。这里揭示了诗的奥义,诗在感情抒发上的含蓄、分寸等全部微妙尽在其中,《诗经》中所有篇什在艺术表达上的"适度"和"张力"也尽在其中。钱先生引用典籍,将《诗经》的"诗之美"表述为:"乐而不淫,哀而不伤"、"温柔敦厚"、"怨诽而不乱",畅意并持其情性使其合度中规,不至于"淫"、"伤"、"乱";"夫'长歌当哭',而歌非哭也,哭者情感之天然发泄,而歌者情感之艺术表现也。'发'而能'止','之'而能'持',则抒情通乎造艺,而非徒以宣泄为快有如西人所嘲'灵魂之便溺'矣。'之'与'持'一纵一敛,一送一控,相反而亦相成,又背出分训之同时合训者。"

我们现在的一些诗歌和摇滚歌词等大喊大叫,声嘶力竭,快意情仇,口无遮拦。没有给人留下一点想象、回味的余地,毫无美感可言,西人嘲语为"灵魂之便溺"正是对此绝妙的讽刺。

【"之"和"持"相反相成,为背出分训之同时合训】

"志"再训为"之"。"之"的意思是,诗抒情可以任志飞翔,随性而发,畅所欲言,唯意所适。"持"再训为"止"。"止"的意思是,诗之抒情要适可而止,中庸合度,含蓄有礼,留有余地。这里,"持"的着眼点,不再是"持人"(教化别人),而是"持己"(自我把控);"持己"的关键在善止。

正如钱锺书所言:"'之'与'持'一纵一敛,一送一控,相反而亦相成,又背出分训之同时合训者。"

钱锺书的话,揭示出诗贵蕴籍的真谛:到位而不放纵。诗歌表达上要掌握分寸和火候:志而能之、志而善之并且持而能止,持而善止。"之"主张放得开,想象奇诡,"止"提倡收得拢,适度中规,相反相成。《诗经》三百皆为典范之作,可为后代作诗之楷模。

钱锺书指出:"之"和"持"是"背出分训之同时合训"。

由此可见,诗一名可训为承、志、持,称并行分训之同时合训;对分训后的字进行再训称为递训,递训"志"为"之",递训"持"为"止"。则"之"与"持"又构成背出分训之同时合训。至此,诗一名共训出五意,分别为:承、志、持、之、止。

钱锺书此则通过对"诗"字的深入训诂，把"诗"的丰富内涵逐渐揭示出来了，给我们以深刻启迪。

【诗训"法度"可归于"持"】

钱锺书将诗之一名训出五意后，意犹未尽，最后将古人训"诗"为"法度"拈出。李之仪为申说"作诗字字要有来处"，引王安石《字说》："'诗，从'言'从'寺'，寺者法度之所在也'，因金文"寺"字为"持"字，寺庙为法度之地，而持又内含法度之意，这里又体现出古文字的内在勾连之妙。钱先生进而指出："倘'法度'即杜甫所谓'诗律细'、唐庚所谓'诗律伤严'，则旧解出新意矣。"这里又牵涉近体诗的格律问题，此为另一论题，不赘述。诗训"法度"仍可归于"持"训。

钱锺书将所述内容归结为"诗之一名三训"，乃要言不烦也。

附录：《管锥编—毛诗正义》第一则《诗谱序》

诗谱序·诗一名而三训

郑玄《诗谱序》："《虞书》曰：'诗言志，歌永言，声依永，律和声；然则诗之道放于此乎'；《正义》："名为'诗'者，《内则》说负子之礼云：'诗负之'，《注》云：'诗之为言承也'；《春秋说题辞》云：'在事为诗，未发为谋，恬澹为心，思虑为志，诗之为言志也'；《诗纬含神雾》云：'诗者持也'。然则诗有三训：承也，志也，持也。作者承君政之善恶，述己志而作诗，所以持人之行，使不失坠，故一名而三训也。"按此即并行分训之同时合训也。然说"志"与"持"，皆未尽底蕴。《关雎序》云："诗者，志之所之，在心为志，发言为诗"，《释名》本之云："诗，之也；志之所之也"，《礼记·孔子闲居》论"五至"云："志之所至，诗亦至焉"；是任心而扬，唯意所适，即"发乎情"之"发"。《诗纬含神雾》云："诗者，持也"，即"止乎礼义"之"止"；《荀子·劝学》篇曰："诗者，中声之所止也"，《大略》篇论《国风》曰："盈其欲而不愆其止"，正此"止"也。非徒如《正义》所云"持人之行"，亦且自持情性，使喜怒哀乐，合度中节，异乎探喉肆口，直吐快心。《论语·八佾》之"乐而不淫，哀而不伤"；《礼记·经解》之"温柔敦厚"；《史记·屈原列传》之"怨诽而不乱"；

古人说诗之语，同归乎"持"而"不愆其止"而已。陆龟蒙《自遣诗三十首·序>云;"诗者，持也，持其情性，使不暴去";"暴去"者，"淫"、"伤"、"乱"、"愆"之谓，过度不中节也。夫"长歌当哭"，而歌非哭也，哭者情感之天然发泄，而歌者情感之艺术表现也。"发"而能"止"，"之"而能"持"，则抒情通乎造艺，而非徒以宣泄为快有如西人所嘲"灵魂之便溺"（seelisch auf die Toilette gehen）矣。"之"与"持"一纵一敛，一送一控，相反而亦相成，又背出分训之同时合训者。又李之仪《姑溪居士后集》卷十五《杂题跋》"作诗字字要有来处"一条引王安石《字说》:"'诗'，从'言'从'寺'，寺者法度之所在也"（参观晁说之《嵩山文集》卷一三《儒言》八《诗》）。倘"法度"指防范悬戒、儆恶闲邪而言，即"持人之行"之意，金文如《邾公望锺》正以"寺"字为"持"字。倘"法度"即杜甫所谓"诗律细"、唐庚所谓"诗律伤严'，则旧解出新意矣。

钱锺书论"风之一名三训"

《管锥编—毛诗正义》札记第二则

《管锥编—毛诗正义》第二则《关雎（一）》，副标题为《风之一名三训》。

《诗经》有六义："风雅颂赋比兴"。第一义就是"风"，这个"风"究竟是什么意思呢？本则钱锺书通过对"风"字的训诂，回答这个问题。

钱锺书在《管锥编—周易正义》第一则《论易之三名》中介绍过汉字的训诂方法：

通过训诂，一个字有几个意思，这些意思之间是并行关系的，叫并行分训；这些意思之间是相反、矛盾关系的，叫背出分训。同时合训是指这个字的几个意思可以同时并存、同时合用，不存在相互排斥，用此必须舍彼的情况。

钱锺书说，《诗经》之"风"，既有背出分训之同时合训，也有并行分训之同时合训。

【风—背出分训之同时合训】

钱锺书以引用《关雎—序》开篇：

"风，风也，教也；风以动之，教以化之。……上以风化下，下以风刺上"。

孔颖达《正义》对上句的注解是：

"微动若风，言出而过改，犹风行而草偃，故曰风。……《尚书》之'三风十愆'，疾病也；诗人之四始六义，救药也。"

其一：称《诗》为"风"意味着诗的教化作用如风，风动而草偃：你说了，对方领会了，就把错误改正过来了，即我们常说的"点化"。君王用诗来教化黎民，黎民用诗来讥刺、指责君王，都采用"风"这一"点化"的手段。

其二："三风十愆"是当时的社会弊病。所谓"三风十愆"的"三风"为巫风、淫风、乱风三种恶劣风气，"十愆"为"三风"所滋生的十种罪愆，即巫风之二愆：舞、歌；淫风之四愆：货、色、游、畋；乱风之四愆：侮圣言、逆忠直、远耆德、比顽童，合而为十愆。老百姓深恶痛绝"三风十愆"，这种情绪大都表现在"风谣"中，就是"怨谤之气"，反映的是社会"疾病"。"诗人之四始六义，救药也。"（见《韩诗外传》）所谓"四始六义"是《诗经》中诗的分类："四始"指《风》、《大雅》、《小雅》、《颂》四篇列在首位的诗；"六义"指"风、雅、颂，赋、比、兴"。"风、雅、颂"是按音乐的不同对《诗经》的分类，"赋、比、兴"是《诗经》的表现手法。

"四始六义"是"三风十愆"的"救药"，换言之，"风谣"反映的是"疾病"，"风教"提供的是"救药"。

由此，钱锺书指出："风谣"和"风教"是背出分训之同时合训。

以上是钱锺书此则的前半部分。

此则的后半部分向我们讲述"风之一名三训"。

【风—并行分训之同时合训】

"风"之三训：

风之一训：土风也，风谣也。

风之二训：风谏也，风教也。

风之三训：风咏也，风诵也。

〔土风也，风谣也〕

在古代，一切诗，广义而言，都可以称为风。《诗经》六义所指的风是狭义的，特指诗经里所载在京畿以外地区的民歌——土风、风谣。古语有："乐操土风，不忘旧也"。土风、风谣在《诗经》中称"国风"，是当时周、召、邶、鄘、卫、王、郑、齐、魏、唐、秦、陈、桧、曹、豳十五个地区的民歌，原为"十五邦风"，因避汉高祖刘邦的名讳，改为"十五国风"。

《诗经》中的"诗"之所以称为"风"，是因为它起源于"土风"和"风谣"，起源于古代民间的口口相传。十五国风，多为民间创作，后来天子令采诗官采集、修订、谱曲而成。曲已散佚，《诗经》中今存风诗160篇。对此，钱锺书引用《汉书—五行志》的记载加以证明："夫天子省风以作乐"。

风之外，有雅、颂。

"雅"字通夏字，夏为西周京畿旧称，是宫廷正乐，用于典礼、宴会，根据规模分大、小雅。《诗经》大雅 31 篇，小雅 74 篇。

颂是宗庙祭祀时唱的赞歌，分《周颂》31 篇、《鲁颂》4 篇、《商颂》5 篇。

《诗经》风、雅、颂三部分，风乃民间精粹，艺术成就最高；其次是小雅。傅斯年在《诗经讲义稿》中评价："《国风》、《小雅》里的诗，没有一句不是真景、真情、真趣，没有一句是做作的文章。为着这样的真实，所以绝对的自然，所以虽然到了现在，已经隔了二千多年，仍然是活泼泼的，翻开一读，顿时和我们的心思同化。"

〔风谏也，风教也〕

风谏是老百姓指责统治者的，风教是统治者教化老百姓的。可见，上下都以"风"作为手段，"上以风化下，下以风刺上"。

关于"风谏"，傅斯年有一篇《论所谓"讽"》的文章，以为"风"通"讽"，他说："'以讽谏焉'，犹云以诗谏焉，此可为战国时一种诡辞承风之名之确证。"问题是，"国风"中一些诗是针对统治者的，是刺上的，天子主持编撰时为何容许其存在呢？原来东周起至西周末，统治者为了汲取夏商灭亡的教训，建立了民间采诗制度，让一些士子到各地采集民歌、民谣，整理谱曲后，演唱给他听，以便于他收集民意、总结得失，完善施政策略，所以一些刺上的诗得以留存。

风教，是统治者用诗来教化老百姓的。孔子曰"诗无邪"，"受之以政"，将其列为"六经"之一，用以"风教"，意为和风细雨，润物无声地树立纯良的社会风气。

〔风咏也，风诵也〕

钱锺书指出："'风'者，风咏也、风诵也，系乎喉舌唇吻，今语所谓口头歌唱文学也；《汉书—艺文志》不云乎：'凡三百五篇，遭秦而全者，以其讽诵，不独在竹帛故也。'"钱锺书认为，诗之所以称作"风"，是因为它是口头歌唱文学，也正因此，诗在秦焚书坑儒之后仍能保全并流传。金性尧在《闲坐说诗经》里表达了同样的看法，录以佐证："秦始皇一把火，把《诗经》、《书经》和各个学者著作统统烧毁，此后如果还有几个人凑在一起，叽叽喳喳地暗自谈论这些书本的，就要陈尸于闹市示众……既然如此，今天为什么还能看到《诗经》和《书经》？……其中一部分靠口耳相传保存下来，后来又通过文字将它记下。"这从反面有力地说明，《诗经》的风包含了风咏、风诵的意思，是口头歌唱文学。

钱锺书认为此三训是《诗经》所以称"风"的主要原因，并指出这三训是并行分训之同时合训。

【前、后部分所说"风谣"和"风教"的内涵是不同的】

钱锺书此则的前半部分要将话题从《关雎—序》中引出，故而先行向我们讲述了"风谣"和"风教"是病和药的关系，是背出分训之同时合训。

而本则的副标题是"风之一名三训"："一名"为"风"，"三训"分别是：土风、风谣，是诗的本源；风谏、风教，是诗的作用；风咏、风诵，是诗的体制。此三训为并行分训之同时合训。这应该是本则的基本内容。

问题是钱锺书前半部分讲了两训，后半部分又讲了三训，这就是五训了。而且，表面上看，钱锺书本则前半部分称"风谣"和"风教"为背出分训，后半部分称"风谣"和"风教"为并行分训，似乎自相矛盾。

其实不然。

本则前半部分所说的"风谣"，是指它所写的内容，"风谣"用以揭示社会疾病，"风教"是医治疾病的良药，二者是病和药的关系，正相反对，所以是背出分训；而后半部分的"风谣"着眼于它的形式（体裁），是指诗的来源，和诗的作用"风教"构成并行关系，所以是并行分训。前半部分所说的风谣和后半部分所说的风谣所用的字眼是一模一样的，但二者的内涵是两样的。

从逻辑关系梳理，前半部分所说的作为病和药的"风谣"和"风教"，只是后半部分作为诗的作用的"风谣"和"风谏"其中的一个子项，一个例证。作为诗的作用的风谣和风谏是大纲，作为病和药的"风谣"和"风教"是子目。因此，钱锺书将此则冠名为"风之一名三训"，而非"风之一名五训"、"一名多训"之类，顺理成章，并无逻辑矛盾。

附录：《管锥编—毛诗正义》第二则

关雎（一）——风之一名三训

《关雎—序》："风，风也，教也；风以动之，教以化之。……上以风化下，下以风刺上"；《正义》："微动若风，言出而过改，犹风行而草偃，故曰风。……《尚书》之'三风十愆'，疾病也；诗人之四始六义，救药也。"按《韩诗外传》卷三："人主之疾，十有二发，非有贤医，不能治也：痿、蹶、逆、胀、满、支、隔、肓、烦、喘、痹、风。……无使百姓歌吟诽谤,则风不作。"《汉书—五行志》中之上:"君炕阳而暴虐,臣畏刑而柑口,则怨谤之气发于歌谣,故有诗妖。"二节可相发明。《韩诗外传》之"风",即"怨谤之气",言"疾病"。《外传》之"歌吟诽谤",即"发于歌谣"之"四始六义",言"救药"。"风"字可双关风谣与风教两义,《正义》所谓病与药,盖背出分训之同时合训也。是故言其作用(purpose and function),"风"者,风谏也、风教也。言其本源(origin and provenance),"风"者,土风也、风谣也(《汉书—五行志》下之上:"夫天子省风以作乐",应劭注;"'风',土地风俗也"),今语所谓地方民歌也。言其体制(mode of existence andmedium of expression),"风"者,风咏也、风诵也,系乎喉舌唇吻(《论衡—明雩篇》:'风乎舞雩';'风,歌也':仲长统《乐志论》:"讽于舞雩之下"),今语所谓口头歌唱文学也;《汉书—艺文志》不云乎:"凡三百五篇,遭秦而全者,以其讽诵,不独在竹帛故也。"风"之一字而于《诗》之渊源体用包举囊括,又并行分训之同时合训矣。

钱锺书论"声成文"

《管锥编—毛诗正义》札记第三则

《管锥编—毛诗正义》第三则《关雎（二）》，副标题为《声成文》。

钱锺书这一则将《关雎—序》："声成文，谓之音"作为论题，讲述古人如何表述音乐。

先介绍一下《诗经》和音乐的关系。

【诗经和音乐】

《诗经》是我国最早的一部诗歌总集，共收入自西周初期至春秋中叶约五百年间的诗歌 305 篇，分风、雅、颂三部分。远古时期，诗、歌、舞是一体的，是综合性艺术，黄帝时始有乐师制乐，成为四位一体的艺术。《诗经》原先有词有曲。《墨子》卷 12—公孟载"颂诗三百，弦诗三百，歌诗三百，舞诗三百"。《史记—孔子世家》："三百五篇，孔子皆弦歌之，以求合韶、武、雅、颂"。就是说，《诗经》305 篇原本是可诵、可奏、可歌、可舞的。后来因为年代久远，记谱困难，歌、舞失传，仅留下了歌词，即流传至今的文字版《诗经》。原来《诗经》的诗是配曲的，和音乐是一体的。

因此，《关雎—序》为什么谈论音乐就不难理解了。

下面根据一己浅见，解读一下"声成文，谓之音"。

【声、音的区别】

理解"声成文，谓之音"，需弄清什么叫"声"，什么叫"音"。

〔何谓声〕

《关雎—序》："声成文，谓之音"的下句是《传》："'成文'者，宫商上下相应"。句中"宫商"二字是"宫商角徵羽"的略语。可见，《关雎—序》所说的"声"，不是泛指物体振动所产生的声音——天籁、地籁和人籁，而是特指宫商角徵羽。

"宫、商、角、徵、羽"（读音为 gōng shāng jué zhǐ yǔ）这五个声是中国古乐的基本声阶，类似现在简谱中的 1、2、3、5、6。即宫等于 1（Do），商等于 2（Re），角等于 3（Mi），徵等于 5（Sol），羽等于 6（La），亦称作五声。

"宫商角徵羽"的名称最早见于距今 2600 余年的春秋时期，在《管子·地员篇》中，有采用数学方法获得"宫、商、角、徵、羽"五个声的办法，这就是中国音乐史上著名的"三分损益法"。司马迁的《史记》"律书第三"有同样的记述："……九九八十一以为宫。三分去一，五十四以为徵。三分益一，七十二以为商。三分去一，四十八以为羽。三分益一，六十四以为角。"

"三分损益法"是取一根用来定声的竹管，长为 81 单位，定为"宫声"的声高。然后，我们将其长去掉三分之一，也就是将 81 乘上 2/3，就得到 54 单位，定为"徵声"。将徵声的竹管长度增加原来的三分之一，即将 54 乘上 4/3，得到 72 单位，定为"商声"。再去掉三分之一（三分损），72 乘 2/3，得48 单位，为"羽声"。再增加三分之一（三分益），48 乘 4/3，得 64 单位，为"角声"。而这宫、商、角、徵、羽五种声高，就称为中国的"五声"。

简单点，大家知道，有规律、好听悦耳的声音叫乐声，无规律、难听刺耳的声音叫噪声。"宫、商、角、徵、羽"是乐声，是构成音乐的基本因素。

（注：宫商角徵羽习惯称音，我一律改称声，是为了便于区别作为音乐的"音"）

〔何谓音〕

《关雎—序》："声成文，谓之音"。声"成文"才能称"音"，"声"、"音"有别。

按《礼记正义》郑玄注："宫、商、角、徵、羽，杂比曰音，单出曰声。"孔颖达也说："初发口，单音谓之声，众声和合成章谓之音。"宫、商、角、徵、羽每一个单独发出称为"声"，宫、商、角、徵、羽和谐悦耳的组合才能成为人们审美享受的对象，才能称之为"音"。"声"是宫商角徵羽，是构成音乐的基本元素。"音"是宫商角徵羽"众声和合成章"，是乐曲。

【"声成文"的表述】

《关雎—序》:"声成文,谓之音"。这句的意思是,宫商角徵羽这五声有规律的组合形成音乐。但如何表达"声成文"即音乐形成的过程和模样,使人能直观的了解,却是很困难的一件事。

以下是钱锺书的引文:

"《正义》:'使五声为曲,似五色成文':按《礼记—乐记》:'声相应,故生变,变成方,谓之音',《注》:'方犹文章';又'声成文,谓之音',《正义》:'声之清浊,杂比成文'。即《易—系辞》:'物相杂,故曰文',或陆机《文赋》:'暨音声之迭代,若五色之相宣。'"

上述古人关于"声成文"的表述,用的全是比喻——

1.《正义》:"使五声为曲,似五色成文"是把音乐比作色彩,把"五声"比作"五色"。

刘勰《文心雕龙》有言:"五色杂而成黼黻,五音比而成韶夏"。古人认为红、黄、蓝、白、黑是原色,一切颜色均由此五色调和而成。"使五声为曲,似五色成文",即五声构成乐曲,就好像五色形成彩绘。"五色杂而成黼黻"即五色交织构成礼服漂亮而雅致的花纹。

2."按《礼记—乐记》:'声相应,故生变,变成方,谓之音',《注》:'方犹文章'。"是把音乐比作文章。

音乐和文章确有许多相似点。在构成上,一首乐曲由很多不同时值的音符组成小节,由小节组成乐句,由乐句组成段落,由段落组成完整的乐曲;文章也是如此,由字组成词,由词组成句子,由句子构成段落,由段落形成文章。在立意上,文章和乐曲都有自己的主题和主旨,都来源于作者对生活的感受,都表达作者的思想、价值、情感、情趣和审美。在表达上,文章和乐曲都表达情和景,文章的扣人心弦和乐曲的摄人心魄一样追求情景交融,时而柔心似水,时而骋怀浩荡,跌宕起伏,变化万端。在结构上,一篇完整的诗文有起承转合,一首完整的乐曲也有开端、发展、高潮和结尾。等等诸如此类,不一而足。

3."西洋古心理学本以'形式'(form)为空间中事,浸假乃扩而并指时间中事,如乐调音节等。近人论乐有远近表里,比于风物堂室。"是把音乐比作建筑。

歌德、雨果、贝多芬都曾把建筑称作"凝固的音乐"。如果使音乐的时间流动全部凝固，从乐谱中便可见类似建筑物的有主体、有陪衬，高低错落，均衡、对称等造型特点，显现为空间形象。反过来，建筑讲究统一和均衡，对比和调和，比例和尺度，韵律和节奏，重复和变化，性格和风格，色彩和色调等法则，这和音乐艺术是息息相通的。因此，作为时间中事的音乐和作为空间中事的建筑在审美观念上是异常相似的，音乐的远近表里犹如建筑的风物堂室。音乐是流动的建筑。建筑是凝固的音乐。

　　钱锺书就以上几例说，"此类于'声成文'之说，不过如大辂之于椎轮尔。"

　　大辂：是古代华美的大车；椎轮：是无辐的原始车轮。意思是上面所述内容不足以表达音乐的丰富多彩。可见，用文字如何阐述"声成文"，如何把握由"声"到"音"，即把用宫商角徵羽构造精妙绝伦、绮丽万端的音乐这一无比复杂的事情表述准确，是相当困难的。

　　综上所述，钱锺书指出："夫文乃眼色为缘，属眼识界，音乃耳声为缘，属耳识界；'成文为音'，是通耳于眼、比声于色。""以听有声说成视有形"。意思是无论是把宫商角徵羽"五声"形成的乐曲比作红黄蓝白黑"五色"织就的彩绘，把众声应和的音乐比作情景交融的文章，还是把具有时间特性的音乐比作具有空间特性的建筑，都是把听觉对象转化成视觉形象，都是人的"通感"。这样做，使得人们对美妙万端、动人心扉的音乐有了更加直观的理解。

附录：《管锥编—毛诗正义》第三则《关雎（二）》

关雎（二）—声成文

　　《关雎—序》："声成文，谓之音"；《传》："'成文'者，宫商上下相应"；《正义》："使五声为曲，似五色成文"：按《礼记—乐记》："声相应，故生变，变成方，谓之音"，《注》："方犹文章"；又"声成文，谓之音"，《正义》："声之清浊，杂比成文"。即《易—系辞》："物相杂，故曰文"，或陆机《文赋》："暨音声之迭代，若五色之相宣"。夫文乃眼色为缘，属眼识界，音乃耳声为缘，属耳识界；"成文为音"，是通耳于眼、比声于色。《左传》襄公二十九年季札论乐，闻歌《大雅》曰："曲而有直体"；杜预注："论其声如此"。亦以听有声说成视有形，与"成文"、"成方"相类。西洋古心理学本以"形式"（form）为空间中事，浸假乃扩而并指时间中事，如乐调音节等。近人论乐有远近表里，比于风物堂室。此类于"声成文"之说，不过如大辂之于椎轮尔。

〔增订四〕普罗斯脱小说写一人聆乐时体会,细贴精微,罕可伦偶,终之曰:"觉当前之物非复纯为音声之乐曲,而如具建筑之型模"。亦即时间中之"声"宛然"成"空间中之"文"也。参观谢林言"建筑即凝固之音乐"。

《乐记》又曰:"屈伸、俯仰、缀兆、舒疾,乐之文也",则指应乐而舞之态,正如所谓"周还、裼袭,礼之文也",即下文之"舞动其容"。非"声成文"之谓声音自有其文,不资外缘也。

钱锺书论"声与诗"

《管锥编—毛诗正义》札记第四则

《管锥编—毛诗正义》第四则《关雎（三）》，副标题为《声与诗》。

本则讲述"诗"与"声"的关系。

《诗经》所载的诗篇原来都配有音乐，可以演唱的。

诗和声的关系，是"三十年河东，三十年河西"，从春秋战国《诗经》开始到唐宋时都是诗在先，声在后，声依附诗，根据诗意来制乐；唐宋开始倒过来，出现了一些声在先、诗在后的情况，有依曲写诗、倚声填词，"声"喧宾夺主了。

诗和声的关系像夫妻过日子有融洽的时候，也有不融洽的时候；配合默契就如胶似漆，夫荣妻贵，配合不好就同床异梦，两张皮。

关于"诗"、"声"关系，钱先生强调两点，其一，诗和声理应相互配合，琴瑟和谐会相得益彰，相互冲突则两败俱伤；其二，声比诗更贴近人的心灵，"诗"时常言不由衷而难以觉察，"声"即使做假也极易露馅，弄巧成拙。

【诗声理应配合】

诗乐配合问题，钱锺书赞同孔颖达的见解，指出戴震、毛奇龄、汪士铎等人见解的偏颇。

孔颖达提出了什么正确观点呢？

答：他提出了"准诗"的概念。

〔孔颖达的"准诗"概念〕

孔颖达："初作乐者，准诗而为声；声既成形，须依声而作诗，故后之作诗者，皆主应于乐文也。……"

开始，人们按诗作曲，力求和诗意相吻合；乐曲一旦成形，成为范式，人们又反过来依曲写诗。迄今按格律作诗、按词牌填词依然是它的赓续。

所谓"准诗"，是按照诗意来谱曲并歌唱。

钱锺书指出："孔疏'准诗'即申郑玄《诗谱》所引《虞书》：'诗言志，歌永言'，亦即《乐记》：'诗言其志也，歌咏其声也，舞动其容也。'"

孔颖达提出了"准诗"的概念，强调音乐要符合诗意、贴切诗意，"声"音要以"诗"意为标准。

钱锺书赞同孔颖达，引用《乐记》的论述，进一步延伸：心志——诗——乐曲——舞蹈，后面的事项以前面的事项为准绳。"诗言志，歌永言"，从时间顺序来看，是由心志到诗词，由诗词到制曲，由乐曲到舞蹈；从逻辑关系来看，舞蹈要符合乐曲，乐曲要符合诗词，诗词要符合心志，层层相因，环环相扣。

〔戴震等人的片面〕

在戴震之前世上有一种成见，因为郑国的音乐皆靡靡之音，淫秽低沉，所以把郑国的诗都归为淫诗。戴震竭力反对这种偏见。认为，声是声，诗是诗，声诗有别，郑声淫未必郑诗淫。

钱先生认为，戴震的说法是对的。然而，戴震的说法却是片面的。

钱先生说，戴震虽然正确地指出了声诗有别，但是他不懂诗乐应该配合的道理，这是经生不通艺事；而且，《虞书》、《乐记》等经书上明明说过音乐所表达的是诗人的志向，戴震也毫不理会，这是经生对经书也荒疏了。

在此之前，毛奇龄的看法和戴震类似：

人们攻击郑诗是因为文人相轻，是由嫉妒到苛责，吹毛求疵。郑声淫，郑诗未必淫。一些人因为妒嫉和偏见，不分青红皂白将并不淫的郑诗一概加以曲解，极尽歪曲附会之能事，于是，"郑诗之不淫者，亦必使其淫而后快，郑人之不淫者，亦必使其淫而后快"。

汪士铎的看法也如出一辙："诗自为诗，词也：声自为声，歌之调也，非诗也，调之淫哀，虽庄雅无益也。《乐记》之……郑、卫、宋、齐之音，《论语》之'郑声'，皆调也，如今里俗之昆山、高平、弋阳诸调之类。昆山啴缓曼衍，故淫；高平高亢简质，故悲；弋阳游荡浮薄，故怨；聆其声，不闻其词，其感人如此，非其词之过也。"一样是强调声是声，诗是诗，只是描述更加细腻形象一些罢了。

钱锺书指出，戴震、毛奇龄、汪士铎都是只看到声、诗之分别，没有看到声、诗理应配合,都是片面的。

〔钱锺书的"声之准言"〕

钱锺书的"声之准言"对孔颖达的"准诗"概念做了进一步发挥。

声之准言是指音乐(声)和诗句应该相协调,比如洋洋雄杰之诗配以高亢激昂之音乐,则声、诗会相得益彰,锦上添花,就像舞蹈适合舞曲一样美妙。倘若诗乐不合,哀乐配亢诗,喜音配悲文,就会情词相扰,气韵互消,比如"大江东去"等豪放之词度以靡靡涤滥之声,则"如武夫上阵而施粉黛,新妇入厨而披甲胄",合则两伤,相形见绌。钱锺书的比喻形象而幽默。

诚然,声指歌唱、指音乐,但歌唱和音乐其内蕴是无比丰富的。

一般认为南腔柔和而北调铿锵。然而,吴语调柔,亦有刚声,慷慨之词不是不能配吴语,是需配吴语之刚声也。燕语调刚,亦有柔声,婉约之词不是不能配燕语,是需配燕语之柔声也。

而且,同一个曲目,曲调虽同而声音可异也。声音包括旋律的起伏,节奏的张弛,丰富多彩的音色,力度的强弱,醇厚明亮的和声,巧妙精致的结构。人们的喜怒哀乐等情感都通过声音来表达。比如《西厢记》中有一曲目"耍孩儿"崔莺莺有唱,红娘有唱,尚武和尚惠明也有唱,"脱出之歌喉,则莺莺之《耍孩儿》必带哭声,而红娘之《耍孩儿》必不然,惠明之《耍孩儿》必大不然;情'词'既异则'曲'、'调'虽同而歌'声'不得不异。"

一句话,歌唱、音乐和诗的情词应该步调一致——声诗相协,合则两彰;声诗不协,合则两伤。

关于声诗配合问题,钱锺书称赞孔疏全面。声诗关系的历史分两个阶段。先人,是先诗后声,是"声依咏";后人,是先声后诗,是"咏依声"。但无论是先诗后声,还是先声后诗,声诗要相互符合,相互协调,这一点是必须的。孔颖达的疏解将这两方面的内容都照顾到了,所以钱锺书称赞孔颖达对声诗关系的理论周到完备,认为:就凭这一点,中国美术史就应该给孔颖达留一席之地。

【"声与诗"和心灵的关系】

诗,是情动于衷而形于外,声,也是情动于衷而形于外,诗和声都是心感于物的产物。然而,诗和声与心灵的亲近程度还是有差别的,声和心更贴近,诗和心要疏远一些。

为什么"声"（乐曲和歌唱）和心更加贴近呢？

钱锺书指出："皆以声音为出于人心之至真，入于人心之至深，直捷而不迂，亲切而无介，是以言虽被'心声'之目，而音不落言诠，更为由乎衷、发乎内、昭示本心之声，《乐纬动声仪》所谓："从胸臆之中而彻太极"（《玉函山房辑佚书》卷五四）。古希腊人谈艺，推乐最能传真像实，径指心源，袒褫衷蕴。"

原来，在钱先生看来，"声"直接而不迂回，亲切而无中介，诗却是用字句这个中介来表达，中间有个隔层。

"声"（音乐和歌唱）——从创作者的角度，是"出于人心之至真"；从接收者的角度，是"入于人心之至深"。

〔声——"出于人心之至真"〕

著名的匈牙利音乐家李斯特说："感情在音乐中独立存在，放射光芒，既不凭借'比喻'的外壳，也不依靠情节和思想的媒介"，在这里感情是"坦率无间的、极其完整的倾诉"。

阿炳的《二泉映月》原本没有标题，当人们问他这首感人肺腑的乐曲名称时，他回答是"依心曲"。"依心曲"，就是从心中流淌出来的音乐！《二泉映月》是杨荫浏先生帮他起的曲名。

〔声——"入于人心之至深"〕

波兰音乐理论家丽莎说："在（音乐的）欣赏过程中，逻辑因素让位于感情因素，居于次要地位。"也就是说，音乐对于欣赏者心灵的感染是直接的，无需借助于推理，也无需通过具体生动的艺术形象。这种情感体验带有更为直接的、个人的性质。

音乐和歌唱是直接从人的心灵中流淌出来的喜怒哀乐，用钱锺书的话是"直捷而不迂，亲切而无介"。比较而言，诗表达情思需假借外物——文字，而音乐和歌唱直接是真心流露。音乐写心是透表入里，情发乎声远远胜于情见乎词。

结论：声比诗更贴近人的心灵。

〔诗伪易，声伪难〕

因为声比诗更贴近人的心灵，所以，诗伪易，声伪难。

钱锺书指出："言词可以饰伪违心，而音声不容造作矫情，故言之诚伪，闻音可辨，知音乃所以知言。盖音声之作伪较言词为稍难，例如哀啼之视祭文、挽诗，其由衷立诚与否，差易辨识；孔氏所谓"情见于声，矫亦可识"也。《乐记》云："唯乐不可以为伪；乐者心之动也，声者乐之象也"；《孟子·尽心》："仁言不如仁声之入人深也"；《吕氏春秋·音初》："君子小人，皆形于乐，不可隐匿"；谭峭《化书·德化》："衣冠可诈，而形器不可诈，言语可文，而声音不可文。"

这里一些关键语是：

"音声之作伪较言词为稍难"——乐曲、歌唱矫情做假比诗词困难；

"仁言不如仁声之入人深也"——好诗词不如好乐曲感人至深；

"言语可文，而声音不可文"——文字易于伪饰而声音不易伪饰。

诗是凭借文字的，可以作假、可以文饰，音乐和歌唱需现场表演，是面对面的，难以作假，难以文饰。钱先生举了一个明显的例子予以说明，活人对死者的感情是真是假，我们通过看祭文、看挽诗是很难判断的，但如果现场见到哀悼者的哭丧，就会一目了然了。

附录：《管锥编—毛诗正义》第四则

关雎（三）—声与诗

《关雎—序》："情发于声，声成文，谓之音"；《正义》："诗是乐之心，乐为诗之声，故诗乐同其功也。初作乐者，准诗而为声；声既成形，须依声而作诗，故后之作诗者，皆主应于乐文也。……设有言而非志，谓之矫情：情见于声，矫亦可识。若夫取彼素丝，织为绮縠，或色美而材薄，或文恶而质良，唯善贾者别之。取彼歌谣，播为音乐，或词是而意非，或言邪而志正，唯逢乐者晓之"。

〔增订四〕原引《关雎—序》及《正义》一节，错简割裂，订正如下：

《关雎—序》："情发于声，声成文，谓之音。……移风俗"；《正义》："哀乐之情，发于言语之声……依人音而制乐。若据乐初之时，则人能成文，始入于乐。若据制乐之后，则人之作诗，先须成乐之文，乃成为音。……设有言而非志，谓之矫情；情见于声，矫亦可识。若夫取彼素丝，织为绮縠，或色美而材薄，或文恶而质良，唯善贾者别之。取彼歌谣，播为音乐，或词是而意非，或言邪而志正，唯达乐者晓之。……诗是乐之心，乐为诗之声，故诗乐同其功也。"按精湛之论……孔疏"依人声"即申郑玄《诗谱》……。

按精湛之论，前谓诗乐理宜配合，犹近世言诗歌入乐所称"文词与音调之一致"；后谓诗乐性有差异，诗之"言"可"矫"而乐之"声"难"矫"。兹分说之。

孔疏"准诗"即申郑玄《诗谱》所引《虞书》："诗言志，歌永言"，亦即《乐记》："诗言其志也，歌咏其声也，舞动其容也。"戴震《东原集》卷一《书郑风后》力辩以"郑声淫"解为"郑诗淫"之非，有曰："凡所谓'声'、所谓'音'，非言其诗也。如靡靡之乐、涤滥之音，其始作也，实自郑、卫、桑间、濮上耳。然则郑、卫之音非郑诗、卫诗，桑间、濮上之音非《桑中》诗，其义甚明。"厥词辨矣，然于诗乐配合之理即所谓"准诗"者，概乎未识，盖经生之不通艺事也。且《虞书》、《乐记》明言歌"声"所乃"咏"诗所"言"之"志"，戴氏恝置不顾，经生复荒于经矣。

〔增订四〕戴震语可参观毛奇龄《西河诗话》卷四："在曹侍郎许，见南宋范必允诗序，有云：'文人之相轻也，始则忮之，继则苛之，吹毛索瘢，惟恐其一语之善、一词之当，曲为挤抑，至于无余，无余而后已。夫郑诗未尝淫也，声淫耳。既目为淫，则必拗曲揉枉以实己之说；郑诗之不淫者，亦必使其淫而后快，郑人之不淫者，亦必使其淫而后快。文人相轻，何以异是！'云云。始知前人亦早有为是言者。"南宋范氏语未识何出，毛氏盖借以攻朱熹耳。

傅毅《舞赋》托为宋玉曰："论其诗，不如听其声，听其声，不如察其形"，襄王曰："其如郑何！"即谓郑声淫，而郑舞依声动容，亦不免淫。声之准言，亦犹舞之准声。夫洋洋雄杰之词不宜"咏"以靡靡涤滥之声，而度以桑、濮之音者，其诗必情词佚荡，方相得而益彰。不然，合之两伤，如武夫上阵而施粉黛，新妇入厨而披甲胄、物乖攸宜，用违其器。汪士铎《汪梅村先生集》卷五《记声词》之二："诗自为诗，词也；声自为声，歌之调也，非诗也，调之淫哀，虽庄雅无益也。《乐记》之……郑、卫、宋、齐之音，《论语》之'郑声'，皆调也，如今里俗之昆山、高平、弋阳诸调之类。昆山啴缓曼衍，故淫；高平高亢简质，故悲；弋阳游荡浮薄，故怨；聆其声，不闻其词，其感人如此，非其词之过也"；并举古乐府中"曲"、"调"为例。实与戴氏同归，说较邃密耳。然亦有见于分、无见于合也。"调"即"淫"乎，而歌"庄雅"之"词"，其"声"必有别于歌佻亵之"词"，"声"之"淫"必因"词"之佻若庄而有隆有杀、或肆或敛；"调"即"悲"乎，而歌欢乐之"词"，其"声"必有别于歌哀戚之"词"，

"声"之"悲"必因"词之哀若乐而有乘有除、或生或克。正犹吴语调柔，燕语调刚，龚自珍《己亥杂诗》所谓"北俊南靡气不同"也：顾燕人款曲，自有其和声软语，刚中之柔也，而吴人怒骂，复自有其厉声疾语，又柔中之刚矣。"曲"、"调"与"词"固不相"准"，而"词"与"声"，则当别论。譬如《西厢记》第二本《楔子》惠明"舍着命提刀仗剑"唱《耍孩儿》，第二折红娘请张生赴"鸳鸯帐"、"孔雀屏"，亦唱《耍孩儿》，第四本第三折莺莺"眼中流血、心内成灰"，又唱《耍孩儿》；情词虽异而"曲""调"可同也。脱出之歌喉，则莺莺之《耍孩儿》必带哭声，而红娘之《耍孩儿》必不然，惠明之《耍孩儿》必大不然；情"词"既异则"曲"、"调"虽同而歌"声"不得不异。"歌咏言"者，此之谓也。《文心雕龙·乐府》篇曰："诗为乐心，声为乐体"；此《正义》所谓"初作乐者，准诗而为声"也，今语曰"上谱"。赵德麟《侯鲭录》卷七记王安石语："古之歌者，皆先有词，后有声，故曰：'诗言志，歌永言，声依永，律和声'"；如今先撰腔子，后填词，却是'永依声'也"：《朱子语类》卷七八："古人作诗，自道心事；他人歌之，其声之长短清浊，各依其诗之语言。今人先安排腔调，造作语言合之，则是'永依声'也"；此《正义》所谓"声既成形，须依声而作诗"也，今语曰"配词"。孔疏盖兼及之。

〔增订四〕况周颐《蕙风词话》卷四："'意内言外'，词家之恒言也。《韵会举要》引作'音内言外'，当是所见宋本如是，以训诗词之'词'，于谊殊优。凡物在内者恒先，在外者恒后；词必先有调而后以词填之，调即'音'也。"即王安石、朱熹所谓"填词"是"永依声"也。

《正义》后半更耐玩索，于诗与乐之本质差殊，稍能开宗明义。意谓言词可以饰伪违心，而音声不容造作矫情，故言之诚伪，闻音可辨，知音乃所以知言。盖音声之作伪较言词为稍难，例如哀啼之视祭文、挽诗，其由衷立诚与否，差易辨识；孔氏所谓"情见于声，矫亦可识"也。《乐记》云："唯乐不可以为伪；乐者心之动也，声者乐之象也"；《孟子·尽心》："仁言不如仁声之入人深也"；《吕氏春秋·音初》："君子小人，皆形于乐，不可隐匿"；谭峭《化书·德化》："衣冠可诈，而形器不可诈，言语可文，而声音不可文。"皆以声音为出于人心之至真，入于人心之至深，直捷而不迁，亲切而无介，是以言虽被"心声"之目，而音不落言诠，更为由乎衷、发乎内、昭示本心之声，《乐纬动声仪》所谓："从胸臆之中而彻太极"（《玉函山房辑佚书》卷五四）。古希腊人谈艺，推乐最能传真像实（the most "imitative"），径指心源，袒裼衷蕴（a direct， express image）。

〔增订三〕德国浪漫主义论师称声音较言语为亲切："人心深处，情思如潜波滂沛，变动不居。以语言举数之、名目之、抒写之，不过寄寓于外物异体；音乐则动中流外，自取乎己，不乞诸邻者也"。

近代叔本华越世高淡，谓音乐写心示志，透表入里，遗皮毛而得真质。胥足为吾古说之笺释。虽都不免张皇幽渺，要知情发乎声与情见乎词之不可等同，毋以词害意可也。仅据《正义》此节，中国美学史即当留片席地与孔颖达。不能纤芥弗遗，岂得为邱山是弃之借口哉？

钱锺书论"兴为触物以起"

《管锥编—毛诗正义》札记第五则

　　《管锥编—毛诗正义》第五则《关雎（四）》，副标题为《兴为触物以起》。

　　我们谈诗，常说"赋比兴"，赋、比是什么，大家清楚，没有什么疑问。"兴"是什么，至今众说纷纭，莫衷一是。

　　《关雎—序》："故诗有六义焉：……二曰赋，三曰比，四曰兴。"——"兴"是"六义"之一。

　　钱锺书说："按'兴'之义最难定"，"兴"这个问题的难度可见一斑。

　　这个问题难在哪儿呢？一是问题本身比较"虚"，或者说"空灵"，难以琢磨。《诗经》里"兴"的位置均在诗的开头，名曰"起"，和下文的关系比较朦胧，于是，有说"兴"和下文意义上连贯，也有说"兴"只是起个头，和下文意义没有关系，仁者见仁智者见智。二是文论大咖郑玄和刘勰将"兴"和"比"混同，以致误解流传。于是，比、兴一直难解难分，没办法就干脆"比兴"连用，不加分别。

　　钱锺书本则意在厘清这个问题。

　　如何厘清呢？通观钱锺书本则的论述。首先，他着力消除对"兴"的误解，其次，他用心精选出对"兴"的正解，然后，再援引"他说"并举例予以佐证和充实。

一、消除对"兴"的误解

【兴不是比】

　　《关雎—序》提出"六义"，将"兴"和"赋"、"比"并列：

"风、雅、颂者，《诗》篇之异体；赋、比、兴者，《诗》文之异辞耳。大小不同，而得并为六义者。赋、比、兴是《诗》之所用，风、雅、颂是《诗》之成形，用彼三事，成此三事，是故同称为'义'。"

郑玄认为"兴"是比，所不同的是，比是谴恶，兴是誉善。

他在《周礼—大师》中说："……比，见今之失，不敢斥言，取比类以言之。兴，见今之美，嫌于媚谀，取善事以喻劝之。"

刘勰论"兴"未脱郑玄窠臼，依然归"兴"为"比"：

"比显而兴隐。……'兴'者、起也。……起情者，依微以拟议，……环譬以托讽。……兴之托喻，婉而成章。"

钱锺书说：刘勰的观点"是'兴'即'比'，均主'拟议'、'譬'、'喻'：'隐'乎'显'乎，如五十步之于百步，似未堪别出并立，与'赋'、'比'鼎足骖靳也。"

意思是，《关雎—序》是将"兴"跟随在"赋"、"比"的后面，和"赋""比"成三足鼎立之势，即"鼎足骖靳"，而刘勰说"兴"隐"比"显，并没有将兴和比划分开来，与"赋"、"比"并立。按刘勰的观点，比显兴隐，同样是比，隐一些还是显一些，不过是五十步笑百步而已。

钱锺书认为，刘勰对比兴的论述是承袭毛、郑的，刘勰也看到了毛、郑的差异，试图用兴隐比显来弥合毛、郑之间的裂痕。然而，刘勰未能真正区分开"兴"和"比"，还是和郑玄在一条道上，未能逃脱兴是比的窠臼。

钱锺书指出："兴"和"比"是不可混同的。道理很明了，如果"兴"是"比"，"六义"就没有必要将"兴"单独列出和"赋"、"比"并立，因此，郑玄和刘勰把"兴"归入"比"背离了"六义"的真义。

【兴也不是诗的功用】

在论述完"兴"不是"比"的道理之后，钱锺书加了增订一，将"赋比兴"之"兴"和"兴观群怨"之"兴"撇清关系。

《论语—阳货》有："诗可以兴，可以观，可以群，可以怨"。孔安国《注》曰："兴、引譬连类"，刘宝楠《正义》疏为："赋、比之义，皆包于兴，故夫子止言'兴'。"

钱锺书就上述引文指出，"赋、比、兴"之"兴"指诗的作法；而"兴、观、群、怨"之"兴"指诗的功用，二者不是一回事。孔安国的注、刘宝南的疏将二者混淆为一了。孔安国将"兴"归于"比",刘宝楠更将"赋比兴"三者混同起来。

钱锺书指出了"赋比兴"之"兴"和"兴观群怨"之"兴"的区别。道理也很清楚,诗之作法和诗之功用是两码事,不在一个频道,不可混淆。

二、选取对"兴"的正解

通过钱锺书的论述,我们懂得了"兴"不是"比",也不是"兴观群怨"的"兴"。那么,"兴"到底是什么呢? 钱锺书说,李仲蒙的"触物起情"一说"颇具胜义"。

【触物起情说】

钱锺书写道:

"……李仲蒙语:"索物以托情,谓之'比';触物以起情,谓之'兴';叙物以言情,谓之'赋'。"颇具胜义。

李仲蒙进一步解释说:"叙物以言情谓之赋,情物尽者也;索物以托情谓之比,情附物者也;触物以起情谓之兴,物动情者也。"

显然,李仲蒙对"赋、比、兴"的解说,最后都归结到一个"情"字上面。

赋"叙物以言情",作者"叙物"是为了"言情",真切生动地描写物象,以便把情感淋漓尽致地表现出来。

比"索物以托情",作者为了寄托某种情怀,着意寻找特定的物象打比方,使情感表达更加委婉、更加形象、更加生动、更加突出。

兴"触物以起情",作者目遇身边的外物,不期然而然地激起某种情思。

钱锺书赞扬李仲蒙把赋比兴界说得清楚而到位,誉其"颇具胜意"。但钱锺书更注重李仲蒙对"比"、"兴"区别的界说:

"'触物'似无心凑合,信手拈起,复随手放下,与后文附丽而不衔接,非同'索物'之着意经营,理路顺而词脉贯。"

可见,"比"、"兴"的区分在以下两点:

其一:"比"描写一个对象,是拿一个他物打比方,以便惟妙惟肖、形象生动地把要描写对象的特点表现出来,这个"他物"是需要用心寻找的,不是随便抓一个就能成事的,所以是"索物";而"兴"不过是用一个他物来开个头,可随遇取材,"信手拈起,复随手放下"。

其二:"比"和后文是承接关系,情理相连,词脉相通;"兴"和后文乃随意凑合，无需衔接。"兴"对后文所涉及的感情顶多起引动、诱发的作用，从逻辑上看，诱因不是原因。

"兴"到底是什么？回答是，兴是"触物以起情"。

这是钱锺书在文化典籍中选取的关于"兴"的比较精辟的解释。简单地说，"兴"不过是随意拿个东西来开个头。

读者诸君如要问："就这么简单吗？"回答："实际上就这么简单"。"兴"之复杂、难解，完全是因为经儒们竭力将"诗经"政治化以及不甘平庸，故作高深所致。

郑玄、刘勰二位是博学鸿儒，钱锺书并不迷信、依傍他们的陈见，却选取名望远不如郑、刘的李仲蒙，足见其独立不倚，求真务实的治学品格。

三、援引"他说"并举例，进一步佐证"兴是触物起情"

钱锺书分明赞赏李仲蒙对"赋比兴"的界说："索物以托情，谓之'比'；触物以起情，谓之'兴'；叙物以言情，谓之'赋'。"但嫌其太简略，不够深入具体，"惜着语太简，兹取他家所说佐申之。"

【项安世《项氏家说》】

项安世关于"兴"的见解和李仲蒙"触物起情"说一致。

项安世举了一个有力的例子阐述"兴"不是"比"：

《国风—王风》写戍边之苦，首句是"扬之水，不流束薪"，《国风—郑风》写夫妻之情，首句也是"扬之水，不流束薪"，诗人明显只是用"扬之水，不流束薪"开个头，评诗之人却把"扬之水，不流束薪"和后文一道作为诗的内容来加以诠释，未免牵强。

评诗之人不写诗因而不懂诗人的用意，硬把"扬之水，不流束薪"解为比喻，显然是鄙陋之见。道理很简单，"扬之水，不流束薪"不可能既适用给夫妻之情作比，也适给戍边之苦作比，不可解而强解，只能是牵强附会。

【朱熹《诗集传》注】

朱熹关于"兴"的见解也和李仲蒙"触物起情"说相同。

钱锺书援引朱熹《诗集传》注："比者，以彼物比此物也。……兴者，先言他物以引起所咏之词也"。

《朱子语类》卷八〇："《诗》之'兴'全无巴鼻，后人诗犹有此体。"并列举了后人的诗例,说明诗开头的"兴"和后文风马牛不相及,即"全无巴鼻"。

钱锺书认为《朱子语类》举的诗例不是很贴切,于是,他补充了两个例子。

其一:《怨歌》:"茕茕白兔,东走西顾。衣不如新,人不如故。"前句说白兔乱串,后句说故友胜新朋,前句和后句"全无巴鼻"。

其二:《焦仲卿妻》:"孔雀东南飞,五里一徘徊。十三能织素,……"。前句说孔雀向东南方向飞,后文说焦仲卿妻从小就勤劳贤淑。前句和后句又有什么逻辑关系呢,也是"全无巴鼻"。

往下,钱锺书还举了徐渭、曹植等人的见解和诗例,以佐证"触物起情",恕不赘引。然而,钱锺书有一段近于白话的诗例很有趣,又易读,不妨录在下面:

"闻寓楼庭院中六七岁小儿聚戏歌云:'一二一,一二一,香蕉苹果大鸭梨,我吃苹果你吃梨';又歌云:'汽车汽车我不怕,电话打到姥姥家。姥姥没有牙,请她啃水疙瘩,哈哈!哈哈!';偶睹西报载纽约民众示威大呼云:'一二三四,战争停止!五六七八,政府倒塌!'……"。

这些诗例,如前面的"一二一"等均是"兴",都只不过是因为谐音的缘故拿来起个头,和后文"全无巴鼻"。总不能从"一二一","汽车汽车我不怕"中琢磨出什么"比"来吧!

【一点补充】

《诗经》"六义","比"是其中一义,"兴"也是其中一义,"兴"绝对不可能是"比",其理易晓,不容置疑。

"兴"不是"比"。但是,"兴"未必不能兼含"比"。正如白开水不是茶,未必不能融入茶叶使其变成茶水。因此,我在另一篇名为《诗"兴"之源流》的小文中赞同严粲的观点,"兴"作为开端,可以不含"比",也可以兼含"比",录在下面,作为此文的结尾——

"兴"是什么?兴就是起,是一首诗的开端(起头)。

没有兴,一上来直接就用比,就用赋,显得突兀。试想,"关关雎鸠,在河之洲。窈窕淑女,君子好逑。"如果没有起兴,直接说,"窈窕淑女,君子好逑"会是何等地唐突、浅薄,感情没有酝酿,发语没有遮拦,光秃秃、赤裸裸,那还有什么蕴藉、诗味。

比较而言,严粲的话最为正确而明白。"兴"是开端,分含喻和不含喻两种情况。

通过以下的例子可以证明：

（1）含比喻的开端

关关雎鸠，在河之洲。窈窕淑女，君子好逑。

是一首追求爱情的诗，所以用雎鸠的和鸣来起兴。用雎鸠的相向合鸣，从一而终，比喻君子、淑女的相依相恋。

（2）不含比喻的开端

鸳鸯于飞，毕其左翼。君子万年，宜其遐福。（"小雅—鸳鸯"）

鸳鸯于飞，毕其左翼。之子无良，二三其德。（"小雅—白华"）

同一个"鸳鸯于飞，毕其左翼"，前一首和"君子万年，宜其遐福"连在一起，后一首却和"之子无良，二三其德"连在一起。前一首是称颂贵族，后一首是妻子怨怼丈夫。这非常明显，"鸳鸯于飞"两句"兴"辞是没有什么意义的，到处都可以安的上。

附录：《管锥编—毛诗正义》第五则

关雎（四）—兴为触物以起

《关雎—序》："故诗有六义焉：……二曰赋，三曰比，四曰兴。"按"兴"之义最难定。刘勰《文心雕龙—比兴》："比显而兴隐。……'兴'者、起也。……起情者，依微以拟议，……环譬以托讽。……兴之托喻，婉而成章。"是"兴"即"比"，均主"拟议"、"譬"、"喻"："隐"乎"显"乎，如五十步之于百步，似未堪别出并立，与"赋"、"比"鼎足骖靳也。六义有"兴"，而毛、郑辈指目之"兴也"则当别论。刘氏不过依傍毛、郑，而强生"隐""显"之别以为弥缝，盖毛、郑所标为"兴"之篇什泰半与所标为"比"者无以异尔。

〔增订一〕《论语—阳货》："诗可以兴，可以观，可以群，可以怨"；孔安国《注》："兴、引譬连类"，刘宝楠《正义》："赋、比之义，皆包于兴，故夫子止言'兴'。"夫"赋、比、兴"之"兴"谓诗之作法也；而"兴、观、群、怨"之"兴"谓诗之功用，即《泰伯》："兴于诗，立于礼，成于乐"之"兴"。诗具"兴"之功用者，其作法不必出于"兴"。孔注、刘疏淆二为一。

胡寅《斐然集》卷一八《致李叔易书》载李仲蒙语："索物以托情，谓之

'比'；触物以起情，谓之'兴'；叙物以言情，谓之'赋'。"颇具胜义。"触物"似无心凑合，信手拈起，复随手放下，与后文附丽而不衔接，非同"索物"之着意经营，理路顺而词脉贯。惜着语太简，兹取他家所说佐申之。项安世《项氏家说》卷四："作诗者多用旧题而自述己意，如乐府家'饮马长城窟'、'日出东南隅'之类，非真有取于马与日也，特取其章句音节而为诗耳。《杨柳枝曲》每句皆足以柳枝，《竹枝词》每句皆和以竹枝，初不于柳与竹取兴也。《王》国风以'扬之水，不流束薪'赋戍甲之劳；《郑》国风以'扬之水，不流束薪'赋兄弟之鲜。作者本用此二句以为逐章之引，而说诗者乃欲即二句之文，以释戍役之情，见兄弟之义，不亦陋乎！大抵说诗者皆经生，作诗者乃词人，彼初未尝作诗，故多不能得作诗者之意也"。朱熹《诗集传》注："比者，以彼物比此物也。……兴者，先言他物以引起所咏之词也"：《朱子语类》卷八〇："《诗》之'兴'全无巴鼻，后人诗犹有此体。如：'青青陵上柏，磊磊涧中石；人生天地间，忽如远行客。'又如：'高山有涯，林木有枝；忧来无端，人莫之知'；'青青河畔草，绵绵思远道'。"与项氏意同，所举例未当耳，倘曰："如窦玄妻《怨歌》：'茕茕白兔，东走西顾。衣不如新，人不如故'；或《焦仲卿妻》：'孔雀东南飞，五里一徘徊。十三能织素，……'"，则较切矣。

〔增订四〕《太平御览》卷八〇〇引《古艳歌》："孔雀东飞，苦寒无衣，为君作妻"，较《焦仲卿妻》起句更为突出子立。余嘉锡《论学杂著》六五九页："桓帝初童谣：'城上乌，尾毕逋。公为吏，子为徒'云云，'城上'二语，乃诗中之比兴，以引起下文，犹'孔雀东南飞'云云也"；当只曰"乃诗中之兴"，着"比"字似赘。

徐渭《青藤书屋文集》卷十七《奉师季先生书》："《诗》之'兴'体，起句绝无意味，自古乐府亦已然。乐府盖取民俗之谣，正与古国风一类。今之南北东西虽殊方，而妇女、儿童、耕夫、舟子、塞曲、征吟、市歌、巷引，若所谓《竹枝词》，无不皆然。此真天机自动，触物发声，以启其下段欲写之情，默会亦自有妙处，决不可以意义说者。"皆深有得于歌诗之理，或可以阐"触物起情"为"兴"之旨欤。

〔增订一〕阎若璩《潜邱札记》卷二驳朱彝尊《与顾宁人书》解《采苓》之穿凿，因谓首章以"采苓采苓"起，下章以"采苦采苦"起，乃"韵换而无意义，但取音节相谐"。亦如徐渭之言"起句绝无意味"也。

曹植《名都篇》："名都多妖女，京洛出少年。宝剑直千金，……"下文皆言"少年"之豪侠，不复以只字及"妖女"；甄后《塘上行》："蒲生我池中，其叶何离离！傍能行仁义，……"，下文皆言遭谗被弃，与蒲苇了无瓜葛。又如汉《铙歌》："上邪！我欲与君相知、长命无绝衰。……"；"上邪"二字殊难索解，旧释谓"上"、天也，乃指天为誓，似不知而强为之词。脱"上邪"即同"天乎！"，则按语气当曰："天乎！胡我与君不得相知、长命无绝衰！"或曰："天乎！鉴临吾二人欲相知，长命无绝衰！"，方词顺言宜。故窃疑"上邪"亦类《铙歌》另一首之"妃呼豨"，有声无义，特发端之起兴也。儿歌市唱，触耳多然。《明诗综》卷一〇〇载儿谣："狸狸斑斑，跳过南山"云云，即其一例，余童时乡居尚熟聆之。闻寓楼庭院中六七岁小儿聚戏歌云："一二一，一二一，香蕉苹果大鸭梨，我吃苹果你吃梨"；又歌云："汽车汽车我不怕，电话打到姥姥家。姥姥没有牙，请她啃水疙瘩，哈哈！哈哈！"；偶睹西报载纽约民众示威大呼云："一二三四，战争停止！五六七八，政府倒塌！"（One two three four, /We don't want the war!/Five six seven eight,/We don't want the state!"）。"汽车、电话"以及"一二一"若"一二三四"等，作用无异"妖女"、"池蒲"、"上邪"，功同跳板，殆六义之"兴"矣。《三百篇》中如"匏有苦叶"："交交黄鸟止于棘"之类，托"兴"发唱者，厥数不繁。毛、郑诠为"兴"者，凡百十有六篇，实多"赋"与"比"；且命之曰"兴"，而说之为"比"，如开卷之《关雎》是。说《诗》者昧于"兴"旨，故每如项安世所讥"即文见义"，不啻王安石《字说》之将"形声"、"假借"等字作"会意"字解。即若前举儿歌，苟列《三百篇》中，经生且谓：盖有香蕉一枚、苹果二枚、梨一枚也；"不怕"者，不辞辛苦之意，盖本欲乘车至外婆家，然有电话可通，则省一番跋涉也。矍钻牛角尖乎？抑蚁穿九曲珠耶？毛先舒《诗辨坻》卷一曰："诗有赋、比、兴三义，然初无定例。如《关雎》，毛《传》，朱《传》俱以为'兴'。然取其'挚而有别'，即可为'比'；取'因所见感而作'，即可为'赋'。必持一义，深乖通识。"即隐攻毛、郑辈言"兴"之不足据耳。

钱锺书论"丫叉句法—辗转反侧解"

《管锥编—毛诗正义》札记第六则

《管锥编—毛诗正义》第六则《关雎（五）》，副标题为《丫叉句法—辗转反侧解》。

钱锺书此则讲述了两个问题，一个是"丫叉句法"，另一个是"辗转反侧解"。

一、丫叉句法

【什么是"丫叉句法"？】

钱锺书指出：丫叉句法是"先呼后应，有起必承，而应承之次序与起呼之次序适反。"

钱先生的这句话有两层意思，第一层是，行文的方法应该"先呼后应，有起必承"，第二层是，丫叉句法的应承次序与起呼次序相反。

1. 先呼后应，有起必承

先呼后应，有起必承是行文的方法。

《孔雀东南飞》表达爱情坚贞不移有四句诗："君当作磐石，妾当作蒲苇；蒲苇纫如丝，磐石无转移。"分号前面的两句诗把君比作磐石，妾比作蒲苇，是"起"（或称"呼"）。分号后面两句诗说明作此比喻的理由，因为磐石坚定，蒲苇柔韧，是"承"（或称"应"）。前设比喻，后明喻意，前起后承，前呼后应。用钱锺书的话，是"先呼后应，有起必承"。也可以按照"有体有用"的理念，将前文"起呼"视为"体"，将后文"承应"视为"用"。

2. "丫叉句法"应承次序与起呼次序适反

"君当作磐石，妾当作蒲苇；蒲苇纫如丝，磐石无转移。"这四句诗——

起呼的次序是："君当作磐石，妾当作蒲苇"；先言磐石（喻君），后言蒲苇（喻妾）。

应承的次序是："蒲苇纫如丝，磐石无转移"。先言蒲苇（喻妾），后言磐石（喻君）。

显见，《孔雀东南飞》这四句诗，应承之次序与起呼之次序正好相反。

通俗一点讲，《孔雀东南飞》这四句诗，按照正常的秩序走，第一句讲磐石，第二句讲蒲苇，第三句应该接第一句，赞磐石坚定，第四句应该接第二句，赞蒲苇柔韧。

但是，这四句诗实际呈现的次序却是，第三句承接第二句赞蒲苇，第四句才遥承第一句赞磐石。

承应的次序和起呼的次序正好倒转过来了，这样的句子就是"丫叉句法"。

说明一下，我用《孔雀东南飞》的诗句解释"丫叉句法"是因为易懂，钱锺书讲述"丫叉句法"时，用的是另一句话。这句话出于《关雎—序》对"窈窕淑女，君子好述"的注解。

《序》云："是以《关雎》乐得淑女以配君子，忧在进贤，不淫其色，哀窈窕，思贤才。"

《关雎—序》的上述原文是从政教的角度来解诗的，我试以白话来释其大意：

"窈窕淑女，君子好述"这句诗，诗人写乐于见到淑女配君子，其实是写难以向君王举贤荐能，并非贪恋女色；怜爱静雅的美女，就是渴盼有贤才辅佐国家，并没有伤风败俗的邪念。这就是《关雎》的要义啊！

钱锺书指出"忧在进贤，不淫其色，哀窈窕，思贤才"这四句是"丫叉句法"：

"'哀窈窕'句紧承'不淫其色'句，'思贤才'句遥承'忧在进贤'句，此古人修词一法。"

"丫叉句法"是钱锺书先生从古籍中发掘并拈出的修辞方法，"丫叉句法"一名用的是古希腊谈艺的提法。

【我对"丫叉句法"的形象解读】

为便于理解，我想对"丫叉句法"做一个形象解读。

树枝的丫叉底部相连，左右两个枝丫向两端延伸，像 V 字型，这两根枝丫具有对称性。"丫叉句法"和这种情形相仿佛。

拿上面《孔雀东南飞》四句诗作例:"君当作磐石,妾当作蒲苇;蒲苇纫如丝,磐石无转移。"

这四句诗的行文次序是:磐石——蒲苇——蒲苇——磐石,第一句(磐石)至第二句(蒲苇),是左边一枝;第三句(蒲苇)至第四句(磐石),是右边一枝,第三句(蒲苇)紧承第二句(蒲苇)如丫叉的底部紧密相连,第四句(磐石)——第一句(磐石)如丫叉的尖端,遥相呼应,四句诗整体作"V"字形,仿佛树枝的丫叉。

【钱锺书列举的"丫叉句法"】

《管锥编—毛诗正义》第六则,钱锺书论述"丫叉句法",除了"忧在进贤,不淫其色,哀窈窕,思贤才"这个例句而外,还举了以下的例子。

1.《卷阿》

"凤凰鸣兮,于彼高冈:梧桐出兮,于彼朝阳;菶菶萋萋,雝雝喈喈",以"菶菶"句近接梧桐而以"雝雝"句远应凤凰。

此诗前四句为起呼,后两句为承应。

起呼次序:A. 凤凰,B. 梧桐。

承应次序:B. 梧桐"菶菶萋萋",A. 凤凰"雝雝喈喈"。

起呼与承应次序相反。

2.《史记·老子、韩非列传》

"鸟吾知其能飞,鱼吾知其能游,兽吾知其能走;走者可以为罔,游者可以为纶,飞者可以为矰"

此言前两句为起呼,后两句为承应。

起呼次序:A. 鸟飞,B. 鱼游,C. 兽走。

承应次序:C. 兽走"为罔",B. 鱼游"为纶",A. 鸟飞"为矰"。

起呼与承应次序相反。

3. 谢灵运《登池上楼》

"潜虬媚幽姿,飞鸿响远音;薄霄愧云浮,栖川怍渊沉"。

此诗前两句为起呼,后两句为承应。

起呼次序:A. 潜虬,B. 飞鸿。

承应次序:B. 飞鸿"愧云",A. 潜虬"惭渊"。

起呼与承应次序相反。

4. 杜甫《大历三年春自白帝城放船出瞿塘峡》

"神女峰娟妙，昭君宅有无；曲留明怨惜，梦尽失欢娱"：

此诗前两句为起呼，后两句为承应。

起呼次序：A. 神女峰，B. 昭君宅。

承应次序：B. 昭君宅"曲留"，A. 神女峰"梦尽"。

起呼与承应次序相反。

【"丫叉句法"的修辞特色】

"丫叉句法"是钱锺书发现总结出的又一个新的修辞方法。通常说话、行文的规则是，前文提到 ABCD，后文就按照 ABCD 的次序落笔。人们大都喜欢这样行文，似乎逻辑严密，有条不紊。但千篇一律必然显得刻板、僵化。而且，前文之尾和后文之头之间必然有一个断点，不能一气呵成。

"丫叉句法"后文承应的顺序和前文起呼的顺序反着来，说了 ABCD 紧接着说 DCBA，整个叙述文字是无缝连接，弧线推进，画一个圆圈后又回到原点，首尾相接，仍然有条不紊，没有丢下任何内容，却更显灵动圆润，首尾呼应。人们用一个好听的词汇来形容，叫"回鸾舞凤"。

我以为，"丫叉句法"不仅适合句子，段落甚至长篇的章节都可以运用。"丫叉句法"适合诗，也适合散文、小说等。"丫叉句法"前文起呼 ABCD，后文承应是 DCBA，正好相反，才是"丫叉句法"。诗文中后文承应和前文起呼不是正好相反，而是错综的如 DBCA 或 DACB 等当然不乏其例，但不能叫"丫叉句法"。

"文似看山不喜平"。

我们读写一直是后文承应和前文起呼次序一致，这种程式化套路，已然成了"八股文"。"丫叉句法"给我们提供了一种新的行文方式，懂得它会多一付笔墨，值得认真学习和借鉴。

最后，为了直观地说明"丫叉句法"的圆润和首尾相接，把汪曾祺小说《晚饭花》的一段文字录在下面，供大家鉴赏：

"里屋炕几上有一套茶具：一个白瓷的茶盘，一把茶壶，四个茶杯。茶杯倒扣着，上面落了细细的尘土。茶壶是荸荠形的扁圆的，茶壶的鼓肚子下面落不着尘土，茶盘里就清清楚楚留下一个干净的圆印子。（汪曾祺《晚饭花》）

起呼次序：A. 茶盘，B. 茶壶，C. 茶杯。

承应次序：C. 茶杯（倒扣）B. 茶壶（扁圆），A. 茶盘（留印）。

整个行文是一个圆圈：茶盘——茶壶——茶杯，茶杯——茶壶——茶盘。

二、辗转反侧解

钱锺书本则关于"辗转反侧"的讲述简短，全文录下：

"求之不得，寤寐思服，悠哉悠哉，辗转反侧"。《传》、《笺》以"服"与"悠"皆释为"思"，不胜堆床骈拇矣，"悠"作长、远解，亦无不可。何夜之长？其人则远！正复顺理成章。《太平乐府》卷一乔梦符《蟾宫曲—寄远》："饭不沾匙，睡如翻饼"，下句足以笺"辗转反侧"也。

《关雎》此四句："求之不得，寤寐思服，悠哉悠哉，辗转反侧"。

《传》、《笺》把"服"与"悠"都解释为"思"，是叠床架屋，犹如手上长出来的多余指头，不胜其烦。把"悠"字作长、远解，似乎要好些。思念难眠怨遥夜，哪里是夜长？分明是心上人求之不得或距离太远。如此解读才符合情理。"辗转反侧"用《蟾宫曲—寄远》："饭不沾匙，睡如翻饼"来解也恰到好处。

附录：《管锥编—毛诗正义》第六则

关雎（五）

"窈窕淑女，君子好逑"；《传》："窈窕、幽闲也；淑，善"；《正义》："淑女，已为善称，则'窈窕，宜为居处：扬雄云'善心为窈，善容为窕'者，非也"。按《方言》作："美心……美状……"。"淑"固为善称，然心善未必状美，扬雄之说兼外表内心而言，未可厚非，亦不必牵扯"居处"也。《序》云："是以《关雎》乐得淑女以配君子，忧在进贤，不淫其色，哀窈窕，思贤才。"哀"即爱，高诱注《吕氏春秋—报更》篇之"哀士"及《淮南子·说林训》之"哀其所生"，皆曰："'哀'，爱也"；《汉书—鲍宣传》上书谏宠幸董贤曰："诚欲哀贤，宜为谢过天地"，训"爱"更明。郑笺谓"哀"当作"衷"，中心思念之意，义与"爱"通。

〔增订四〕《老子》六九章："故抗兵相加，哀者胜之"；王弼注："哀者必相惜。"即"哀窈窕"之"哀"。参观六七章："夫慈以战则胜"；王注："相悯而不避于难。"先秦古籍之"哀"，义每如后来释书之"悲"；"哀胜"、"慈胜"同条共贯，亦犹"慈悲"连举矣。

"哀窈窕"句紧承"不淫其色"句，"思贤才"句遥承"忧在进贤"句，此古人修词一法。

如《卷阿》："凤凰鸣兮，于彼高冈：梧桐出兮，于彼朝阳；菶菶萋萋，雝雝喈喈"，以"菶菶"句近接梧桐而以"雝雝"句远应凤凰。《史记—老子、韩非列传》："鸟吾知其能飞，鱼吾知其能游，兽吾知其能走；走者可以为罔，游者可以为纶，飞者可以为矰"；谢灵运《登池上楼》："潜虬媚幽姿，飞鸿响远音；薄霄愧云浮，栖川惭渊沉"；杜甫《大历三年春自白帝城放船出瞿塘峡》："神女峰娟妙，昭君宅有无；曲留明怨惜，梦尽失欢娱"：亦皆先呼后应，有起必承，而应承之次序与起呼之次序适反。其例不胜举，别见《全上古文》卷论乐毅《献书报燕王》。古希腊谈艺谓之"丫叉句法"（Chiasmus），《关雎—序》中四语亦属此类。"窈窕"、"贤才"、容德并茂，毛、郑遗置"色"字，盖未究属词离句之法耳。《陈风—东门之池》："彼美淑姬"，正"窈窕淑女"之谓；《汉书·王莽传》上公卿大夫奏言："公女渐渍德化，有窈窕之容"，邯郸淳《孝女曹娥碑》："窈窕淑女，巧笑倩兮"又"婳艳窈窕"，陆机《日出东南隅》："窈窕多仪容"，谢灵运《会吟行》："肆呈窈窕容"，皆指姿容，足相发明。以"窈窕"与"淑"连举，即宋玉《神女赋》所谓"既姽婳于幽静兮"，或杜甫《丽人行》所谓"态浓意远淑且真"也。施山《姜露盦杂记》卷六称"窈窕淑女"句为"善于形容。盖'窈窕'虑其佻也，而以'淑'字镇之；'淑'字虑其腐也，而以'窈窕'扬之"。颇能说诗解颐。

"求之不得，寤寐思服，悠哉悠哉，辗转反侧"。《传》、《笺》以"服"与"悠"皆释为"思"，不胜堆床骈拇矣，"悠"作长、远解，亦无不可。何夜之长？其人则远！正复顺理成章。《太平乐府》卷一乔梦符《蟾宫曲—寄远》："饭不沾匙，睡如翻饼"，下句足以笺"辗转反侧"也。

钱锺书论"话分两头"

《管锥编—毛诗正义》札记第七则

《管锥编—毛诗正义》第七则《卷耳》，副标题为《话分两头》。

【像电影脚本的《卷耳》】

春秋、战国时代。

〔分镜头〕

一个美丽少妇，新婚不久丈夫就奔赴远方服役，她不施粉黛却羞怯迷人，独自来到山间采摘卷耳菜，采了又采，采来采去一小筐也装不满。她干脆把装采耳的竹筐放在路边，兀自坐下来托腮望天，心早已给她心爱的帅哥哥带到了那遥远的地方，哪有心思再采摘下去呢，她（以下称思妇）一边怀想着和夫君（以下称劳人）的新婚缱绻，更多的是为那远走他乡的人儿担忧。他走到什么地方了？他现在在干嘛？

一个蒙太奇连接，切换到另一个电影画面。

〔分镜头〕

时间的另一端是女子的丈夫——他辗转在风云变幻的路途中，马儿在崎岖的山路上跋涉，人在马背上颠簸，跑累了就歇下来喝口小酒，借以解渴和浇愁，漫长的旅途，马匹筋疲力尽，牵马的仆人也病倒了，劳人愁容满面，焦虑忧伤，心中牵挂着他的新娘。

以上像电影脚本的情节，实际是《诗经》中一篇描写纯美爱情的诗篇《国风·周南·卷耳》的文字：

采采卷耳[1]，不盈顷筐[2]。嗟我怀人[3]，寘彼周行[4]。

陟彼崔嵬[5]，我马虺隤[6]。我姑酌彼金罍[7]，维以不永怀[8]。

陟彼高冈，我马玄黄[9]。我姑酌彼兕觥[10]，维以不永伤[11]。

陟彼砠矣[12]，我马瘏矣[13]。我仆痡矣[14]，云何吁矣[15]！

这上面有多少生僻的字呵！还是找注释吧。哦，找到了，放在下面：

注释

注1. 采采：采了又采。《毛传》作采摘解，朱熹《诗集传》云："非一采也。"而马瑞辰《毛诗传笺通释》则认为是状野草"盛多之貌"。卷耳：野菜名，今名苍耳，石竹科一年生草本植物，子可入药。

注2. 盈：满。顷筐：斜口浅筐，前低后高，如今之畚箕。这句说采了又采都采不满浅筐子，心思不在这上头。

注3. 嗟：语助词，或谓叹息声。怀：怀想。

注4. 寘（zhì）：同"置"，放，搁置。周行（háng）：环绕的道路，特指大道。索性把筐子放在大路上。

注5. 陟（zhì）：登高。彼：指示代名词。崔嵬（wéi）：高而不平的土石山。

注6. 虺（huī）隤（tuí）：疾病的通称。虺为"瘣"的假借；隤与"颓"相通。

注7. 姑：姑且。酌：斟酒。金罍（léi）：金罍，青铜做的罍。罍，器名，青铜制，用以盛酒和水。

注8. 维：发语词，无实义。永怀：长久思念。

注9. 玄黄：黑色毛与黄色毛相掺杂的颜色。朱熹说"玄马而黄，病极而变色也"，就是本是黑马，病久而出现黄斑。

注10. 兕（sì）觥（gōng）：形似伏着的犀牛的饮酒器，一说是野牛角制的酒杯。

注11. 永伤：长久思念。

注12. 砠（jū）：有土的石山，或谓山中险阻之地。

注13. 瘏（tú）：因劳致病，马疲病不能前行。

注14. 痡（pū）：因劳致病，人过度疲劳而不能走路

注15. 云何：奈何，如之何。云，语助词，无实义。吁（xū）：忧伤而叹。

这样对照着看，还是费劲，干脆把它翻成白话分成章节吧：

首章

采了又采卷耳菜，采来采去不满筐。

叹息想念远行人，竹筐放在大路旁。

二章

登上高高的石山，我的马儿已困倦。

我且斟满铜酒杯，让我不再长思念。

三章

登上高高的山冈，我的马儿步踉跄。

我且斟满牛角杯，但愿从此不忧伤。

四章

登上高高山头呦，我的马儿难行呦。

我的仆人病倒呦，多么令人忧愁呦。

这首诗把思妇和劳人的依恋之情，描写地多么缠绵悱恻，感人肺腑啊！

【古今文豪穿越时空讨论《卷耳》是政治诗，还是爱情诗？】

封建卫道士却给这首诗涂上了政教的色彩——

《国风·周南·卷耳》篇的《小序》说，后妃因臣下勤劳，日夜思念，而作此诗。毛亨、毛苌和郑玄他们，照搬照套，以讹传讹，说是后妃"求贤"。

钱锺书先生见他们牵强附会太离谱，看不下去了，于是，穿越时空，和他们理论，说你们迂腐的可以，太可笑了。他不禁反问：好，你们说此诗是写后妃求贤，"'求贤'而几于不避嫌！"后妃求贤竟不怕遭不贞的嫌疑，敢把求贤说得像情人倾诉，难道不怕国王妒忌、误会！

朱熹插进来，说，诗里的话语太亲昵，后妃恐怕不敢如此说。

钱锺书说，对嘛！有朱熹附和，他更理直气壮。

又有经儒插话说，这可能是周文王的正妃太姒怀念文王。

钱锺书说，这也不大说得通，疑问依然存在。太姒何曾离开文王这么久，她怎么会去采卷耳，文王又怎么会落得如此境地，简直不可思议。你们把爱情诗生拉硬扯的说成是教化诗，不能不漏洞百出，贻笑大方。

一席话说得经儒们瞠目结舌，哑口无言。

【讨论《卷耳》的人称、结构问题】

一波未平一波又起。

大家终于同意将该诗定性为平民爱情诗，还了它本来面目。对《卷耳》的结构、人称问题又起了争执。

首章的"采采卷耳，不盈顷筐。嗟我怀人，置彼周行。"是思妇口吻，大家意见一致，但经儒们说二、三、四章全出于思妇之口，是思妇设想劳人在外服役的情况，钱锺书认为就疑问丛生了。

钱锺书说：

首章"嗟我怀人"这个"我"不是少妇自称吗？但二、三、四章"我马虺隤、玄黄"，"我姑酌彼金罍、兕觥"，"我仆痛矣"明明是劳人旅途的困顿窘况，"我"明明是劳人自称。思妇怀想劳人怎么会用"我"呢？

经儒们面面相觑。

一个白髯经儒得意地解释说：

对了，这是思妇设想自己骑马带着仆人，风尘仆仆，一路颠簸、借酒浇愁。所以，这里的"我"也是思妇自称。

钱锺书瞥了他一眼，笑道：

您真是想象力丰富得出奇，就剩没有说她是女扮男装了。

清代嘉庆十年（1805年）进士胡承珙出来打圆场、和稀泥，他说：

诗中的"我"字，有诗人自称，也有代别人说"我"。这两种"我"不妨在一篇中同时出现。

钱锺书知道胡承珙把那位少妇说成写诗之人了，反驳道：好吧！就依你所说，在同一篇什诗人可以自称'我'，也可以代别人说'我'。但你凭什么说思妇是作诗之人，又怎么确定第一章之"我"是少妇自称，而以后各章之"我"一定是思妇代劳人自称呢？

胡承珙哑然。

【钱锺书把《卷耳》的篇章结构归结为"话分两头"】

钱锺书见胡承珙有些愧色，便不再为难他，调转话头，阐明己见。

钱锺书侃侃而谈：

如果贯通本诗，其义自现，没有必要平湖起波，节外生枝。诗人不必是诗中所写之人，思妇和劳人都是诗的主人翁。实际上，诗人是分别为思妇和劳人代言。诗人首章代思妇自述情怀，"嗟我"之"我"，乃思妇自称也。诗人在二、三、四章代劳人自述旅途情状，"我马"、"我仆"、"我酌"之"我"，乃劳人自称也。

此诗，第一章写思妇，第二、三、四章写劳人。写劳人的篇幅大大超过思妇，是因为劳人在外颠沛流离，思妇在家的生活拮据和劳人的辛苦相比，真的算不了什么。因此，该诗以劳人为主、以思妇为次也。

至此，钱锺书切入主题，指出该诗的结构正是"话分两头"。

钱锺书的一席话，将《卷耳》一诗剖析的头头是道，经儒们皆颔首拜服，朱熹一干人等也欣然称好。钱锺书的分析像一股清风驱散了《卷耳》人称、结构两个难解之谜，鸟语花香，朗朗青天了。

"话分两头"的结构，犹如电影脚本的分镜头，一头写"思妇"，一头写"劳人"，诗人代"思妇"和"劳人"口吻，皆自称为"我"。

【"话分两头"的内涵和意义】

钱锺书如下的一段话，揭示了"话分两头"的内涵：

"男女两人处两地而情事一时，批尾家谓之'双管齐下'，章回小说谓之'话分两头'，《红楼梦》第五四回王凤姐仿'说书'所谓：'一张口难说两家话，花开两朵，各表一枝'。"

"盖事物四面八方，而语文之运用只能作单线，如弦之续而绳之继。十八世纪瑞士写景诗人兼生理学者撰《本国博物志》云云：'天然品物之互相系联，有若组结为网，而不似贯串成链。人一一叙述之，次序衔接，则只如链焉。盖前时而数物同陈，端非笔舌所能办耳'。虽为物类而发，亦可通诸人事。'花开两朵，各表一枝'（《说岳全传》第一五回'表'字作'在'），'说时迟，那时快'，不外此意。福楼拜自诩《包法利夫人》第二卷第八章曲传农业赛会中同时兽声人语，杂而不乱。后世小说作者青出于蓝。或谓历来叙事章句，整齐平直，如火车轨道，失真违实，当如石子投水，飞溅盘涡，则几是矣。或谓人事绝不类小说中所叙之雁行鱼贯，先后不紊，实乃交集纷来，故必以叙述之单线铺引为万绪综织之平面，一变前人笔法。要之，欲以网代链，如双管齐下，五官并用，穷语言文字之能事，为语言文字之所不能为而已。亚理士多德《诗学》称史诗取境较悲剧为广，同时发生之情节不能入剧演出，而诗中可以叙述出之。然无以解于以链代纲、变并驾齐驱为衔尾接踵也。荷马史诗上篇每写同时情事，而一若叙述有先后亦即发生分先后者，则《诗学》所未及矣。"

读者诸君，"人处两地而情事一时"，是"话分两头"的内涵和精要。

盖世间人事均在时间、空间中发生，在同一个时间段，地球上的不同空间会发生五花八门、千奇百怪的事情，这些事情或毫不相干，或因某种情缘而休戚与共。但文学表达无论是诗歌、散文还是小说对同一时段发生在不同空间的事情必须分先后，一个一个说，必须"话分两头"。如《卷耳》所写的思妇和劳人的爱情即是在同一时间、不同空间相互思念对方，是"一种相思两处闲愁"。袭用钱锺书的雅丽词汇来表述，即：世事万绪综织如石子投水，飞溅盘涡，而文字表达只能是雁行鱼贯，先后相续，单线铺引。事实呈网态弥散、错综交织，而文字只能是链状的衔尾接踵。

【"话分两头"举例和艺术魅力】

钱锺书见大家赞许他对《卷耳》篇章结构和"我"的指称问题的观点，一高兴，便滔滔不绝展开了他的博学鸿词。他一口气举了14个诗例，7个书例，2个西诗，其中不乏经典，把经儒们都听傻了，一个个目瞪口呆，把嘴巴张得老大。

其中"话分两头"把那些生命攸关的人们有哀有乐、此生彼死，同时而异地的境况对比推出，尤为惊心动魄，催人泪下：

1. 鲍照《东门吟》："居人掩闺卧，行客夜中饭"。
2. 李白《春思》："当君怀归日，是妾断肠时"。
3. 陈陶《陇西行》："可怜无定河边骨，犹是春闺梦里人"。
4. 高九万《清明对酒》："日暮狐狸眠冢上，夜归儿女笑灯前"。
5. 《红楼梦》第九八回："却说宝玉成家的那一日，黛玉白日已经昏晕过去，当时黛玉气绝，正是宝玉娶宝钗的这个时辰"。
6. 《名利场》中写滑铁卢大战，结语最脍炙人口："夜色四罩，城中之妻方祈天保夫无恙，战场上之夫仆卧，一弹穿心，死矣。"

　　……

"话分两头"结构的运用竟如此精彩和绝妙！！

让那些嫉妒钱锺书博学的人，说钱锺书是"知道分子"，说如今有电脑、有互联网，钱锺书的学问就大打折扣了吧。

我谨以司马迁赞美孔子的话表达对"钱学"的敬意："《诗》有之：'高山仰止，景行行止。'虽不能至，然心向往之。"

附录：《管锥编—毛诗正义》第七则

卷耳·话分两头

　　《小序》谓"后妃"以"臣下""勤劳"，"朝夕思念"，而作此诗，毛、郑恪遵无违。其说迂阔可哂，"求贤"而几于不避嫌，朱熹辨之曰："其言亲匿，非所宜施"，是也；顾以为太姒怀文王之诗，亦未涣然释而怡然顺矣。首章"采采卷耳"云云，为妇人口吻，谈者无异词。第二、三、四章"陟彼崔嵬"云云，皆谓仍出彼妇之口，设想己夫行役之状，则惑滋甚。夫"嗟我怀人"，而称所怀之人为"我"——"我马虺隤、玄黄"，"我姑酌彼金罍、兕觥"，"我仆痡矣"——葛龚莫辨，扞格难通。且有谓妇设想己亦乘马携仆、陟冈饮酒者，只未遂谓渠变形或改扮为男子耳！胡承珙《毛诗后笺》卷一斡旋曰："凡诗中'我'

字,有其人自'我'者,有代人言'我'者,一篇之中,不妨并见。"然何以断知首章之"我"出妇自道而二、三、四章之"我"为妇代夫言哉?实则涵泳本文,意义豁然,正无须平地轩澜、直干添枝。作诗之人不必即诗中所咏之人,妇与夫皆诗中人,诗人代言其情事,故各曰"我"。首章托为思妇之词,"嗟我"之"我",思妇自称也;"置彼周行"或如《大东》以"周行"为道路,则谓长在道途,有同弃置,或如毛《传》解为置之官位,则谓离家室而登仕途,略类陆机《代顾彦先妇答》:"游宦久不归,山川修且阔",江淹《别赋》:"君结绶兮千里,惜瑶草之徒芳。"二、三、四章托为劳人之词,"我马"、"我仆"、"我酌"之"我",劳人自称也;"维以不永怀、永伤",谓以酒自遣离忧。思妇一章而劳人三章者,重言以明征夫况瘁,非女手拮据可比,夫为一篇之主而妇为宾也。男女两人处两地而情事一时,批尾家谓之"双管齐下",章回小说谓之"话分两头",《红楼梦》第五四回王凤姐仿"说书"所谓:"一张口难说两家话,'花开两朵,各表一枝'"。如王维《陇头吟》:"长安少年游侠客,夜上戍楼看太白。陇头明月迥临关,陇上行人夜吹笛。关西老将不胜愁,驻马听之双泪流:身经大小百余战,麾下偏裨万户侯。苏武身为典属国,节旄落尽海西头。"少年楼上看星,与老将马背听笛,人异地而事同时,相形以成对照,皆在凉辉普照之下,犹"月子弯弯照九州,几家欢乐几家愁";老将为主,故语焉详,少年为宾,故言之略。鲍照《东门吟》:"居人掩闺卧,行客夜中饭";白居易《中秋月》:"谁人陇外久征戍?何处庭前新别离?失宠故姬归院夜,没蕃老将上楼时";刘驾《贾客词》:"贾客灯下起,犹言发已迟。高山有疾路,暗行终不疑。寇盗伏其路,猛兽来相追。金玉四散去,空囊委路歧。扬州有大宅,白骨无地归。少妇当此日,对镜弄花枝";陈陶《陇西行》:"可怜无定河边骨,犹是春闺梦里人";高九万《清明对酒》:"日暮狐狸眠冢上,夜归儿女笑灯前"(《中兴群公吟稿》戊集卷四);金人瑞《塞北今朝》:"塞北今朝下教场,孤儿百万出长杨。三通金鼓摇城脚,一色铁衣沉日光。壮士并心同日死,名王卷席一时藏。江南士女却无赖,正对落花春昼长"(刘献廷选《沉吟楼诗选》):均此手眼,刘驾《词》且直似元曲《朱砂担》缩本。西方当世有所谓"嗒嗒派"(Dada)者,创"同时情事诗"体(Simultaneist poems),余尝见一人所作,咏某甲方读书时,某处火车正过铁桥,某屠肆之猪正鸣嗥。又有诗人论事物同时,谓此国之都方雨零,彼国之边正雪舞,此洲初旭乍皎,彼洲骄阳可灼,四海异其节候而共此时刻。均不过斯法之充尽而加厉耳。小说中尤为常例,如《女仙外史》第二一回："建文登舟潜去，唐赛儿兴师南下，而燕王登基，乃是同一日之事，作者一枝笔并写不得三处"；《红楼梦》第九八回："却说宝玉成家的那一日，黛玉白日已经昏晕过去，当时黛玉气绝，正是宝玉娶宝钗的这个时辰"；《堂·吉诃德》第二编第五章叙夫妇絮语，第六章起曰："从者夫妻说长道短，此际主翁家人亦正伺间进言"云云；《名利场》中写滑铁卢大战，结语最脍炙人口："夜色四罩，城中之妻方祈天保夫无恙，战场上之夫仆卧，一弹穿心，死矣"（Darkness came down on the field and the city: and Amelia was praying for George, Who was lying on his face, dead, with abullet through his heart）。要莫古于吾三百篇《卷耳》者。男、女均出以第一人称"我"，如见肺肝而聆咳唾。颜延年《秋胡诗》第三章"嗟余怨行役"，乃秋胡口吻，而第四章"岁暮临空房"，又作秋胡妻口吻，足相参比。"彼"字仿佛指示"高冈"、"金罍"等之宛然赫然在眼前手边，正如他篇之"相彼鸟矣"，"相彼泉水"，"相彼投兔"；略去"相"字，而指物以示之状（a gesture to direct the eye）已具"彼"（deictic）字之中。林光朝《艾轩集》卷六《与宋提举去叶》说《诗》"彼黍离离，彼稷之苗"，谓"彼"字如言"某在斯，某在斯！"亦犹是也。《淮南子·说林训》："行者思于道，而居者梦于床，慈母吟于燕，适子怀于荆"；高诱注："精相往来也"；盖言远隔而能感通（telepathy，ESP），虽荆燕两地，仍沆瀣一气，非《卷耳》谋篇之旨。任昉《出郡传舍哭范仆射》："宁知安歌日，非君撤瑟晨！"李白《春思》："当君怀归日，是妾断肠时"，又《捣衣篇》："君边云拥青丝骑，妾处苔生红粉楼"；白居易《九年十一月二十一日感事而作》："当君白首同归日，是我青山独往时"；王建《行见月》："家人见月望我归，正是道上思家时"；此类乃从"妾"、"我"一边，拟想"君"、"家人"彼方，又非两头分话、双管齐下也。参观下论《陟岵》。

〔增订三〕《水浒》第四九回于"两打祝家庄"时，插入解珍、解宝遭毛太公诬陷事："看官牢记，这段话头原来和宋公明初打祝家庄时一同事发，却难这边说一句，那边说一句，因此权记下"云云。亦章回小说中"一张口难说两家话"之古例。盖事物四面八方，而语文之运用只能作单线（language is used linearly），如弦之续而绳之继。十八世纪瑞士写景诗人兼生理学者撰《本国博物志》云云："天然品物之互相系联，有若组结为网，而不似贯串成链。人一一叙述之，次序衔接，则只如链焉。盖前时而数物同陈，端非笔舌所能办耳"。虽为物类而发，亦可通诸人事。"花开两朵，各表一枝"（《说岳全传》第一五回"表"字作"在"），"说时迟，那时快"，不外此意。福楼拜自诩《包法利夫人》第二卷第八章曲传农业赛会中同时兽声人语，杂而不乱。后世小说作者青出于蓝。或谓历来叙事章句，整齐平直，如火车轨道（a formal railway line of sentence），失真违实，当如石子投水（throwing a pebble into a pond），飞溅盘涡，则几是矣。或谓人事绝不类小说中所叙之雁行鱼贯，先后不紊，实乃交集纷来，故必以叙述之单线铺引为万绪综织之平面，一变前人笔法。要之，欲以网代链，如双管齐下，五官并用，穷语言文字之能事，为语言文字之所不能为（to try the possibility of the impossible）而已。亚理士多德《诗学》称史诗取境较悲剧为广，同时发生之情节不能入剧演出，而诗中可以叙述出之（owing to the narrative form, many events simultaneously transacted can be presented）。然无以解于以链代纲、变并驾齐驱为衔尾接踵也。荷马史诗上篇每写同时情事，而一若叙述有先后亦即发生分先后者，则《诗学》所未及矣。

〔增订四〕吴尔夫夫人初尚自苦其叙事多"纠结"（knotting it and twisting it），不能"既直且柔，如挂于两树间之晒衣绳然"（as straight and flexible as the line you stretch between pear trees, with your linen on drying），后遂脱粘解缚矣。

钱锺书论"花笑"

《管锥编—毛诗正义》札记第八则

《管锥编—毛诗正义》第八则《桃夭》，副标题为《花笑》。

讲解《诗经》《桃夭》的中文课。

第一堂课

【讲解"夭夭"】

老师走进课堂，念念有词："桃之夭夭，灼灼其华"，一边在黑板上写了"夭夭"两个字，问：

"同学们：'夭夭'两个字怎么解释，知道的请举手。"

一问，未答。再问，又未答。

等了一分锺，老师在黑板上又写了两个字"少壮"，并在两字间划了等号，黑板上呈现：

夭夭＝少壮

转过身，摇头晃脑地念："《传》曰'夭夭，其少壮也；灼灼、华之盛也。'"老师解释说：《传》指《毛传》，全称《毛诗诂训传》，是战国时代荀子的学生鲁国人毛亨所著。《毛传》是解释《诗经》的权威。

"夭夭"等于"少壮"是《毛传》上写的话。老师问同学们："'夭夭'等于'少壮'对不对呢？"

同学们零零落落地回答：对！

老师把手一挥，斩钉截铁，说：不对！

转过身，很有风度地在等号上面划了一个斜杠，立刻呈现：

夭夭≠少壮

老师接着说——

钱锺书不惟书，不惟权威，把"夭夭=少壮"给否定了。

钱锺书相信许慎《说文》对"桃之夭夭"的解释：

《说文》："娇：巧也，一曰女子笑貌；《诗》曰：'桃之娇娇'"；王闿运《湘绮楼日记》同治八年九月二十八日："《说文》'娇'字引《诗》'桃之夭夭'，以证'娇'为女笑之貌，明'芺'即'笑'字。隶书'竹'、'艹'互用，今遂不知'笑'即'芺'字，而妄附'笑'于'竹'部。"

许慎把"夭"字解读为女笑之貌。隶书'竹''艹'互用，笑即芺，而"娇"为女笑之貌，读"夭"。"桃之夭夭"就是"桃之娇娇"。

因此，钱锺书说：

"盖'夭夭'乃比喻之词，亦形容花之娇好，非指桃树之'少壮'"。

钱锺书为什么不采信《毛传》，而采信许慎《说文》呢？

《毛传》说夭夭是少壮，根据的是《诗经》的另一首诗《隰有苌楚》，是孤证。

如果一个词语有两个不同的训诂，一个是孤证，另一个很多史料相互印证，钱锺书肯定选择相信后者。

钱锺书选择采信许慎，原因也是许慎之解有许多文史资料加以支撑和印证。

以下就是"夭"是笑，"夭夭"是笑貌的例证：

其一：谢惠连《秋胡行》："红桃含夭，绿柳舒黄"，夭，一作妖；妖，"娇"之误。红桃含夭即红桃含"笑"。

其二：刘孝威《奉和逐凉诗》"月纤张敝画，荷妖韩寿香"，"妖"亦"娇"之讹，即"夭"也。荷妖韩寿香即荷笑韩寿香。

其三：李商隐《即目》："夭桃唯是笑，舞蝶不空飞"，"夭"即是"笑"，正如"舞"即是"飞"。

其四：《嘲桃》："无赖夭桃面，平明露井东，春风为开了，却拟笑春风"。

后面，钱锺书还列举有一大串例证，说明"隋唐而还，'花笑'久成词头'"。

1. 萧大圜《竹花赋》："花绕树而竞笑，鸟遍野而俱鸣"。

2. 骆宾王《荡子从军赋》："花有情而独笑，鸟无事而恒啼"。

3. 李白《古风》："桃花开东园，含笑夸白日"。

4. 李商隐《判春》："一桃复一李，井上占年芳，笑处如临镜，窥时不隐墙"。

5. 李商隐《早起》："莺花啼又笑，毕竟是谁春"。

6. 李商隐《李花》："自明无月夜，强笑欲风天"。

7. 李商隐《槿花》："殷鲜一相杂，啼笑两难分。"。

······

"花笑"成了诗文的常用语。

综上所述，"桃之夭夭"即"桃之娱娱"，形容花之娇好。

钱锺书否定了一种解释——夭夭是少壮，肯定了另一种解释，"夭夭即娱娱"，是"花笑"。

清儒喜欢"以经解经"，钱锺书主张"以诗解诗"。

说完，老师宣布下课。

第二堂课

【观物由浑而划 修词由总而分】

老师来到教室，环顾四周后开讲：

上堂课，我们讲了钱锺书对"桃之夭夭"的解释。这堂课我们把"桃之夭夭，灼灼其华"以及整首诗放在一块来鉴赏。

"桃之夭夭，灼灼其华"，说花"夭夭"如笑，又说花"灼灼"欲燃，是否累赘、繁琐呢？

钱锺书说：

"切理契心，不可点烦"。《桃夭》这样写，切理，合乎情理，契心，正合人心，而不是累赘。

为什么说《桃夭》的描写合情合心呢？

我们看东西，首先看到的是大致风貌，而后才是某些细部特征。

"桃之夭夭，灼灼其华"这句诗正符合人们的观物过程。

"夭夭"一词，总写一树桃花的情致风调，"灼灼"一语，专咏枝上繁花的明艳照人。

再看整首诗，《诗经·周南·桃夭》：

桃之夭夭，灼灼其华。之子于归，宜其室家。

桃之夭夭，有蕡其实。之子于归，宜其家室。

桃之夭夭，其叶蓁蓁。之子于归，宜其家人。

翻译成白话：

桃花如笑，明艳似火。姑娘出嫁，琴瑟和谐。

桃花如笑，果实累累。姑娘出嫁，早生贵子。

桃花如笑，绿叶茂盛。姑娘出嫁，和睦一家。

第二章、第三章由见"其华"再到见"其实"、再到见"其叶"，一一浏览，并以其所见喻示姑娘开花结果，绿树成荫，幸福到永远。

先写总体风貌，再写细部特征，《桃夭》如此，《诗经》中的另一首诗《小雅·节南山》也是如此，"节彼南山，维石岩岩"句，先写全山的尊严气象，再写山石的嶙峋怪状。

先总后分，由粗线条勾勒到细部的精笔刻画。

钱锺书指出，"桃之夭夭，灼灼其华"为先总后分，这样的描写是符合美学的。

我们看东西，先目睹其大致风貌，所谓"感觉情调"或"第三种性质"。仔细端详方见细部特征，所谓"第一、二种性质"。

事物有第一、第二、第三种性质的说法是鲍桑葵（英国）、桑塔耶那（西班牙）等美学家提出的。

第一种性质，指广延、不可入性、运动、静止等，它们是事物不以主体心境和环境变化而改变的性质。

第二种性质，指那些依赖于人的感觉而存在的性质，如色彩、声音等。

第三种性质，指事物的一定结构形成的表现性，这种表现性会引起人的特定情感，如红色使人激动，绿色使人宁静，火焰会被人称为"欢快的火焰"，阴天会使人感到阴郁沉闷，秋天会引发人的愁绪等。"第三种性质"是人对具有表现性事物的一种整体性、直接性感知，乍见外物，即景会心。

钱锺书说：

我们看事物时，一开始扑入眼帘的是事物的大体状况、整体风貌，这就是所谓的"感觉情调"或者说"第三种性质"；定睛再看，逐渐会转入事物的细节，比如形状、色泽等，这就是所谓的"第一、二种性质"。我们看人，一眼望去，只能感觉到那人的大致形象，高矮、肥瘦、美丑和气度，仔细端详，才能看清那人的五官长相与仪容情态；我们去陌生人的家里，进入客厅首先感觉到的是主人情趣的高雅或低俗，生活的奢侈或简朴，仔细审视才能了然各种东西的陈设布局。

由整体印象到分部特征。

一句话，观物由浑而划，修词由总而分，是符合美学的，可以作为我们写作和鉴赏的指导。

老师讲完了，缓步走出了教室。

附录：《管锥编—毛诗正义》第八则

桃夭—花笑

"桃之夭夭，灼灼其华"；《传》："夭夭、其少壮也；灼灼、华之盛也。"按《隰有苌楚》："夭之沃沃"；《传》："夭、少也。"《说文》："㜒：巧也，一日女子笑貌；《诗》曰：'桃之㜒㜒'"；王闿运《湘绮楼日记》同治八年九月二十八日："《说文》'㜒'字引《诗》'桃之夭夭'，以证'㜒'为女笑之貌，明'芺'即'笑'字。隶书'竹'、'艸'互用，今遂不知'笑'即'芺'字，而妄附'笑'于'竹'部。盖"夭夭"乃比喻之词，亦形容花之娇好，非指桃树之"少壮"。

【增订三】谢惠连《秋胡行》："红桃含夭，绿柳舒荑"，"夭"一作"妖"，即"㜒"之讹。"夭"而日"含"，正如费昶《芳树》之"花开似含笑"耳。

【增订四】刘孝威《奉和逐凉诗》"月纤张敝画，荷妖韩寿香"，"妖"亦"㜒"之讹，即"夭"也。

李商隐《即目》："夭桃唯是笑，舞蝶不空飞"，"夭"即是"笑"，正如"舞"即是"飞"；又《嘲桃》："无赖夭桃面，平明露井东，春风为开了，却拟笑春风"；具得圣解。清儒好夸"以经解经"，实无妨以诗解《诗》耳。既日花"夭夭"如笑，复日花"灼灼"欲燃，切理契心，不可点烦。观物之时，瞥眼乍见，得其大体之风致，所谓"感觉情调"或"第三种性质"（mood of perception, tertiary qua lities）；注目熟视，遂得其细节之实象，如形模色泽，所谓"第一、二种性质"（primary and secondaryqualities）。见面即觉人之美丑或傲巽，端详乃辨识其官体容状；登堂即觉家之雅俗或侈俭，审谛乃察别其器物陈设。"夭夭"总言一树桃花之风调，"灼灼"专咏枝上繁花之光色；犹夫《小雅·节南山》："节彼南山，维石巖巖"，先道全山气象之尊严，然后及乎山石之荦确。修词由总而分，有合于观物由浑而画矣。第二章、三章自"其华"进而咏"其叶"、"其实"，则预祝其绿阴成而子满枝也。隋唐而还，"花笑"久成词头，如萧大圜《竹花赋》："花绕树而竞笑，鸟徧野而俱鸣"；骆宾王《荡子从军赋》："花有情而独笑，鸟无事而恒啼"；李白《古风》："桃花开东园，含笑夸白日"。而李商隐尤反复于此，如《判春》："一桃复一李，井上占年芳，笑处如临镜，窥时不隐墙"；《早起》："莺花啼又笑，毕竟是谁春"；《李花》："自明无月夜，强笑欲风天"；《槿花》："殷鲜一相杂，啼笑两难分。"数见不鲜，桃花源再过，便成聚落。小有思致如豆卢岑《寻人不遇》："隔门借问人谁在，一树桃花笑不应"，正复罕觏。《史通·杂说》上云："《左传》称仲尼曰：'鲍庄子智不如葵，葵犹能卫其足。'寻葵之向日倾心，本不卫足；由人觏其形似，强为立名。亦犹今俗文士谓鸟鸣为'啼'、花发为'笑'，花之与鸟，岂有啼笑之情哉？"刘氏未悟"俗文"滥觞于《三百篇》，非"今"斯"今"。唐太宗《月晦》云："笑树花分色，啼枝鸟合声"，又《咏桃》云："向日分千笑，迎风共一香"；刘遽斥"今俗文士"，无乃如汲黯之戆乎！徐铉校《说文》，增"笑"字于《竹》部，采李阳冰说为解："竹得风，其体夭屈，如人之笑。"宋人诗文，遂以"夭"为笑貌，顾仅限于竹，不及他植。如苏轼《笑笑先生赞》："竹亦得风，夭然而笑"（参观楼钥《攻媿集》卷七八《跋文与可竹》、朱翌《猗觉寮杂记》卷上）；曾几《茶山集》卷四《种竹》："风来当一笑，雪压要相扶"；洪刍《老圃集》卷上《寄题贯时轩》："君看竹得风，夭然向人笑"，又卷下《局中即事用壁间韵》之一："数竿风篠夭然笑"，刻本"夭然"皆作"天然"，误也。庾信《小园赋》："花无长乐之心"，亦隐花笑，如陆机《文赋》所谓"涉乐必笑"；其《为梁上黄侯世子与妇书》："栏外将花，居然俱笑"，则如刘昼《刘子·言苑》第五四："春葩含露似笑"，明言花之笑矣。安迪生（Joseph Addi-son）尝言，各国语文中有二喻不约而同：以火燃喻爱情，以笑（the metaphor of laughing）喻花发（in flower, in blossom），未见其三。

钱锺书论"乱离不乐有子"

《管锥编—毛诗正义》第九则

《管锥编—毛诗正义》第九则《芣苢》，副标题为《乱离不乐生子》。

云雾缭绕着春光，溪水拨动着琴弦。芳草甸，清溪旁，山坡上，一个个曼妙的身姿，或隐或现，嬉笑声此起彼伏，少妇们白嫩灵巧的小手上下翻飞……多多采撷这神灵的车前子呀，吃了它就会生育出白白生生的胖小子，一片片嫩绿里寄托着她们美好的憧憬和希望。

一首欢快的民歌在寂静的山乡荡漾：

采采芣苢，薄言采之。

采采芣苢，薄言有之。

采采芣苢，薄言掇之。

采采芣苢，薄言捋之。

采采芣苢，薄言袺之。

采采芣苢，薄言襭之。

译文

采呀采呀采芣苢，采呀采呀采起来。

采呀采呀采芣苢，采呀采呀采得来。

采呀采呀采芣苢，一片一片摘下来。

采呀采呀采芣苢，一把一把捋下来。

采呀采呀采芣苢，提起表襟兜起来。

采呀采呀采芣苢，掖起衣襟带回来。

《诗经》中的这首诗叫《芣苢》。

芣苢就是车前子，古时候人们相传吃了它生育男孩，于是，妇女们为了祈求得子，结伴去野外采集。边采撷边唱歌，满怀憧憬，掩饰不住地喜悦和激动。

【《序》：'和平则妇人乐有子矣'"是《芣苢》的题解】

《序》：'和平则妇人乐有子矣'"是钱锺书《毛诗正义》第九则的开篇。这里所说的《序》是《诗经—芣苢》这首诗名下的题解，是《毛诗序》其中的一篇小序。

《毛诗序》分大序和小序。小序是《毛诗》三百零五篇每篇的题解，放在《关雎》篇下的序是关涉《诗经》全部内容的总序言，称大序。

《芣苢》之《序》原来的文字是："《芣苢》，后妃之美也，和平则妇人乐有子矣。"

钱锺书显然不赞成将少妇采撷芣苢的民歌敷衍成称赞"后妃之美"的颂歌，故而把"后妃之美也"几个字略去了，径直写：

"《序》：'和平则妇人乐有子矣'"。

【农耕文明是和平时期人们乐于生子的原因】

和平时期，谁不喜欢多多生子。中国古代八、九千年的农耕历史，男子是稼穑的生力军。有了男孩就有了劳力，有了家业继承者和香火传递人，老了还可享受儿孙绕膝的天伦之乐以至养老送终。"不孝有三，无后为大"，"重男轻女"等观念天经地义，根深蒂固。

因此，和平时期多多生子是人生的最大快乐。古代的人们听说多吃车前子可以多生男孩，实现她们的美好愿望，便趋之若鹜，纷纷到野外采摘。

【《正义》曰：乱离不乐有子】

注释倘若顺着《序》意，左不过铺陈渲染少妇们采摘车前子的欢乐场景和愉快心情，终究翻不了新意。孔颖达的深刻在于他抓住"和平"二字逆向推理。和平时期妇女乐于生子，那么，非和平时期怎么样呢？

历史的长河不是只有和平，而是和平与乱离交织。乱离的原因林林总总，不管哪一种，都给人民造成深重灾难。

孔颖达的深刻在于，他着眼于"和平"的反面"乱离"：

"《正义》：'若天下乱离，兵役不息，则我躬不阅，于此之时，岂思子也！'"

"天下乱离"，是说天下出现动乱和战乱，社会分崩离析，人民流离失所；

"兵役不息，则我躬不阅，于此之时，岂思子也！"是说男子们不断被迫去充军，服劳役，人人自顾不暇，哪里还有余力和心思去生育后代呢。("我躬不阅"，我自己都没有容身之所。躬，自身，阅，容。)

钱锺书先生青年时期经历过战乱和逃难的痛苦，对离乱给人们造成的伤害有切肤之痛，他在《谈艺录》一书的"序"里写道：

"《谈艺录》一卷，虽赏析之作，而实忧患之书也。始属稿湘西，甫就其半。养疴返沪，行箧以随，人事丛脞，未遑附益。既而海水群飞，淞滨鱼烂。予侍亲率眷，兵罅偷生。"

因此，钱锺书十分同情和赞成孔颖达《正义》对"小毛序"从反面进行阐释，即"乱离不乐有子"。

【乱离不乐有子的根源是兵役不息】

如果说和平有子乃人生最大的幸福；那么乱离有子则可能是人生最大的悲哀。

刘师培《中国历史教科书》说："兵役，上古之时，兵民未分。后世以降，人民二十与戎事，六十还民。"从20岁到60岁都要充兵役，几乎要占用了人生的全部精华时期。

钱锺书征引古今中外的历史资料，说明"乱离不乐有子"的根源是兵役不息：

1. 按杨泉《物理论》记载：秦始皇起骊山之冢，使蒙恬筑长城，死者相属；民歌曰："生男慎勿举，生女哺用餔"；杜甫《兵车行》："须知生男恶，反是生女好"，皆即诗序之旨。

〔秦始皇骊山之冢〕

秦始皇13岁即位，吕不韦就按祖制开始为他在骊山修建陵墓。统一六国后，秦始皇又从各地征发了十几万人继续修建，直到他50岁死去，共修了37年，是中国历史上第一座规模庞大，设计完善的帝王陵寝。有内外两重夯土城垣，象征着帝都咸阳的皇城和宫城。

"秦王扫六合，虎视何雄哉，刑徒七十万，起土骊山隈。"诗句出自李白，描述了营造骊山墓工程的浩大气势。

〔使蒙恬筑长城〕

公元前221年，秦始皇统一六国后，一方面拆毁诸国间的长城，另一方面为防北边匈奴，又调动军民上百万人，命大将蒙恬督筑长城，西起洮河沿黄河向东，再按原秦、赵、燕长城走向一直到辽东，绵亘万余里，成为我国最早的万里长城。

当时社会的青壮年几乎全部被官府抓差从事苦力，夫妻、骨肉分离，长年累月以至终老，苦不堪言。参加劳役累死的人特别多，"死者相属"即白骨累累；民歌唱到"生男慎勿举，生女哺用餔"，即生了男孩子要注意保密，不要轻易举荐给官府，生了女孩却要用肉干好好喂养她，反映了老百姓担忧男子被抓壮丁和生男不如生女的无奈心境。

兵役不息，分别指充军和劳役两件事。建骊山之冢和修长城属于苦役，关于充军钱锺书没有特别举例，这里冒昧补充一点。

杜甫生活于唐朝中晚期战乱频仍的年代，饱受颠沛流离，他的《三吏三别》是伟大的史诗，形象而逼真地记录了抓丁充军给人民造成的深重苦难。

寂寞天宝后，园庐但蒿藜。

我里百余家，世乱各东西。

存者无消息，死者为尘泥。

贱子因阵败，归来寻旧蹊。

久行见空巷，日瘦气惨凄。

但对狐与狸，竖毛怒我啼。

四邻何所有？一二老寡妻。——《无家别》

抓丁充军使原来百余户充满生气的村庄变成了只剩一、二老寡妻的空巷。

嫁女与征夫，不如弃路旁。

结发为君妻，席不暖君床。

暮婚晨告别，无乃太匆忙！

……

君今往死地，沉痛迫中肠。——《新婚别》

嫁与征夫头天结婚第二天可能就要永别，何等凄惨！

2. 汉人和胡人、夷狄相互争斗、厮杀，……加上苛政、刑罚，天灾、瘟疫，……鳏夫不愿娶妻，生子每每不愿暴露，以免长大了被抓充军。……杀人每天花样翻新，但一年到头也找不到一条生养后代的理由。

3. 当代法国文学家乔奥诺撰《致农民书、论贫穷与和平》，也鼓励农妇为了防止战争，不要生儿子。

4. 雨果作诗感叹世间战争不止，做母亲的以自己有生育能力而感到悲哀。又说法国母亲都怨恨拿破仑，骂拿破仑是掠走自己儿子的罪魁祸首。

5. 近代一个女诗人作了一首《德国妇女哀歌》，甚至说："在今天这个世界上，不生儿子的女人最有福气！"，这个意旨实际上蕴含在古罗马诗人霍拉士所谓"身为人的母亲憎恶战争"。可以用来参考解释"乱离兵役"，"不乐有子"了。

因此，乱离之世生子对百姓而言就是人间悲剧。

附录：《管锥编—毛诗正义》第九则

九苤苢·乱离不乐有子

《序》："和平则妇人乐有子矣"；《正义》："若天下乱离，兵役不息，则我躬不阅，于此之时，岂思子也！"按杨泉《物理论》（孙星衍《平津馆丛书》辑本）："秦始皇起骊山之冢，使蒙恬筑长城，死者相属；民歌曰：'生男慎勿举，生女哺用餔'"；杜甫《兵车行》："须知生男恶，反是生女好"，皆即诗序之旨。雨果作诗叹人世战伐不休，母氏将自吊其能生育，又谓法国之为母者胥怨拿破仑为掠取己子以去之人；近世一女诗人作《德国妇女哀歌》，至曰："生今之世，不产子者最有福！"；此意实蕴于古罗马诗人霍拉士所谓"人母憎恶之战争"。可以参释"乱离兵役"，"不乐有子"矣。

〔增订四〕《宋书·周朗传》上书曰："自华夷争杀，戎夏竞威，……重以急政严刑，天灾岁疫，……鳏居有不愿娶，生子每不愿举。……是杀人之日有数途，生人之岁无一理。"即《诗—序》及《正义》之意。当代法国文学家乔奥诺撰《致农民书、论贫穷与和平》，亦劝农家妇当防阻战争，毋生子。

钱锺书论"匹与甘"

《管锥编—毛诗正义》札记第十则

《管锥编—毛诗正义》第十则《汝坟》，副标题为《匹与甘》。

本则钱锺书就诗经《汝坟》的诗句"未见君子，惄如调饥"及郑《笺》，讲解"匹与甘"。

《国风·周南·汝坟》

遵^{1}彼汝^{2}坟^3，伐其条枚^4。

未见君子^5，惄^{6}如调^{7}饥。

遵彼汝坟，伐其条肄^8。

既见君子，不我遐^{9}弃。

鲂鱼^{10}赪尾，王室如毁^{11}。

虽则如毁，父母孔^{12}迩^{13}。

注释

注 1. 遵：循，沿。

注 2. 汝：汝河，源出河南省。

注 3. 坟（fén）：水涯，大堤。

注 4. 条枚：山楸树。一说树干（枝曰条，干曰枚）。

注 5. 君子：指在外服役或为官的丈夫。

注 6. 惄（nì）：忧愁。

注 7. 调（zhōu）：又作"輖"，"朝"（鲁诗此处作"朝"字），早晨。调饥：早上挨饿，以喻男女欢情未得满足。

注 8. 肄（yì）：树砍后再生的小枝。

注 9. 遐（xiá）：远。

注 10. 鲂（fáng）鱼：鳊鱼。赪（chēng 成）：浅红色。

注 11. 毁（huǐ）：火，齐人谓火为毁。如火焚一样。

注 12. 孔：甚。

注 13. 迩（ěr）：近。

【"惄如调饥"是以饮食喻男女】

"未见君子，惄如调饥。"是《汝坟》诗的第二句，是理解整首诗全部内容的关键。

这一句只有两个字需要注释（或训诂），一个是"惄"字，一个是"调"字，其余字均一目了然。

惄（nì）：忧愁。调（读 zhōu）：又作"輖"，一作"朝"，早晨的意思。

郑玄《笺》的注释是："'调'、朝也。……如朝饥之思食。"调：早上。调饥：早上空腹而饥饿。

钱锺书就《汝坟》"未见君子，惄如调饥"及郑玄《笺》注写下按语：

"按以饮食喻男女，以甘喻匹，犹巴尔札克谓爱情与饥饿类似也。"

提请注意，钱锺书《管锥编》一般开篇有一两段引文，接着是按语。按语的第一个字是"按"字。按语会对引文进行归纳并提出自己的观点、见解和发现。

钱锺书说，"未见君子，惄如调饥"这句诗是"以饮食喻男女"，"以甘喻匹"，即以人的食欲来比喻人的情欲和性欲。"男女"，"匹"，为两性关系，不外情欲和性欲。"饮食"和"甘"为吃食，不外果腹和美味。

"未见君子，惄如调饥"整句的意思，是说妻子没有见到离家很久的丈夫，心中的忧愁、渴望（情欲和性欲）好像早晨空腹却得不到食物一样饥饿难耐。正如巴尔扎克说爱情和饥饿相类似，亦如现今人们所说的"性饥渴。"

然而，直到如今，人们大多把"惄如调饥"简单地解释成忧愁并饥饿。如360百科—汝坟词条即作如下赏析：

"满腹的忧愁用朝'饥'作比，自然只有饱受饥饿折磨的人们，方有的真切感受。那么，这倚徙'汝坟'的妻子，想必又是忍着饥饿来此伐薪的了，此为文面之意。'朝饥'还有一层意思，它在先秦时代往往又被用来作男欢女爱的隐语。而今丈夫常年行役，他那可怜的妻子，又何曾能享受到丝毫的眷顾和关爱？这便是首章展示的女主人公境况：她孤苦无依、忍饥挨饿，大清早便强撑衰弱之身采樵伐薪。当凄凉的秋风吹得她衣衫飘飘，大堤上传送来一声声'未见君子，惄如调饥'的怆然叹息时，能不令你闻之而酸鼻？"

上面的赏析说妻子"饱受饥饿折磨"、"忍着饥饿"、"忍饥挨饿"，这是没有仔细体会诗句"如"字的用意。诗句的原意应该是写妻子的忧愁（"惄"），并没有写妻子的饥饿，"调饥"（早晨的饥饿）在诗句中是用来打比方的，形容忧愁的状态和程度。按照钱锺书"以饮食喻男女"、"以甘喻匹"的解释，"未见君子，惄如调饥"应该做如下解读：

丈夫离家很久了，妻子盼望他早日归来。妻子跑到汝河高高的坝堤上砍取树枝，表面上是为生火伐薪，实际上是盼望能见到丈夫的突然归来。没有见到丈夫，妻子心里空落落的，心情忧愁，这种忧愁是情欲和性欲得不到满足所产生的痛苦，就像早晨空着肚皮得不到食物一样饥饿难耐。

"惄如调饥"不是一方面怀着忧愁、一方面忍着饥饿，而是忧愁如饥饿。忧愁如饥饿，是日复一日等待丈夫归来而不断落空所造成的忧郁，是情欲和性欲在长久等待中的滋长、蓄积而得不到纾解所形成的怅惘和失望。

读者诸君，依据钱锺书按语的指示，作如上解读，是不是更加接近诗句的初衷和原意，更加贴切人性呢？

【"惄如调饥"是指情欲和性欲之佐证】

钱锺书为了说明自己的见解不是凭空臆断，在以下的篇幅中援引了一系列例子加以佐证。力求互证和"打通"，这是钱锺书探讨问题的一贯方式和法宝。

喻"匹"为"甘"，把情欲、性欲比喻为食欲，古今中外不乏其例。

其一：《楚辞·天问》言禹通于涂山女云："闵妃匹合，厥身是继，胡维嗜不同味，而快朝饱？"以"快朝饱"喻"匹合"，正如以"朝饥"喻"未见"之"惄"。

——《楚辞·天问》说大禹和涂山女私通："怜爱涂山女应该与之匹配，生了儿子可以继承自己。为什么只是贪图尝鲜不同美色，贪求欢饱一朝之情？"

"快朝饱"就是以朝饱为快。快者，快乐、愉快。钱锺书说，屈原这里以"快朝饱"比喻大禹和涂山女相"匹合"（交欢），正如《汝坟》以"朝饥"比喻妻子"未见"丈夫之"惄"（忧愁）。求欢未遂即"朝饥"，求欢已遂则"朝饱"，均是把性欲比喻成食欲。

其二：曹植《洛神赋》："华容婀娜，令我忘餐"。

其三：沈约《六忆诗》："忆来时，……相看常不足，相见乃忘饥"。

其四：马令《南唐书·女宪传》载李后主作《昭惠周后诔》："实日能容，

壮心是醉：信美堪餐，朝饥是慰"。

其五：小说中常云："秀色可餐"，"恨不能一口水吞了他"，均此意也。

——以上所列，均是说性欲如同食欲，美色胜于美餐，见美色可以忘怀美味、充抵美味、代替美味。

其六：西方诗文中亦为常言；费尔巴哈始稍加以理，危坐庄论"爱情乃心与口之啖噬"，欲探析义蕴，而实未能远逾词人之舞文弄笔耳。

——通过钱锺书的措辞意味可以看出，他对费尔巴哈的正襟危坐故作高论不以为然，爱情不过是情欲和性欲之综合，费尔巴哈所谓理性提升，也不比文人的舞文弄墨高明多少。

【匹与甘】

钱锺书此则副标题为《匹与甘》，就是探讨性欲和食欲的关系。匹是匹合，男女交欢；甘是美味。"匹"之既遂，即朝饱，像清晨空腹的人享用了早餐一样愉悦；"匹"之未遂，即早饥，人如早上空腹吃不上东西一样饥饿难耐。以"甘"喻"匹"就是以食欲喻性欲。

孔子《礼记》之"饮食男女，人之大欲存焉。"《孟子·告子上》之"食色性也"，把情欲、性欲和食欲作为人的两大基本需求平列，也是把情欲、性欲和食欲都作为形而下的东西一样看待；现如今我们有所谓"性饥渴"的说法，有所谓弗洛伊德的精神分析学说，《诗经—汝坟》一诗早在几千年前就有这样接地气的深刻见地和形象比喻，这是值得称道的。

【重新解读《汝坟》】

《汝坟》第一章："遵彼汝坟，伐其条枚。未见君子，惄如调饥。"

目前通常的解释是，妻子盼望丈夫突然回家，大清早便来到汝河的坝堤上忍饥挨饿，采樵伐薪，未见丈夫心情忧郁。

而按照钱锺书对"惄如调饥"的训诂和解读：妻子未见丈夫的心情，不是忍着饥饿，怀着忧愁，而是忧愁如饥饿，是情欲、性欲得不到满足的惆怅、阙如和空洞。

《汝坟》第二章："遵彼汝坟，伐其条肆。既见君子，不我遐弃。"

"肆"为树木被砍后新发的枝条，暗示妻子日复一日等待远役丈夫归来，又过了一年。妻子已经失望了，丈夫却突然归来，妻子当然喜出望外。短暂的惊喜之后，妻子旋即想到丈夫很快又要离家远去，便叮咛丈夫："再也不要离开"。

第二章内容基本不受"惄如调饥"不同解读的影响。

《汝坟》第三章:"鲂鱼赪尾,王室如毁。虽则如毁,父母孔迩。"

"鲂鱼赪尾"鳊鱼的尾巴赤红,和"王室如毁"押韵,是起兴。"王室如毁",王室的事(如外敌入侵等)像起火一样紧急,不容丈夫耽搁、恋家。"父母孔迩",父母近在咫尺。孔,非常。迩,近。在如此紧急情况下,为何特别强调父母就在身旁呢?360百科—汝坟词条等诸多赏析文章将其解读为:妻子"万般无奈中向丈夫发出的凄凄质问:家庭的夫妇之爱,纵然已被无情的徭役毁灭;但是濒临饥饿绝境的父母呢,他们的死活不能不顾。"

我以为这样的解读未免牵强。父母的贫病等情况不足以阻碍王室的公差或徭役。否则,她的丈夫当初就不会离家了。这一点妻子不会不清楚,妻子也不会拿丈夫的父母说事。"父母孔迩",是说父母离得非常近,并没有一个字提到父母陷入"饥饿绝境"。

根据钱锺书对《汝坟》第一段"未见君子,惄如调饥"的解读,妻子的忧愁根源于情欲、性欲。顺着这个思路,我们有理由作如下推断,妻子长久没有见到丈夫,情欲和性欲蓄积太久,亟待纾解,丈夫久役刚回又要远离,妻子当然想和丈夫温存,当此之际公公婆婆恰在身旁,不能有任何的亲热举动,这次第,怎一个愁字了得,真正是有苦难言,苦不堪言!

整首诗反映了一位有血有肉的普通女子对远役丈夫的情爱和性爱需求因封建王室的公差、徭役和父母近在咫尺而得不到实现和满足的焦急、纠结和痛苦。

这是一个多么完整的故事,矛盾冲突随着时间的推进逐步展开,人物、情节、心理活动一应俱全,完美生动。

诗的第一章是妻子满怀着对丈夫突然归来的渴望,以砍柴为名登上汝河的堤坝,日复一日已经来了无数次了,这次还是没有见到丈夫,忧愁像早上空腹一样饥饿难耐。由希望到失望,心情渐渐跌入冰点。故事情节深入一层。此一转折,妻子心情由热而冷。

第二章写时光荏苒,过了一年,妻子依然来到汝河堤坝砍柴,已经心灰意冷,丈夫却突然归来,妻子自然喜不自胜,叮咛丈夫再也不许离开。故事出现戏剧性变化。此又一转折,妻子心情由冷而热。

第三章写丈夫即将离去。故事推向了高潮。王事火急,丈夫即将离开,妻子长久盼望、等待得到的惊喜转眼又要失去，而且后果难料、再见无期。日日夜夜的盼望、煎熬，情欲、性欲都憋屈的太久，妻子急于上前拥抱、亲吻，却因为公婆在旁而不能有任何举动，心急如焚。此再次转折，妻子深受煎熬，痛苦万分。故事到此戛然而止，感人至深，激起读者深深地感动和同情。

一首小诗仿佛千言万语，把故事写得如此跌宕起伏，一波三折，缠绵悱恻。随着时间的推进，妻子由希望到失望，又由失望到获得意外惊喜，短暂的惊喜后又面临更深的痛苦和绝望，使读者的心情仿佛过山车陡起陡落。人物形象也塑造得如此丰满，栩栩如生。

我以为，这首小诗完美而有魅力。当然，用弗洛伊德精神分析学来看，女主人公—妻子的欲望和痛苦很大可能只是"潜意识"，而不是某种思路清晰的显意识。如果没有钱锺书的深度开掘，没有钱锺书对"惄如调饥"的训诂和解读，我们就不能恰当而深入地体会人物内心深处的隐秘欲望，不能领略和欣赏到如此美妙高超的诗歌艺术。我们就很有可能一直为封建卫道者们的曲解所左右，以为是赞文王教化有方，妻子能晓大义，急"王室如毁"；或囿于旧说，以为是妻子以公婆为名挽留丈夫。

钱锺书《管锥编》写于文革期间，他不唯书，不依傍旧说，也不受时政潮流影响，独立不倚地对《诗经》等古籍进行实事求是、正本清源的研究，还其原始本真，其意义和贡献有超越时代的恒远价值。

附录：《管锥编—毛诗正义》第十则

汝坟 · 匹与甘

"未见君子，惄如调饥"；《笺》："'调'、朝也。……如朝饥之思食。"按以饮食喻男女，以甘喻匹，犹巴尔札克谓爱情与饥饿类似也。《楚辞 · 天问》言禹通于涂山女云："闵妃匹合，厥身是继，胡维嗜不同味，而快朝饱？"以"快朝饱"喻"匹合"，正如以"朝饥"喻"未见"之"惄"。曹植《洛神赋》："华容婀娜，令我忘餐"；沈约《六忆诗》："忆来时，……相看常不足，相见乃忘饥"；马令《南唐书 · 女宪传》载李后主作《昭惠周后诔》："实曰能容，壮心是醉：信美堪餐，朝饥是慰"；小说中常云："秀色可餐"，"恨不能一口水吞了他"，均此意也。西方诗文中亦为常言；费尔巴哈始稍加以理，危坐庄论"爱情乃心与口之啖噬"，欲探析义蕴，而实未能远逾词人之舞文弄笔耳。

钱锺书论"修辞之反词诘质"

《管锥编—毛诗正义》札记第十一则

《管锥编—毛诗正义》第十一则《行露》，副标题为《修辞之反词诘质》。本则钱锺书就诗经《行露》的两句诗讲解"修辞之反词诘质"。

【"雀无角"、"鼠无牙"的诸多悬疑】

《诗经—行露》中的两句诗：

"谁谓雀无角？何以穿我屋！谁谓鼠无牙？何以穿我墉！"

余冠英的翻译：

"谁说那雀儿没有角？怎么穿破我的屋？谁说那耗子没长牙？怎么打通我的墙？"

钱锺书说："按雀本无角，鼠实有牙，岨峿不安，相耦不伦。"

意思是，从字面分析，《行露》这两句诗好像怎么看都有毛病，疑问丛生，让人不得安心。

对"谁谓雀无角？何以穿我屋！"的疑问是：麻雀头上本来就没有长角，那有什么关系呢，麻雀穿屋靠的是嘴而不是角。

对"谁谓鼠无牙？何以穿我墉！"的疑问是：老鼠有牙齿呀，怎么有人会说鼠无牙呢？

钱锺书的按语，"岨峿不安"，是说诗意不妥帖，像小山一样犬牙交错高低不平；"相耦不伦"，是说不妥帖的两句诗用来作对偶也不伦不类。

【悬疑的消解】

"谁谓雀无角？何以穿我屋！谁谓鼠无牙？何以穿我墉！"两句诗怎么看

都别扭，疑问丛生。然而，《诗经》是"六经"之一，又不敢轻易否定。

于是明清以来，一些学究总是设法消弭诗句的毛病，"或求之于诂训，或验之于禽兽"，以求自圆其说。

姚旅《露书》说，"角"应该读"禄"，是雀喙。王夫之《诗经稗疏》也说"角"是"咮"的假借字，也是雀喙。"角"是"喙"，不是头上长的角。雀有喙，即雀有角。

《露书》还说，有人认为齿和牙有别，以体积大小区分，小者为齿，大者为牙，这种说法也不对。"象以齿焚"（大象因为齿被火烧死），大象那玩意儿难道不大吗，尚且称"齿"而没有称"牙"，所以，以大小区分"牙"和"齿"不妥，齿就是牙，牙就是齿。鼠的牙齿虽小也是牙。

钱锺书总结说："由此之说，则雀实有'角'，亦如鼠有牙矣。"

毛奇龄《续诗传》说，鸟嘴长而尖，雀嘴短而钝（"鸟噣之锐出者，雀有噣而不锐出"），因此说"雀无喙"，即"雀无角"。

陈奂《诗毛氏传疏》讲《说文》有言："牙，壮齿也"，段玉裁《说文解字》注说：牙是"齿之大者"。即：牙、齿有别，小者称齿，大者称牙，老鼠齿不大，因此说"鼠无牙"。

钱锺书总结说："由此之说，鼠实无'牙'，亦如雀无角也。"

也有验证于禽兽的：据刘延世《孙公谈圃》记载，有人不服气王安石说"鼠实无牙"，竟捉了一只老鼠来和王安石对质："你看，老鼠不有牙吗？"。显然，只是牙齿的体积较小而已。

明清以来关于"雀角"、"鼠牙"的讨论有助于我们弄清问题。

麻雀喙短，而非不锐，所以能穿屋；老鼠齿小，而非不锐，所以能穿墙。但是，它却能给人以假象，人们因麻雀喙短而误判其无喙，即雀无角；人们因老鼠齿小而误判其无牙，即鼠无牙。

我以为，这样既可以解释雀能进屋、鼠能穿墙，也能解释为什么人们说"雀无角"、"鼠无牙"了，进而那两句诗的所谓毛病也就涣然冰释了。

【修辞反词诘质】

钱锺书通过训诂使我们理解了"谁谓雀无角？何以穿我屋！谁谓鼠无牙？何以穿我墉！"这两句诗其实没有毛病，随后，钱锺书以这两句诗为例，谈"修辞之反词诘质"。

什么是"修辞之反词诘质"呢?

钱锺书说:"盖明知事之不然,而反词质诘,以证其然"。我认为这是"修辞之反词诘质"的定义。

这句翻成白话就是:明明知道事情不是人们认为的那样,而用反词进行质询、诘问,并以事实证明事情真实的样子。

以那两句诗为例:

"雀无角"、"鼠无牙",就是钱锺书定义所说的"事",事情;"事之不然"就是"雀无角"、"鼠无牙"这种事情并不存在,不符合事实。换言之,雀儿并不是"无角",老鼠也并不是"无牙"。

因此,反词诘质:"谁谓雀无角","谁谓鼠无牙"。

这个句子是否定之否定,"雀无角"是对雀有角的否定,"谁谓"又是对"雀无角"的否定。大家知道,否定之否定就是肯定:谁说雀儿无角,就是肯定雀儿有角,谁说老鼠无牙,就是肯定老鼠有牙。肯定雀儿实际上有角,肯定老鼠实际上有牙,用文言表达就叫"以证其然"。

回到明清以来学究们关于"雀角"和"鼠牙"的讨论。

一说,雀有角,鼠有牙。一说,雀无角,鼠无牙。从各自的角度看,均成立。

钱锺书说,从修辞角度,他赞成毛奇龄、陈焕的训诂,确认《行露》"雀无角"、"鼠无牙"是当时人的误判,训诂也应该论证人们为什么误判。"雀无角"实际上是因为雀喙短,"鼠无牙"实际上是因为鼠齿小,短和小都不易见,人们便误判为"无"。

钱锺书说,倘若雀喙本长,鼠齿诚壮,训诂确认雀有角,鼠有牙,那么,对其进行诘质就没有什么意义,充其量不过是辟谣、解惑,就不是修辞手法了。诗句的情味每每在于其辞藻、立喻和事实情形恰成反比例,形成对照。雀喙短而能破屋,鼠齿小而能穿墙,有误判才有诘质的必要,诘质的结果是纠正误判,以证其然。其然是雀喙短却锐,鼠齿小却锐,所以能穿墙进屋。

因此,钱锺书肯定"雀无角"、"鼠无牙"的训诂,而否定"雀有角"、"鼠有牙"的训诂。

【诘质对象的变化】

钱锺书本则还举了另外三个例子——

其一：《谷风》之"谁谓荼苦？"荼本苦，而诘问："谁谓荼苦？"；

"谁谓荼苦？"的下句是"其甘如荠"谁说那苦菜的味道苦涩难咽，与我此际心中的凄苦相比，它简直如荠菜般甘甜。

其二：《河广》之"谁谓河广？"河本广，而诘问："谁谓河广？"；

"谁谓河广？"的下句是"一苇杭之。"谁说黄河宽广，一条小船就能渡过去。

其三：孟郊《送别崔纯亮》之"谁谓天地宽？"天地本宽，而诘问："谁谓天地宽？"

"谁谓天地宽？"的上句是"出门即有碍。"这句就是白话，无需翻译。

这三个例子应该也是"修辞反词诘质"。

然而，我以为这三个例子诘质的对象都是不容否定的事实，而"雀无角"、"鼠无牙"是人们的错觉，误判。这三个句子，诘质的目的不是否定事实，而是反衬、强调人的某种能力和感觉。

诘质对象变了，所以我想把钱锺书的定义换一种表述，即：

盖明知事之本然，而反词质诘，以示其不然。

用例三说明：天地原本很广，对其诘质，示其不广，是因为出门有碍。

【"修辞反词诘质"之范例赏析】

钱锺书举了汉《铙歌·上邪》："山无陵，江水为竭，冬雷震震夏雨雪，天地合，乃敢与君绝！"作为范例，说明"反词诘质"修辞的魅力。

这是一首汉代乐府民歌，是青春女郎对如意情人的誓言，诗的大意是——天啊！我要和你相爱，一辈子也不断绝。除非是山没有了丘陵，长江、黄河都干枯了，冬天雷声隆隆，夏天下起了大雪，天与地合到一起，我才敢同你断绝！

以下是钱锺书的赏析：

"譬如汉《铙歌·上邪》：'山无陵，江水为竭，冬雷震震夏雨雪，天地合，乃敢与君绝！'试逐件责之于实。'山无陵'乎？曰：阳九百六，为谷为陵，虽罕见而非不可能之事。然则彼此恩情尚不保无了绝之期也。'江水竭'乎？曰：沧海桑田，蓬莱清浅，事诚少有，非不可能。然则彼此恩情尚不保无了绝之期也。'冬雷夏雪'乎？曰：时令失正，天运之常，史官《五行志》所为载笔，政无须齐女之叫、窦娥之冤。然则彼此恩情更难保无了绝之期矣。'天地合'

乎？曰：脱有斯劫，则宇宙坏毁，生人道绝，是则彼此恩情与天同长而地同久，绵绵真无尽期，以斯喻情，情可知已。"

"山无陵"乎？"江水竭"乎？"冬雷夏雪"乎？"天地合"乎？——明知事情不会发生而反词诘质，以表示爱情的坚贞和恒远。

对于这首诗，钱锺书的解读和通常之解读有别：

通常之解读：

其一，山无陵，其二，江水为竭，其三，冬雷震震，其四，夏雨雪，其五，天地合。五种情况，五句排比，均处于同一层次。只有这五种情况发生，和相爱人的感情才会改变，表示爱情的忠贞和坚定。

清代王先谦《汉铙歌释文笺证》："五者皆必无之事，则我之不能绝君明矣。"

清代张玉谷《古诗赏析》卷五："首三，正说，意言已尽，后五，反面竭力申说。如此，然后敢绝，是终不可绝也。迭用五事，两就地维说，两就天时说，直说到天地混合，一气赶落，不见堆垛，局奇笔横。"

钱锺书之解读：

前三种情况处于同一层次，表示彼此感情深厚之至。然而，此三种情况虽罕见，但并非绝不可能。

其一，"'山无陵'乎？曰：阳九百六，为谷为陵，虽罕见而非不可能之事。然则彼此恩情尚不保无了绝之期也。"阳九百六，典故。道家称天厄为阳九，地亏为百六。三千三百年为小阳九，小百六。九千九百年为大阳九、大百六。出现天厄地亏时山势会崩塌，"山无陵"会成为现实。

其二，"'江水竭'乎？曰：沧海桑田，蓬莱清浅，事诚少有，非不可能。然则彼此恩情尚不保无了绝之期也。"蓬莱清浅，典故。蓬莱，神话中渤海里仙人居住的山。蓬莱清浅喻变化极大，犹沧海扬尘。

其三，"'冬雷夏雪'乎？曰：时令失正，天运之常，史官《五行志》所为载笔，政无须齐女之叫、窦娥之冤。然则彼此恩情更难保无了绝之期矣。"齐女之叫，典故。马缟《中华古今注》："昔齐后忿而死，尸变为蝉，登庭树嘒唳而鸣，王悔恨。故世名蝉为齐女焉。"晋崔豹《古今注·问答释义》："牛亨问曰：'蝉名齐女者何？'答曰：'齐王后忿而死，尸变为蝉，登庭树嘒唳而鸣。王悔恨。故世名蝉曰齐女也。'"均说齐后为爱愤恨而亡，化蝉而鸣。

以上所述，天厄地亏，蓬莱清浅，时令失正，虽然千年一遇，但毕竟可能。

因此，这些还不足以形容爱情的坚贞。

而"天地合"是"宇宙坏毁，生人道绝"即宇宙崩溃，生灵灭绝，此种情形比上三种情形更糟，属于极端情况，也是登峰造极之比喻。"天地合"，人类及生灵必尽灭，一旦发生，坚贞的爱情便随化而永恒了。人之想象力与此大概已是极限，不能出其右了。

对山无陵，江水为竭，冬雷夏雪，一般人认为绝无之事，钱钟书说"事诚少有，非不可能"。而"天地合"比山无陵，江水为竭，冬雷夏雪更进一层，已无以复加了。

对比可知，钱钟书的赏析更加细腻高明，析理尽致，不同凡响。同时可见，钱钟书所讲述的"修辞之反词诘质"运用得好，充满了力度和魅力。

附录：《管锥编—毛诗正义》第十一则

行露—修辞之反词诘质

"谁谓雀无角？何以穿我屋！谁谓鼠无牙？何以穿我墉！"按雀本无角，鼠实有牙，岨峿不安，相耦不伦。于是明清以来，或求之于诂训，或验之于禽兽，曲为之解，以圆其说。如姚旅《露书》卷一："角'应音'禄'，雀嗉也。若音'觉'，则雀实无角而鼠有牙。或曰：'鼠有齿无牙。'曰：非也，'象以齿焚'，'牙'不称'齿'乎？'门牙'，齿也；'齿'，不称'牙'乎？"王夫之《诗经稗疏》亦谓"角"为"咮"之假借字。由此之说，则雀实有"角"，亦如鼠有牙矣。毛奇龄《续诗传》谓"角"乃鸟嚆之锐出者，雀有嚆而不锐出。陈奂《诗毛氏传疏》谓《说文》："牙，壮齿也"，段注："齿之大者"，鼠齿不大。由此之说，鼠实无"牙"，亦如雀无角也。

〔增订三〕刘延世《孙公谈圃》卷中记王安石因《诗》句，遂持"鼠实无牙"之说，有人至"捕一鼠"与之质焉。

观《太玄经—昆》之次二："三禽一角同尾"，又《穷》之次六："山无角，水无鳞"，《解》："角、禽也，鳞、鱼也"："角"，又泛指鸟喙，无锐与不锐之分。窃以为科以修词律例，笺诗当取后说。盖明知事之不然，而反词质诘，以证其然，此正诗人妙用。夸饰以不可能为能，譬喻以不同类为类，理无二致。"谁谓雀无角？""谁谓鼠无牙？"正如《谷风》之"谁谓荼苦？"《河广》之"谁谓河广？"孟郊《送别崔纯亮》之"谁谓天地宽？"使雀嚆本锐，鼠齿诚壮，荼实荠甘，河可苇渡，高天大地真跼蹐逼仄，则问既无谓，答亦多事，充乎其量，只是辟摇、解惑，无关比兴。诗之情味每与敷藻立喻之合乎事理成反比例。譬如汉《铙歌·上邪》："山无陵，江水为竭，冬雷震震夏雨雪，天地合，乃敢与君绝！"试逐件责之于实。"山无陵"乎？曰：阳九百六，为谷为陵，虽罕见而非不可能之事。然则彼此恩情尚不保无了绝之期也。"江水竭"乎？曰：沧海桑田，蓬莱清浅，事诚少有，非不可能。然则彼此恩情尚不保无了绝之期也。"冬雷夏雪"乎？曰：时令失正，天运之常，史官《五行志》所为载笔，政无须齐女之叫、窦娥之冤。然则彼此恩情更难保无了绝之期矣。"天地合"乎？曰：脱有斯劫，则宇宙坏毁，生人道绝，是则彼此恩情与天同长而地同久，绵绵真无尽期，以斯喻情，情可知已。鼠牙雀角，何妨作龟毛兔角观乎？罗隐四言《蟋蟀诗》以"鼠岂无牙"与"垣亦有耳"作对仗，虚拟之词，铢两悉称，盖得正解。《大般涅槃经·狮子吼菩萨品》第一一之六举"葵藿随阳而转"、"芭蕉树因雷增长"、"磁石吸铁"为"异法性"之例；《五灯会元》卷一六天衣义怀章次载公案云："芭蕉闻雷开，还有耳么？葵色随日转，还有眼么？"亦"谁谓雀无角？""谁谓鼠无牙？"之类。禅人之机锋犹词客之狡狯也。别见《楚辞》卷论《九歌》。

〔增订四〕《全唐文》卷二六二李邕《秦望山法华寺碑》："芭蕉过雷，倏焉滋茂；葵藿随日，至矣勤诚"；亦用《大般涅槃经》语，而不如禅家公案之具机锋也。

钱锺书论"重章之循序渐进"

《管锥编—毛诗正义》札记第十二则

《管锥编—毛诗正义》第十二则《摽有梅》，副标题为《重章之循序渐进》。

钱锺书此则以《诗经—摽有梅》这首诗为例，讲述《诗经》诗篇的基本结构方法——重章之循序渐进以及重章之易词申意。

【《摽有梅》之重章】

《摽有梅》

摽[1]有梅，其实七[2]兮。求我庶[3]士，迨[4]其吉兮。

摽有梅，其实三兮。求我庶士，迨其今兮。

摽有梅，顷筐塈[5]墍[6]之。求我庶士，迨其谓[7]之。

注释

注1. 摽（biào 鳔）：坠落。

注2. 七：非实数，古人以七到十表示多，三以下表示少。

注3. 庶：众多。士：未婚男子。

注4. 迨（dài 代）：及，趁。

注5. 顷筐：斜口浅筐，犹今之簸箕。

注6. 墍（jì 既）：拾取。

注7. 谓：开口说话。

译文

梅子落地纷纷，树上还留七成。有心求我的小伙子，逢吉日可来迎娶。

梅子落地纷纷，枝头只剩三成。有心要我的小伙子，就今日切莫再等。

梅子纷纷落地，收拾要用簸箕。有心娶我的小伙子，快开口莫再迟疑。

根据《周礼媒式》记载，先秦时召南一带，每逢仲春，媒官便组织未婚青年去相亲。《毛诗序》说："《摽有梅》，男女及时也。"龚橙《诗本义》说"《摽有梅》，急婿也。"《摽有梅》是描写女子一次次参加相亲集会，树上的梅子逐渐脱落，她还没有被人牵走，欲嫁之心一天比一天急切，诗句是由心而发的一声声呼唤或脱口而出的一句句催促。

全诗共三章，三章的结构形式基本相同，只是个别的字词有变动，相对于第一章，第二章只换了两个字，第三章变动大一点，换了六个字，位置在句尾。此三章排列上整齐划一，旋律是一唱三叹，反复吟咏。

这种形式就称重章。

【《摽有梅》之循序渐进】

《摽有梅》每章两句话。

关于循序渐进，钱锺书拿每一章的结句（第二句）进行比较说明：

首章结云："求我庶士，迨其吉兮"，尚是从容相待之词。

次章结云："求我庶士，迨其今兮"，则敦促其言下承当，故《传》云："今，急辞也。"

末章结云："求我庶士，迨其谓之"，《传》云："不待备礼"，乃迫不乃缓，支词尽芟，真情毕露矣。

此重章之循序渐进

翻成白话：

第一章结句说："有心娶我的小伙子，逢到吉日就来迎娶我"，此句还有从容等待吉日的意思。

第二章结句说："有心要我的小伙子，今天就决定不要耽搁"，开始发急了，放下矜持，敦促小伙子今日就来求婚，所以《传》说；"今，是表现迫切的词句。"

第三章结句说："有心娶我的小伙子，现在就开口莫再迟疑"，《传》说："无需备齐礼物再求婚"，已经迫不及待，一点套话都没有了，急切之心毕露无遗。

这是重章的循序渐进。从等待吉日——到就今日——到就现在，该相亲女子的心情和口气，一次比一次急迫。

钱锺书阐述"循序渐进"，拿每章的结句来比较。

我觉得，每章的首句之间也是循序渐进的。请看：

首章首句说:"摽有梅,其实七兮。"梅子落地纷纷,树上还留七成。

次章首句说:"摽有梅,其实三兮。"梅子落地纷纷,枝头只剩三成。

末章首句说:"摽有梅,顷筐塈之。"梅子纷纷落地,收拾要用簸箕。

梅子纷纷落地,树上剩下的越来越少,由首章的七成减到次章的三成,再到末章的所剩无几。这不是循序渐进吗?

我们可以设想,这种集体相亲活动不是一天就结束,而是持续很多天,随着时间的流逝,树上的梅子越来越少,诗中来相亲的女子还没有被人牵走,想嫁的心情也越来越迫切。景物变化的循序渐进和女子急嫁心情的循序渐进,这二者是密切相关的。树上梅子的凋零暗喻女子的青春易逝,自然景色的变化自然会触动女子的愁怀。罗丹在《艺术论》中说:"真正的青春,贞洁的妙龄的青春,周身充满了新鲜的血液、体态轻盈而不可侵犯的青春,这个时期只有几个月"。

树上的梅子纷纷落地,由多到少,女子渴望爱情的小火苗往上窜,由低而高。

因此,我以为《摽有梅》的循序渐进是整体的,不仅表现在每章的结句,也表现在每章的首句。整体上,诗情和诗意第二章比第一章进一程,第三章比第二章又进一程。

【"重章之循序渐进"是《诗经》绝大部分诗篇的基本结构形式】

钱锺书在"摽有梅—重章之循序渐进"这一则中说:"此重章之循序渐进者,《桃夭》由'华'而'叶'而'实',亦然。"通览《诗经》可知,"重章之循序渐进"这种现象在《诗经》中不是一二首,而是非常多,他是《诗经》的基本结构形式。

重章犹如乐曲的优美旋律回环往复,不断地在人们脑海里萦绕,使人们在陶醉、沉浸中享受、熟悉和牢记。循序渐进,是诗意在重章中的推进和深化。

重章表现为诗篇极大部分篇幅是重复,循序渐进的是这首诗的思路,思路的轨迹表现为重章中个别字、词的变动。

如《桃夭》:

桃之夭夭,灼灼其华。之子于归,宜其室家。

桃之夭夭,有蕡其实。之子于归,宜其家室。

桃之夭夭,其叶蓁蓁。之子于归,宜其家人。

这首诗由"华"而"实"而"叶"循序渐进。

如《芣苢》：

采采芣苢，薄言采之。

采采芣苢，薄言有之。

采采芣苢，薄言掇之。

采采芣苢，薄言捋之。

采采芣苢，薄言袺之。

采采芣苢，薄言襭之。

六章只有"采""有""掇""捋""袺""襭"6 个字不同，余皆全同，这是重章的极致。《芣苢》通过这六个字"循序渐进"地描写了采撷"芣苢"（车前子）的动作和过程。

"重章之循序渐进"像乐曲的旋律，是在重复中变换和行进，使人们的心灵在愉悦陶醉的状态中领会诗意的深化并烙下深深的印痕。

【重章之易词申意】

"重章之循序渐进"是指各章诗意有递进关系，与此不同，"重章之易词申意"各章诗意无递进关系，而是用不同词汇反复申明同一个意思。

钱锺书用《草虫》一诗作例子阐述"重章之易词申意"：

首章："亦既见止，亦既觏止，我心则降"；

次章："亦既见止，亦既觏止，我心则说"；

末章："亦既见止，亦既觏止，我心则夷"，

语虽异而情相类，此重章之易词申意者。

《草虫》全诗如下：

喓喓[1] 草虫[2]，趯趯[3] 阜螽[4]。未见君子，忧心忡忡[5]。亦[6] 既见止，

亦既觏[7] 止，我心则降[8]。

陟[9] 彼南山，言采其蕨[10]。未见君子，忧心惙惙[11]。亦既见止，亦既觏止，

我心则说[12]。

陟彼南山，言采其薇[13]。未见君子，我心伤悲。亦既见止，亦既觏止，

我心则夷[14]。

注释

注 1. 喓（yāo）喓：虫鸣声。

注 2. 草虫：蝈蝈儿。

注 3. 趯（tì）趯：昆虫跳跃之状。

注 4. 阜（fù）螽（zhōng）：蚱蜢。

注 5. 忡（chōng）忡：形容心绪不安。

注 6. 亦：如，若。既：已经。止：语助词。

注 7. 觏（gòu）：遇见。《易》曰："男女觏精，万物化生。"故郑笺谓"既觏"为
已婚，指男女情事。

注 8. 降（xiáng）：悦服，平静。

注 9. 陟（zhì）：升；登。登山以望君子。

注 10. 蕨：野菜。

注 11. 惙（chuò）惙：忧，愁苦的样子。

注 12. 说（yuè）：通"悦"，高兴。

注 13. 薇：野豌豆。

注 14. 夷：平，此指心情平静。

译文

听那蝈蝈蠷蠷叫，看那蚱蜢蹦蹦跳。没有见到那君子，我心忧愁又焦躁。
我已见着他，我已偎着他，我的心中愁全消。

登上高高南山头，采摘鲜嫩蕨菜叶。没有见到那君子，我心忧思真凄切。
我已见着他，我已偎着他，我的心中好喜悦。

登上高高南山顶，采摘鲜嫩薇菜苗。没有见到那君子，我很悲伤真烦恼。
我已见着他，我已偎着他，我的心中多平静。

《草虫》之重章，一目了然，钱锺书节选之句，36 个字仅 3 字不同，余
皆全同。三个不同的字："降"，忧愁消散，"说"，即悦，心情喜悦，"夷"，即
平，心安神宁。

三章用不同的词汇反复申述了一个意思：没有见到心上人，百愁丛生。一
旦见到心上人，偎在他的怀中，云雨尽欢，所有的不快全部烟消云散。这里没
有递进，没有深入，是用不同词汇反复申述一个意思，女子未见心上人的满脑
愁绪和见到心上人后的满心欢喜。

【《墨子》的重章叠节】

钱锺书此则最后说："先秦说理散文中好重章叠节，或易词申意，或循序
渐进者，《墨子》是也。"

钱锺书特别提到了《墨子》，让我们来看一下。

以《墨子—法仪》一篇为例。《法仪》言做事当讲法则。

开篇，墨子说，天下凡事都要讲法则，能工巧匠做事皆讲法则，治理天下
国家能不讲法则吗？然而以什么作法则呢？

以下是墨子的回答，用的是"重章之循序渐进"——

"当皆法其父母，奚若？天下之为父母者众，而仁者寡。若皆法其父母，此法不仁也。法不仁，不可以为法。

当皆法其学，奚若？天下之为学者众，而仁者寡。若皆法其学，此法不仁也。法不仁，不可以为法。

当皆法其君，奚若？天下之为君者众，而仁者寡。若皆法其君，此法不仁也。法不仁，不可以为法。故父母、学、君三者，莫可以为治法。"

上面三个重章首以父母、继以师长、再以君王为法则，逐个排除和否定，是循序渐进。

继而，墨子说："然则奚以为治法而可？故曰：莫若法天。"父母、老师、君王均不足为法，那拿什么作法则呢？回答：天。

以下是"重章之易词申意"：

"天之行广而无私，其施厚而不德，其明久而不衰，故圣王法之。既以天为法，动作有为，必度于天。

天之所欲则为之，天所不欲则止。然而天何欲何恶者也？

天必欲人之相爱相利，而不欲人之相恶相贼也。"

——上面三个重章是易词申明"天无私""天善为"。

"奚以知天之欲人之相爱相利，而不欲人之相恶相贼也？以其兼而爱之，兼而利之也。

奚以知天兼而爱之、兼而利之也？以其兼而有之、兼而食之也。"

——上面二个重章是易词申明"兼爱、兼利"。

泛览《墨子》连篇累牍皆为"重章之循序渐进"和"重章之易词申意"，兹不赘举。

附录：《管锥编—毛诗正义》第十二则

摽有梅·重章之循序渐进

首章结云："求我庶士，迨其吉兮"，尚是从容相待之词。次章结云："求我庶士，迨其今兮"，则敦促其言下承当，故《传》云："今，急辞也。"末章结云："求我庶士，迨其谓之"，《传》云："不待备礼"，乃迫不乃缓，支词尽芟，真情毕露矣。此重章之循序渐进（progressiveiteration）者，《桃夭》由"华"

而"叶"而"实",亦然。《草虫》首章:"亦既见止,亦既觏止,我心则降";次章:"亦既见止,亦既觏止,我心则说";末章:"亦既见止,亦既觏止,我心则夷",语虽异而情相类,此重章之易词申意(varied iteration)者。

"重章"之名本《卷耳》次章《正义》。先秦说理散文中好重章叠节,或易词申意,或循序渐进者,《墨子》是也。

钱锺书论"吠尨"

《管锥编—毛诗正义》札记第十三则

《管锥编—毛诗正义》第十三则《野有死麕》，副标题为《吠尨》。

"无使尨也吠"是《诗经—野有死麕》中的一句诗。

《诗经—野有死麕》

野有死麕¹，白茅包之。

有女怀春，吉士诱²之。

林有朴樕³，野有死鹿。

白茅纯束⁴，有女如玉。

舒而脱脱兮，无感我帨兮⁵，无使尨⁶也吠。

注释

注1.麕（jūn）：獐子，与鹿相似，没有角。

注2.吉士：古时对男子的美称。诱：求，指求婚。

注3.朴樕（sù）：小树。

注4.纯（kǔn）束：包裹，捆扎。

注5.感（hàn）：同"撼"，意思是动摇。帨（shuì）：女子的佩巾。

注6.尨（máng）：长毛狗，多毛狗。

译文

射死小鹿在荒野，白茅紧紧包起来。

有位少女怀春心，小伙备此想求爱。

林中小树错杂生，小鹿放在荒野里。

小伙捆扎多仔细，身旁少女颜如玉。

悄悄来啊莫慌张！不要碰落我佩巾！别惹狗儿叫汪汪！

为了更好地品读钱锺书这一则札记，我把这首诗想象成一幕情景剧。

第一章：少年倾心。

"野有死麕，白茅包之。有女怀春，吉士诱之。"

射死獐子在野地，英俊少年小心翼翼用白茅把它包起来。因为他的佳人已怀春，他要以此去求婚。

第二章：林间交往。

"林有朴樕，野有死鹿。白茅纯束，有女如玉。"

少年领着少女来到小树林。野地上躺着一只猎物死鹿，小伙子喜滋滋的用白茅困扎柴禾，身旁姑娘美如玉。

第三章：密约幽会。

"舒而脱脱兮，无感（hàn）我帨（shuì）兮，无使尨（máng）也吠。"

姑娘芳心暗许，密约小伙子来家幽会，但怕家人知晓，叮咛他，要悄悄地来，不要弄掉了晾在院落里的佩巾，也不要惊动那条多毛狗让他叫出声来！

钱锺书《管锥编—毛诗正义》第十二则是从《野有死麕》的最后一句诗开始的。

"无使尨（máng）也吠"。就是"不要让那条多毛狗叫出声来！"

如何理解这句诗呢？

钱锺书列出了郑玄的《笺》注和段玉裁的《传》解。

《笺》曰："贞女思仲春以礼与男会"。意思是贞洁的女子想在二月和男子遵照礼仪会面。

《传》曰："非礼相陵则狗吠。"意思是小伙子对姑娘非礼、侵陵的举动引起了狗吠。

读到这里，我似乎看见钱锺书先生诙谐一笑。

明明是一见倾心，迅速升温，私约幽会，哪里需要什么礼仪会面，又何须等到仲春呢？

明明是芳心暗许，同心隐瞒家人，怎么是非礼相侵？

这活泼泼的民歌，明明是你侬我侬，硬给他们《笺》、《传》成礼教，弄得矛盾百出，怎么不觉得好笑呢？

钱锺书不能苟同《笺》《传》的意见，写出了自己的看法：

"按幽期密约，丁宁毋使人惊觉、致犬哇（ái）喋（chái）也。"

此乃英俊猎手和少女密约幽会，叮咛不要让家人惊觉，也不要让看家狗叫唤起来。

看到"无使龙（máng）也吠"这句诗，钱锺书想起了王涯的《宫词》："白雪猧〔wō〕儿拂地行，惯眠红毯不曾惊，深宫更有何人到，只晓金阶吠晚萤"；在那万籁俱寂、鸦雀无声的深宫，连个人影都没有，那只长着白雪般绒毛的狗儿在红地毯上移动，百无聊赖，对着暗夜里闪烁的萤火虫叫唤。这是多么静谧有趣的画面啊。

看到"无使龙（máng）也吠"这句诗，钱锺书想起了高启的《宫女图》："小犬隔花空吠影，夜深宫禁有谁来？"小狗隔着花丛向着影子乱叫，明月当空的静夜，门禁重重的深宫，会有谁来呢？或许真有人来，也或许是小狗看见风摇树影怀疑有人来吧。

钱锺书说，这两首诗"可与'无使龙（máng）也吠'句相发明"。钱先生为何如此说呢？大概他觉得，姑娘家人的养狗和深宫里的养狗有异曲同工之妙罢，防贼也兼防偷情。

看到"无使龙（máng）也吠"这句诗，钱锺书还想起了李商隐的诗"一丈红蔷拥翠筠，罗窗不识绕街尘。峡中寻觅长逢雨，月里依稀更有人。虚为错刀留远客，枉缘书札损文鳞。适知小阁还斜照，羡杀乌龙卧锦茵。"（《戏赠任秀才》）这首诗是调侃任秀才惯于拈花惹草而难得真心，不能亲近艺妓，所以"羡杀乌龙卧锦茵"即羡慕起艺妓院落里的狗来。

看到"无使龙也吠"这句诗，钱锺书想起了《初学记》卷二九载贾岱宗《大狗赋》："昼则无窥窬（yú）之客，夜则无奸淫之宾"；即因为有大狗看门，白天无贼，夜晚无奸。

看到"无使龙也吠"这句诗，钱锺书想起了裴铏（xíng）《传奇》中昆仑奴磨勒挝杀猛犬一事。此乃崔生爱慕一品官僚家的佳丽红绡因有猛犬不能私会，昆仑奴磨勒自报奋勇用铁器把狗打死以助崔生与红绡私通。——"乌龙"、"曹州之犬"可能是"龙"的后裔或旁支，同样是狗，同样是因为男女之情，或使人羡慕，或遭人挝杀，命运竟如此不同。

最后，钱锺书用一个"而"字来一个转折：

"而十七世纪法国诗人作犬冢铭，称其盗来则吠，故主人爱之，外遇来则不作声，故主妇爱之，祖构重叠。盖儿女私情中，亦以'龙也'参与之矣。"

读到这一句，我又仿佛看到钱锺书先生莞尔一笑。

这条狗是多么地被人看重，死了还为它写墓志铭，称赞它能辨别识人，强盗小偷来了它狂吠攻击，主人喜欢它；女主人的情人来幽会，它默不吱声，主妇也特别喜欢它。这条颇通人性的大毛狗好像也参与了女主人的偷情。

这一结尾意味深长，读了这条长毛狗的做派，容易令人想起世间那些以卑躬屈膝，摇尾乞怜，左右逢源、八面玲珑来讨好主子求取欢心的小人。

你看，钱锺书的冷笑话多么风趣而辛辣，和时下那些惯于搞笑幽默的段子手相比也毫不逊色。

附录：《管锥编—毛诗正义》第十三则

野有死麕—吠龙

"无使龙也吠"；《传》："贞女思仲春以礼与男会"。《传》："非礼相陵则狗吠。"按幽期密约，丁宁毋使人惊觉、致犬唫（ái）喍（chái）也。王涯《宫词》："白雪猁儿拂地行，惯眠红毯不曾惊，深宫更有何人到，只晓金阶吠晚萤"；高启《宫女图》："小犬隔花空吠影，夜深宫禁有谁来？"可与"无使龙也吠"句相发明。李商隐《戏赠任秀才》诗中"卧锦裀"之"乌龙"，裴铏《传奇》中昆仑奴磨勒挝杀之"曹州孟海"猛犬，皆此"龙"之支与流裔也。《初学记》卷二九载贾岱宗《大狗赋》："昼则无窥窬之客，夜则无奸淫之宾"；而十七世纪法国诗人作犬冢铭，称其盗来则吠，故主人爱之，外遇来则不作声，故主妇爱之，祖构重叠。盖儿女私情中，亦以"龙也"参与之矣。

钱锺书论"鉴可茹"

《管锥编—毛诗正义》札记第十四则

《管锥编—毛诗正义》第十四则《柏舟》，副标题为《鉴可茹》。

《柏舟》

泛彼柏舟，亦泛其流。耿耿不寐，如有隐忧。微我无酒，以敖以游。

我心匪鉴，不可以茹。亦有兄弟，不可以据。薄言往愬，逢彼之怒。

我心匪石，不可转也。我心匪席，不可卷也。威仪棣棣，不可选也。

忧心悄悄，愠于群小。觏闵既多，受侮不少。静言思之，寤辟有摽。

日居月诸，胡迭而微？心之忧矣，如匪浣衣。静言思之，不能奋飞。

这是一篇直抒胸臆的现实主义作品，诗人以"隐忧"为线索，倾诉了自己遭受小人倾轧，而君主昏聩，爱国之心、正义之情不得伸张的苦闷。

这首诗有三个比喻句，表达感情特别强烈：

1."我心匪鉴，不可以茹"；

2."我心匪石，不可转也"；

3."我心匪席，不可卷也"。

后两句，易懂易解：

第二句："我心"不是石头，石头可以翻转，我心不能；

第三句："我心"不是席子，席子可以卷起，我心不能。

但是，根据毛亨、《传》、郑《笺》、孔《疏》的意见，将第一句"茹"字训诂为忖度、揣度，就有些说不通了。

如果"茹"字是忖度、揣度的意思，那么，"我心匪鉴，不可以茹"就只能解为："我心"不是镜子，镜子可以揣度真伪善恶，而我心不能。

问题是，镜子不能具备人的心理活动，何以揣度呢？

于是，毛、郑、孔就把"我心匪鉴，不可以茹"解释成：我心不是镜子，不会像镜子一样不辨真伪。

钱锺书对此提出质疑："'不可以茹'承'鉴'，而不可以'转，卷'则承'我心'，律以修词，岨峿不安矣。"

钱锺书这句话是什么意思呢？

意思是，三句都是把"心"比作物。第二句，不能随意翻转，说的是心，第三句，不能轻松卷起，说的也是心。而第一句，不能揣度真伪，说的却不是心，而是镜子。

第二句、第三句，比喻的对象"心"，和用来打比方的东西"石块"、"席子"，其特点具有一致性，可以翻转和卷起，也可以不翻转和不卷起；而第一句按照毛、郑、孔的解读，比喻的对象"心"，和用来打比方的东西"镜子"，其特点不具有一致性，心可以揣度，镜子却不能揣度。

如此修辞和文法并列在同一首诗里，是不符合逻辑的。

由此，钱锺书指出，毛、郑、孔对"鉴不可茹"的解读让人不能心安。

于是，钱锺书大胆怀疑，深度探寻，发现"茹"字还可以解读为"容"字。他广征博引，言之凿凿：

其一，王先谦《诗三家义集疏》："'茹'、容也"。

其二，《释文》："'茹'、食也"，谓影在鉴中，若食之入口，无不容者。

其三，《管子·七法》：度量宽弘解，即今语之"大度包容"。

其四，唐姚崇《执镜诫》：似亦以"茹"为虚而能受之意，亦即"容"义。

其五，释典镜喻有两柄，已详《易》卷。无论喻至道，还是喻浮世，均取其空而能容。

其六，我国古籍镜喻亦有两边。一者洞察：物无遁形，善辨美恶。二者涵容：物来斯受，不择美恶；如《柏舟》此句。前者重其明，后者重其虚，各执一边。

其七，《庄子·应帝王》所谓："至人之用心若镜，不将不迎，应而不藏"。

其八，古希腊诗人赋镜所谓"中无所有而亦中无不有"；皆云镜之虚则受而受仍虚也。

其九，《世说·言语》袁羊曰："何尝见明镜疲于屡照，清流惮于惠风"；不将迎，不藏有，故不"疲"矣。

其十，《管子—宙合》："度"亦即训宽大。

以上钱锺书通过一连串引证，表明"茹"可注疏为容。

既然"茹"字可以解读为"容"字，一切问题就迎刃而解了，前面所述的矛盾和不通就不复存在了。"我心匪鉴，不可以茹"就可以根据诗意解读为：我心不是镜子，不会像镜子一样容纳一切。

这样，三句诗的解释便高度一致起来：

1. 我心不是镜子，镜子可以容纳一切，我心不能。

2. 我心不是石块，石块可以随意翻转，我心不能。

3. 我心不是席子，席子可以轻松卷起，我心不能。

附录：《管锥编—毛诗正义》第十四则

柏舟·鉴可茹

"我心匪鉴，不可以茹。……我心匪石，不可转也；我心匪席，不可卷也"；《传》："鉴所以察形也，'茹'、度也"；《笺》："鉴之察形，但知方圆白黑，不能度其真伪，我心非如是鉴"；《正义》："我心则以度知内之善恶，非徒如鉴然。"按注疏皆苦纠绕《诗》以"我心"三句并列同旨；信如毛、郑、孔所释，则石可转而我心不可转，席可卷而我心不可卷，鉴不可度而我心可度，"不可以茹"承"鉴"而"不可以转、卷"则承"我心"，律以修词，岨峿不安矣。陈奂《诗毛氏传疏》亦知郑笺不惬，遂申毛传曰："人不能测度于我，人无能明其志"，一若鉴遂能探怀自示于人者，亦与郑如鲁卫之政尔。王先谦《诗三家义集疏》据韩诗义"'茹'、容也"，乃引《大雅》"柔则茹之"，《释文》引《广雅》："'茹'、食也"，谓影在鉴中，若食之入口，无不容者。此说妙有会心。《方言》亦云："茹、食也"，"茹"即《大雅—蒸民》"柔亦不茹，刚亦不吐"或《礼运》"饮其血，茹其毛"之"茹"；与"吐"对文，则纳也，与"饮"对文，则食也。毛传所谓"度"，倘不作"余忖度之"解，而如《管子—七法》之"施也、度也、恕也，谓之心术"，作度量宽弘解，则与韩诗所谓"容"之义契合，即今语之"大度包容"也。唐姚崇《执镜诫》云："执镜者取其明也。夫内涵虚心，外分朗鉴。……《诗》曰：'我心匪鉴，不可以茹'，亦其理焉"（《全唐文》卷二〇六）；似亦以"茹"为虚而能受之意，亦即"容"义。释典镜喻有两柄，已详《易》卷。我国古籍镜喻亦有两边。一者洞察：物无遁形，善辨美恶，如

《淮南子—原道训》："夫镜水之与形接也，不设智故，而方圆曲直勿能逃也"，又《说林训》："若以镜视形，曲得其情。"二者涵容：物来斯受，不择美恶；如《柏舟》此句。前者重其明，后者重其虚，各执一边。《庄子—应帝王》所谓："至人之用心若镜，不将不迎，应而不藏"（《文子—精诚》："是故圣人若镜，不将不迎，应而不藏"）：古希腊诗人赋镜所谓"中无所有而亦中无不有"（nothing inside and everything inside）；皆云镜之虚则受而受仍虚也。《世说—言语》袁羊曰："何尝见明镜疲于屡照，清流惮于惠风"；不将迎，不藏有，故不"疲"矣。

〔增订三〕《管子—宙合》："毒而无怒，怨而无言，欲而无谋，大揆度仪"，"仪"如《法禁》所谓"君壹置其仪"之"仪"；"度仪"与"大揆"对举并称；"度"亦即训宽大。爱默生论人心观物"有若镜然，照映百态万明而不疲不敝"（like that of a looking-glass, which is never tired or worn by any multitude of objects which it reflects）。袁羊所谓"何尝见明镜疲于屡照"也。

钱锺书论"送别情境——《诗》作诗读"

《管锥编—毛诗正义》札记第十五则

《管锥编—毛诗正义》第十五则《燕燕》，副标题为《送别情境——〈诗〉作诗读》。

【送别情境】

"瞻望勿及，伫立以泣"

这是《诗经—燕燕》中的一句诗。《燕燕》写的是卫国国君送妹远嫁的情事。

山一程水一程，千里送妹，终有一别，遥望妹妹远去的背影，长亭复短亭，离人渐行渐远，送者望断空茫，悲从心生，泪落如雨。

问世间何为别之至境？长亭外，古道边，芳草碧连天。晚风拂柳笛声残，夕阳山外山。（李叔同《送别》）

问世间何为别之至情？黯然销魂者，惟别而已矣。（江淹《别赋》）

〔送别诗之源流对比〕

《诗经》是中国诗歌的源头，"瞻望勿及，伫立以泣"更是送别诗的源头。

宋人许顗《彦周诗话》对"瞻望勿及，伫立以泣"赞叹不已：

"真可以泣鬼神矣！张子野长短句云：'眼力不如人，远上溪桥去'；东坡与子由诗云：'登高回首坡垅隔，惟见乌帽出复没'；皆远绍其意。"

"远绍其意"是说宋人张子野（张先）和东坡（苏轼）的诗是《燕燕》这两句诗的赓续。而且张先还一而再再而三地摹写此境：《南乡子》有"春水一篙残照阔，遥遥，有个多情立画桥"；《一丛花令》又有："嘶骑渐遥，征尘不断，何处认郎踪"。

赓续、摹写者又岂止张先和苏轼，钱锺书一口气罗列了一串：

1. 梁—朱超道《别席中兵》："扁舟已入浪，孤帆渐逼天，停车对空渚，长望转依然"。

2. 唐—王维《齐州送祖三》："解缆君已遥，望君犹伫立"，又《观别者》："车徒望不见，时见起行尘"。

3. 宋—王操《送人南归》："去帆看已远，临水立多时"（《皇朝文鉴》卷二二、《全唐诗》误作无名氏断句）。

4. 宋—梅尧臣《依韵和子聪见寄》："独登孤岸立，不见远帆收，及送故人尽，亦嗟归迹留"（《宛陵集》卷六）。

5. 宋—王安石《相送行》："但闻马嘶觉已远，欲望应须上前坂；秋风忽起吹沙尘，双目空回不见人"。

6. 明—何景明《河水曲》："君随河水去，我独立江干"（《何大复先生集》卷六）。

如此等等，都是以《燕燕》之"瞻望勿及，伫立以泣"为源头而一脉相承。

钱锺书指出，《燕燕》"瞻望勿及，伫立以泣"作为古今送别诗句的源头，和随后所有送别诗句相比，最为"高简"，即格高而洗练！

在历朝历代的送别诗中，钱锺书又特别提出宋人左纬的送别诗"水边人独自，沙上月黄昏"，说它和王维、苏轼、梅尧臣，王安石这些公认的大家相比而能稍胜一筹，后来居上。钱锺书认为诸位大家的诗均有"不见"、"惟见"、"随去"等字眼，落笔有痕，而左纬上句写送别却"不着一字尽得风流"。

由此可见，在社会历史进程中生产力发展尤其是科技进步，定然是昔不如今，但文化艺术类作品却未必今定胜昔，虽然"今"之较"昔"已经跨越了数千年。

我们要向钱锺书学习，实事求是，既不厚古薄今也不厚今薄古，亦不以人之名气大小评判其作品优劣，而是以文本作为唯一依据来评价作品艺术之高下。这也给现在还在殚精竭虑的莘莘学子们提个醒，为了悠久的中华文化值得孜孜以求来打造精品。

〔眼力不如人远〕

有趣的是，张子野的诗句是："一帆秋色共云遥，眼力不知人远，上江桥。"许顗记错了，在《彦周诗话》中把"眼力不知人远"误忆成了"眼力不如人远"的意思。钱锺书对此误忆击节叫好！他说："许氏误忆，然'如'字含蓄自然，实胜'知'字，几似人病增妍、珠愁转莹。"这就好比说许氏是因误出巧，如林黛玉因病因愁而添柔增丽。

"眼力不知人远"，是送行者误判了，离人已经超出了视力范围而送行者仍欲登高而见，徒劳而无济于事。不知，是局外人的评语或送行者事后的晓悟。

"眼力不如人远"是眼力和行远的较量，是送行者当场因目不从心而发的感慨并付诸竭力。

钱锺书复举几例，供我们体会"眼力不知人远"和"眼力不如人远"表达之分别。

1. 陈师道《送苏公知杭州》之"风帆目力短"，风帆仍依稀可辨，而眼力越来越不济，这是"眼力不如人远"。

2. 辛弃疾《鹧鸪天》："情知已被山遮断，频倚阑干不自由"。这里的不见，非视力不济，乃外物障碍，故明知不见而尚欲遥望。此非"眼力不如人远"。

3. 邵谒《望行人》："登楼恐不高，及高君已远"。离人已远，已超出送者视线，登得再高也于事无补。此乃"眼力不知人远"。

"眼力不如人远"是送别者的感觉和嗟叹，一语道尽送别之情境。

送别皆情非得已。送者是欲留而难留，离人是不舍而不得不。送者对离人感情最深挚之一瞬，往往体现在那最后一点的视线之亲。只要目光所及，离人的背影依稀可辨，离人就依然在送者的当场关怀之中。离人越走越远，送者眼力则越来越不济，这是眼力和行远的较量。"眼力不如人远"，最后那一点不舍、那一点不甘会驱使送者或"登楼"或"上桥"，希望借攀高来弥补目力的不足，而终于会达到极限，在只见苍茫不见人的那一刻而肝肠寸断。

最后，钱锺书打通中外，选取莎士比亚戏剧和雨果小说的情节，以证明外国文学和中国诗词关于"眼力不如人远"的描写有异曲同工之妙：

莎士比亚剧中女角惜夫远行云："极目送之，注视不忍释，虽眼中筋络迸裂无所惜；行人渐远浸小，纤若针矣，微若蠓蠓矣，消失于空蒙矣，已矣！回眸而啜其泣矣！"即"眼力不如人远"之旨。

雨果小说写舟子困守石上，潮升淹体，首尚露水面，注视其小舟随波漂逝："舟不可辨识，只睹烟雾混茫中一黑点。少焉，轮廓不具，色亦淡褪。随乃愈缩而小，继则忽散而消。舟没地平线下，此时人亦灭顶。漫漫海上，空无一物矣"。机杼大似莎翁此节，而写所观兼及能观，以"两者茫茫皆不见"了局，拟议而变化者欤。

【〈诗〉作诗读】

《诗经》是中国最早的诗歌总集，它本来叫《诗》或《诗三百》，它收集了从西周初期至春秋中叶大约五、六百年间的诗歌，据《史记·孔子世家》载："古者诗三千余篇"。

春秋战国时期周王朝为知得失、观民风，以加强和改善其统治，一方面设采诗官去各地去采集，另一方面命诸侯百官献诗，最后由太师删订、整理和总撰为三百零五篇，简称《诗三百》。

《诗三百》的用途十分广泛，除了用于各种典礼、娱乐和讽谏以外，在外交场合也往往用来表情达意，渐渐成了那个年代文化普及和道德规范的必读教材。

孔子对《诗三百》的作用，表现在对乐曲、文字和篇章的整理上。他说："吾自卫返鲁，然后乐正，雅颂各得其所。"（《论语·子罕》）孔子提倡学习《诗三百》，他说："不学诗，无以言。"（《论语—季民》）又说："小子何莫学夫诗？诗可以兴，可以观，可以群，可以怨，迩之事父，远之事君，多识于鸟兽草木之名。"（《论语—阳货》）

《诗三百》被称为《诗经》始于西汉。汉武帝听信董仲舒的建议实行"罢黜百家独尊儒术"，《诗三百》因为经过了孔子的整理和推崇，被奉为经书，称为《诗经》。

可见，《诗》或称《诗三百》来源于各地民歌，也有少数的乐官诗、公卿诗和文人诗。把《诗》或《诗三百》称为"经"并冠名为《诗经》以后，就逐渐异化成为封建统治的政治教化书，经儒们对《诗经》中所有诗篇的解释都千方百计、牵强附会地服从于、服务于封建道德、封建伦理那一套，把许多反映当时社会现实、民生疾苦的好作品变成了替封建统治阶级粉饰门面的无聊玩意儿。

在如何看待《诗经》上，一直存在着把《诗经》当"经"读和把《诗经》当"诗"读两种见解、两种做法。由于封建统治者的执政需要和竭力提倡，把《诗经》当"经"读自西汉迄于明清长期处于主导地位，把《诗经》当"诗"读的言论和做法势单力薄几乎湮灭。

因此，钱锺书在《燕燕》这一则札记中把"《诗》作诗读"作为研究、学习《诗经》的重要原则来提倡。这是《诗经》学习、传承上的正本清源，拨乱反正。

为此，钱锺书把历史上主张"《诗》作诗读"的主要人物及其言论拈出来，说明此正确观点其来有自。

清阮葵生"《诗》作诗读"的观点：

"余谓《三百篇》不必作经读，只以读古诗、乐府之法读之，真足陶冶性灵，益人风趣不少。"（《茶余客话》）

钱锺书说，阮葵生的观点正是宋代、明代以来的旧主张。

宋《朱子语类》："读《诗》且只做今人做底诗看。"

明万时华《〈诗经〉偶笺—序》："今之君子知《诗》之为经，而不知《诗》之为诗，一蔽也。"

附录：《管锥编—毛诗正义》第十五则

燕燕

"瞻望勿及，伫立以泣"。按宋许顗《彦周诗话》论此二句云："真可以泣鬼神矣！张子野长短句云：'眼力不如人，远上溪桥去'；东坡与子由诗云：'登高回首坡垅隔，惟见乌帽出复没'；皆远绍其意。"张先《虞美人》："一帆秋色共云遥：眼力不知人远，上江桥。"许氏误忆，然"如"字含蓄自然，实胜"知"字，几似人病增妍、珠愁转莹。陈师道《送苏公知杭州》之"风帆目力短"，即"眼力不如人远"也。去帆愈迈，望眼已穷，于是上桥眺之，因登高则视可远——此张词之意。曰"不知"，则质言上桥之无济于事，徒多此举；曰"不如"，则上桥尚存万一之可冀，稍延片刻之相亲。前者局外或事后之断言也，是"徒上江桥耳"；后者即兴当场之悬词也，乃"且上江桥欤！"辛弃疾《鹧鸪天》："情知已被山遮断，频倚阑干不自由"：则明知不见而尚欲遥望，非张氏所谓"不知也"。唐邵谒《望行人》："登楼恐不高，及高君已远"；则虽登高而眺远不及，庶几如张氏所谓"不知"矣。张氏《南乡子》："春水一篙残照阔，遥遥，有个多情立画桥"；《一丛花令》："嘶骑渐遥，征尘不断，何处认郎踪"；盖再三摹写此境，要以许氏所标举者语最高简。梁朱超道《别席中兵》："扁舟已入浪，孤帆渐逼天，停车对空渚，长望转依然"；唐王维《齐州送祖三》："解缆君已遥，望君犹伫立"，又《观别者》："车徒望不见，时见起行尘"；宋王操

《送人南归》："去帆看已远，临水立多时"（《皇朝文鉴》卷二二、《全唐诗》误作无名氏断句）；梅尧臣《依韵和子聪见寄》："独登孤岸立，不见远帆收，及送故人尽，亦嗟归迹留"（《宛陵集》卷六）；王安石《相送行》："但闻马嘶觉已远，欲望应须上前坂；秋风忽起吹沙尘，双目空回不见人"；以至明何景明《河水曲》："君随河水去，我独立江干"（《何大复先生集》卷六）；亦皆"远绍"《燕燕》者，梅、王诗曰"登"、曰"上"，与张词、苏诗谋篇尤类。顾"不见"也，"唯见"也，"随去"也，说破着迹。宋左纬《送许白丞至白沙，为舟人所误，诗以寄之》："水边人独自，沙上月黄昏"（辑本《委羽居士集》诗题无末四字，据《永乐大典》卷一四三八〇《寄》字所引补），庶几后来居上。莎士比亚剧中女角惜夫远行云："极目送之，注视不忍释，虽眼中筋络迸裂无所惜；行人渐远浸小，纤若针矣，微若蠛蠓矣，消失于空蒙矣，已矣！回眸而啜其泣矣！"（I would have broke mine eyestrings, crack'd them but/To look upon him, till the diminution/Of space had pointed him sharp as my needle;/Nay, followed him till had melted from/The smallness of gnat to air and then/Have turn'd my eyes and wept）即"眼力不如人远"之旨。

〔增订四〕雨果小说写舟子困守石上，潮升淹体，首尚露水面，注视其小舟随波漂逝："舟不可辨识，只睹烟雾混茫中一黑点。少焉，轮郭不具，色亦淡褪。随乃愈缩而小，继则忽散而消。舟没地平线下，此时人亦灭顶。漫漫海上，空无一物矣"。机杼大似莎翁此节，而写所观兼及能观，以"两者茫茫皆不见"了局，拟议而变化者欤。

西洋诗人之笔透纸背与吾国诗人之含毫渺然，异曲而同工焉。至若行者回顾不见送者之境，则谢灵运《登临海峤初发疆中》："顾望脰未悁，汀曲舟已隐；隐汀绝望舟，鹜棹逐惊流"；谢惠连《西陵遇风》："迥塘隐舻栧，远望绝形音"；与《燕燕》等所写境，正如叶当花对也。

《彦周诗话》此节，陈舜百《读〈风〉臆补》全袭之。前引《项氏家说》讥说《诗》者多非"词人"，《朱子语类》卷八〇亦曰："读《诗》且只做今人做底诗看。"明万时华《〈诗经〉偶笺·序》曰："今之君子知《诗》之为经，而不知《诗》之为诗，一蔽也。"贺贻孙《〈诗〉触》、戴忠甫《读〈风〉臆评》及陈氏之书，均本此旨。诸家虽囿于学识，利钝杂陈，而足破迂儒解经窠臼。阮葵生《茶余客话》卷十一："余谓《三百篇》不必作经读，只以读古诗、乐府之法读之，真足陶冶性灵，益人风趣不少。"盖不知此正宋、明以来旧主张也。

钱锺书论"契阔诸义"

《管锥编—毛诗正义》札记第十六则

《管锥编—毛诗正义》第十六则《击鼓》，副标题为《"契阔"诸义》。

"死生契阔，与子成说，执子之手，与子偕老。"是《诗经—击鼓》中的一句诗。钱锺书此则札记向我们讲述"契阔"二字的诸多含义。

【"契阔"不同注释之比较】

什么是"契阔"？

《传》："契阔，勤苦也"。

《笺》："从军之士，与其伍约：'死也、生也，相与处勤苦之中，我与子成相说爱之恩'。志在相有救也；'俱老'者，庶几俱免于难"。

《正义》：王肃云："言国人室家之志，欲相与从；'生死契阔'，勤苦而不相离，相与成男女之数，相扶持俱老。"

（笔者备注：《传》亦称《毛传》，毛亨著。《笺》亦称《郑笺》，简称注，郑玄著。《正义》亦称《毛诗正义》，简称疏，孔颖达著。）

以上是钱锺书开篇所引毛亨、郑玄、孔颖达对"契阔"的注疏。稍后，钱锺书又引了黄生对"契阔"的疏解："'契'、合也，'阔'、离也'"。

通过引文，我们看到了"契阔"的两种不同注疏：

其一，毛亨、郑玄、孔颖达三人都将"契阔"注疏为"勤苦"。

其二，黄生《义府》的解释是："'契'、合也，'阔'、离也。"

钱锺书认为将"契阔"注疏为"勤苦"不正确，不可取，他认为黄生《义府》的解释有理："黄释'契阔'甚允"。

钱锺书为什么赞成黄生之释而否定毛、郑、孔的注疏呢？这牵涉到对"死生契阔，与子成说，执子之手，与子偕老"这句诗的理解。

郑玄认为，这句诗是"伍约"。认定"死生"句是征人之间约定相互关照、相互救助，共渡劫难，共勉力争不死而还。

孔颖达认为，这句诗是"情约"。他援引王肃之言，认定"死生"句是征人对妻子约定相伴一生，勤苦不离，白头到老的誓言。

钱锺书通过对《击鼓》诗前后文的分析，肯定这首诗为"情约"。

《击鼓》

首章：击鼓其镗，踊跃用兵。土国城漕，我独南行。

次章：从孙子仲，平陈与宋。不我以归，忧心有忡。

三章：爰居爰处？爰丧其马？于以求之？于林之下。

四章：死生契阔，与子成说。执子之手，与子偕老。

末章：于嗟阔兮，不我活兮。于嗟洵兮，不我信兮。

译文

首章：击起战鼓咚咚响，士兵踊跃练武忙。他们修路筑城墙，独遣我去上战场。

次章：跟随将军孙子仲，转战平定陈与宋。想回家绝不可能，苦难言忧心忡忡。

三章：何处可歇何处停？不知何时丢战马？一路追踪何处找？原来马在树林下。

四章：无论聚散与死活，婚时对你有誓言。我想拉着你的手，与你相伴到永远。

末章：只怕相隔这么远，没有缘分再相聚。只怕离家这么久，你将不信我诺言。

钱锺书赞同"情约"的理由为：

1. 此诗第二章有言："不我以归，忧心有忡。"不让我回家，我忧心忡忡。此乃"别室妇之词，恐战死而不能归"。

2. 此诗第四章，即"死生"一章，"执子之手，与子偕老"分明是回溯结婚时的誓言，在世同室、死后同穴。

3. 此诗第五章，"于嗟阔兮，不我活兮：子嗟洵兮，不我信兮！"征人距家路途辽远，归期无望，自料未必能生还，无法归家兑诺言。

这些诗句都是思乡恋妻之情，而无关战友之谊。

孔颖达正确地认定"死生"句是"情约",但是他把"死生契阔"解释为"勤苦而不相离",钱锺书不能同意。

钱锺书赞成孔颖达认"死生"句为"情约",更赞成黄生对"死生契阔,与子成说,执子之手,与子偕老"的解读:"偕老"是相伴终身慢慢变老,是成婚时的"情约",然而,征人从军以后就身不由己了,因为战争旷日持久,他便陷入了有"阔"无"契",有"死"无"生"的境地,山盟犹在,但偕老之愿怕是难以实现了。因为是情约,所以"死生契阔"句意思是无论是死还是生,无论是聚还是散,夫妻俩都绝不变心,白头到老。

为了说明"死生"句是"情约",钱锺书还举出张文虎《舒艺室随笔》把"死生契阔,与子成说,执子之手,与子偕老"和杜甫《新婚别》作类比是"殊具妙悟",并举苏武《古诗》第三首:"结发为夫妻,恩爱两不疑。……行役征战场,相见未有期。……生当复来归,死当长相思"和李商隐《行次西郊作》:"少壮尽点行,疲老守空村,生分作死誓,挥泪连秋云"加以印证。这里钱锺书运用了"以诗证诗"的研究方法。

以上是钱锺书赞成"死生"句为"情约"的理由。

回到"契阔"二字的注疏,毛亨《传》、郑玄《笺》、孔颖达《正义》把"契阔"注疏为"勤苦"并没有字源、字义上的考量,而是根据"契阔"一词的语境推想出来的。他们把诗句"死生契阔,与子成说,执子之手,与子偕老"误解为"伍约",并由"伍约"推想"契阔"应该为"勤苦",理由并不充足,根基并不牢靠,难以令人信服。

而黄生将"契阔"解释为两个词:契为合,阔为离,和王肃、黄生认"死生"句为"情约",正好相互印证,相互支撑,相得益彰。

因此,钱锺书总结说:"王肃之说与黄生之诂,相得益彰。"

再者,契有"契合"义,阔有"开阔"义,契与合,在字义上吻合,阔在字义上可以引申为离,大概也是钱锺书赞成黄生之诂("'契'、合也,'阔'、离也。")的重要原因。

【契阔诸义】

如前所述,"契阔"的原意和正解为黄生之诂:契,合也;阔,离也。

然而,"契阔"二字在古籍的运用上却不止一端,概括起来,有两种情况:

1."契阔"为两个词,分而不并,如黄生所言:契,合也;阔,离也。"死生契阔"即无论是生还是死，无论是聚还是散。与此相同的例子，有:《宋书·刘穆之传》高祖表:"臣契阔屯泰，旋观始终"，又《梁书·侯景传》齐文襄书:"先王与司徒契阔夷险，……义贯终始"。这里的"契"与"阔"，和"屯"与"泰"、"夷"与"险"、"始"与"终"一样，都是分而不并，意思是不论两人的遭遇是祸是福，相处是聚是散，感情应该有始有终。

2."契阔"为一个词，并而不分，从一而省文，或取"契"意，"契"吞并"阔"，或者取"阔"意，"阔"吞并"契"。

其一、"契阔"一词取"阔"意，即隔远。

如:《魏书·献文六王传》下高祖曰:"吾与汝等早罹艰苦，中逢契阔，每谓情义，随事而疏";《旧唐书·中宗纪》:"史臣曰:'……迁于房陵，崎岖瘴疠之乡，契阔幽囚之地"等。

其二、"契阔"一词取"契"意，即亲近。

如: 繁钦《定情诗》:"何以致契阔? 绕腕双跳脱"。曹操《短歌行》:"契阔谈䜩，心念旧恩"，杜甫《奉赠王中允维》:"中允声名久，如今契阔深"等。

钱锺书对古籍文献考证后指出，魏、晋、南北朝时期，两意并用，即: 用"契阔"时，取"阔"舍"契"者有之，取"契"舍"阔"者亦有之;作阔隔意用者，沿袭至今，而作契昵意用者，唐后渐稀。

综上所述，"契阔"有作两个词用的: 契、合也，阔、离也，或相聚和分离，有作一个词用的，或者用作"隔远"、或者用作"亲近"。

钱锺书将此则内容冠题为"契阔诸义"，提醒我们"契阔"二字在古籍中出现过多种不同用法，我们要根据用词时的语境来确定"契阔"在句中的特定含义。这方面，钱锺书给我们树立了具体分析的榜样:

〔增订四〕宋丘渊之《赠记室羊徽其属疾在外诗》第二章:"婉晚闲暑，契阔二方。连镳朔野，齐棹江湘。冬均其温，夏共其凉。岂伊多露，情深践霜。"乍观第二句，"契阔"似谓两地睽隔;然合观下文，则"二方"即"朔野"与"江湘"，胥能"连镳"、"齐棹"、"均温"、"共凉"，"契阔"乃谓同事共役，亲密无间，从"契"而不从"阔"之意尤明。

钱锺书说:初看以为"契阔二方"的"契阔"取"阔"义，相隔遥远，结合下文分析方知，"契阔"实际取"契"义，亲密无间。

我想，了解"契阔"有多种意思、多种用法，对我们学习古文和正确运用这一词汇会有一定的帮助，当然对理解《击鼓》这首诗也有很好的帮助。

附录：《管锥编—毛诗正义》第十六则

击鼓—"契阔"诸义

"死生契阔，与子成说，执子之手，与子偕老。"《传》："契阔，勤苦也"；《笺》："从军之士，与其伍约：'死也、生也，相与处勤苦之中，我与子成相说爱之恩'。志在相有救也；'俱老'者，庶几俱免于难"；《正义》：王肃云："言国人室家之志，欲相与从；'生死契阔'，勤苦而不相离，相与成男女之数，相扶持俱老。"按《笺》甚迂谬，王说是也，而于"契阔"解亦未确。盖征人别室妇之词，恐战死而不能归，故次章曰："不我以归，忧心有忡"。"死生"此章溯成婚之时，同室同穴，盟言在耳。然而生离死别，道远年深，行者不保归其家，居者未必安于室，盟誓旦旦，或且如镂空画水。故末章曰：于嗟阔兮，不我活兮：子嗟洵兮，不我信兮！"《豳风—东山》末章及《易—渐》可相发明，《水浒》第八回林冲刺配沧州，临行云："生死存亡未保，娘子在家，小人心去不稳"，情境略近。黄生《义府》卷上："'契'、合也，'阔'、离也'，与'死生'对言。'偕老'即偕死，此初时之'成说'；今日从军，有'阔'而已，'契'无日也，有'死'而已，'生'无日也。'洵'，信也，'信'，申也；前日之言果信，而偕老之愿则不得申也。今人通以'契阔'为隔远之意，皆承《诗》注之误。"张文虎《舒艺室随笔》卷三："王肃说《邶风—击鼓》之三章，以为从军者与其室家诀别之词；杜诗《新婚别》深得此意"。黄释"契阔"甚允：张以杜诗连类，殊具妙悟；王肃之说与黄生之诂，相得益彰。苏武《古诗》第三首："结发为夫妻，恩爱两不疑。……行役征战场，相见未有期。……生当复来归，死当长相思"；李商隐《行次西郊作》："少壮尽点行，疲老守空村，生分作死誓，挥泪连秋云"；均《击鼓》之"死生契阔"也。

"契阔"承"误"，歧中有歧，聊为分疏，以补黄说。《宋书—刘穆之传》高祖表："臣契阔屯泰，旋观始终"，又《梁书—侯景传》齐文襄书："先王与司徒契阔夷险，……义贯终始"；此合乎黄所谓正解，盖"契"与"阔"如"屯"与"泰"、"夷"与"险"、"始"与"终"，分而不并，谓不论两人所遭之为祸为福，相处之为聚为散，而交谊有始有终也。《全北齐文》卷四魏收《为侯景叛移梁朝文》："外曰臣主，内深骨肉，安危契阔，约以死生"；"安"、"契"、"生"与"危"、"阔"、"死"各相当对，无一闲置偏枯，尤为黄说佳例。《晋书—齐王冏传》孙惠谏曰："从戎于许，契阔战阵，无功可纪"，《宋书—文九王传》太宗杀休仁诏："难否之日，每同契阔"，《梁书—沈约传》与徐勉书曰："吾弱年孤苦，……契阔屯邅，困于朝夕"，《魏书—献文六王传》下高祖曰："吾与汝等早罹艰苦，中逢契阔，每谓情义，随事而疏"，又，《自序》载魏收父子建遗敕曰："吾生年契阔，前后三娶"，《南史·恩幸传》綦母珍之上牒自论："内外纷扰，珍之手抱至尊，口行处分，忠诚契阔，人谁不知？"《全唐文》卷三九六王焘《外台秘要方序》："自南徂北，既僻且陋，染瘴婴痾，十有六七，死生契阔，不可问天"；《旧唐书·中宗纪》："史臣曰：'……迁于房陵，崎岖瘴疠之乡，契阔幽囚之地'；此黄所谓误解，盖或言"隔远"，或言"勤苦"，要皆以二字并而不分。既并而不分，复渐偏主"隔远"而愬置"勤苦"；如高适《哭单父梁九少府》："契阔多别离"，即《魏书》高祖语意，以"阔"吞并"契"也。以"契"吞并"阔"者，亦复有之；如繁钦《定情诗》："何以致契阔？绕腕双跳脱"，合之上下文以臂环"致拳拳"、指环"致殷勤"、耳珠"致区区"，香囊"致和合"、佩玉"结恩情"，则"契阔"乃亲密、投分之意，与"随事而疏"适反。魏、晋、南北朝，两意并用：作阔隔意用者，沿袭至今，作契昵意用者，唐后渐稀。《三国志—魏书—公孙渊传》裴注引《魏略》载渊表言遣宿舒、孙综见孙权事："权待舒、综，契阔委曲，君臣上下，毕欢竭情"；《晋书—后妃传》上左贵嫔《杨皇后谏》："惟帝与后，契阔在昔，比翼白屋，双飞紫阁"；《全晋文》卷一〇三陆云《吊陈永长书》四："与永曜相得，便结愿好，契阔分爱，恩同至亲"，"分爱"即《书》五之"情分异他"；《全梁文》卷二八沈约《与约法师悼周舍书》："法师与周，情期契阔，非止恒交"；《全唐文》卷二五七苏颋《章怀太子良娣张氏神道碑》："良娣坐华茵，驱香毂，虽委迤失于偕老，而契阔存乎与成"：皆从"契"而不从"阔"。通"契"于"阔"或通"阔"于"契"，同床而浸假同梦，均修词中相吸引、相影响（attraction or influence through proximity）之例尔。曹操《短歌行》："契阔谈宴，心念旧恩"，杜甫《奉赠王中允维》："中允声名久，如今契阔深"，并作亲近解。

〔增订四〕宋丘渊之《赠记室羊徽其属疾在外诗》第二章："婉晚闲暑，契阔二方。连镳朔野，齐棹江湘。冬均其温，夏共其凉。岂伊多露，情深践霜。"乍观第二句，"契阔"似谓两地睽隔；然合观下文，则"二方"即"朔野"与"江湘"，胥能"连镳"、"齐棹"、"均温"、"共凉"，"契阔"乃谓同事共役，亲密无间，从"契"而不从"阔"之意尤明。《全宋文》卷二〇宗炳《画山水序》："余眷恋庐衡，契阔荆巫……身所盘桓，目所绸缪"；"契阔"正与"眷恋"、

"盘桓"、"绸缪"等词义同条共贯。《梁书—萧琛传》:"高祖在西邸,早与琛狎。……琛亦奉陈昔恩,……上答曰:'虽云早契阔,乃自非同志'";"早契阔"即"早与狎"。《全唐文》卷一八五王勃《彭州九陇县龙怀寺碑》:"下走……薄游兹邑,喜见高人。……从容宴语,契阔胸怀";尤如杜诗言"如今契阔深"矣。

卢谌《答魏子悌》:"恩由契阔生,义随周旋接",亦然,句法骈枝,正类刘琨《重赠卢谌》:"宣尼悲获麟,西狩涕孔丘";沈佺期《送乔随州侃》:"情为契阔生,心为别离死",上下句意相反,而造句同卢,"契阔"解亦同卢。李善注《选》,仇兆鳌注《杜》都引毛、郑"勤苦"之解,失之远矣。胡承珙《毛诗后笺》卷三力申毛《传》,举汉、唐作勤苦解诸例;复以《韩诗》训"契阔"为"约束也",遂谓即"絜括",举后汉、六朝诸例,解为"不相离弃,其义亦通"。惜未闻其乡先辈黄生之说,仅见可具两解,不能提挈纲领;至谓"唐人始有以'契阔'为间别之意",举杜句"如今契阔深"为例,则考核欠周,文理亦疏。"深"字自单承"契"字,"阔"字闲置度外,"深"可与"阔"彼此并列,不得互相形容:"契深"即"投契甚深"、"深相契合","疏阔甚深"或"情深颇阔"则不词矣。胡氏知"絜、束也","括、絜也",故二文均为"约结"之义:而不知苟尽其道,《大雅—绵》:"爰契我龟",毛《传》:"契、开也",故"契阔"二文正亦可均为"间别"、分离之义耳。

钱锺书论"夫妇与兄弟"

《管锥编—毛诗正义》札记第十七则

　　《管锥编—毛诗正义》第十七则《谷风》，副标题为《夫妇与兄弟》。

　　钱锺书此则讨论在《诗经》时代，夫妇与兄弟相比，是夫妇亲，还是兄弟亲？

　　《邶风》有一诗叫《谷风》，其小序说它是"刺夫妇失道"，《小雅》中也有一诗叫《谷风》，其小序说它是"刺朋友道绝"。钱锺书认为两诗"词意相肖"，无需强生分别，倾向于说两首诗同为"刺夫妇失道"。（小序系《毛诗》每首诗题下之序，惟《关雎》题下之序称大序）

【《谷风》所写负心汉之绝情】

　　"行道迟迟，中心有违；不远伊迩，薄送我畿。"

　　《谷风》此句写负心汉因有新欢，休掉结发之妻。弃妇迟迟不忍离去，负心汉送行却不过自家门槛。

　　《笺》注有怨言：无恩之甚！同道之人不过一段路相处而已，分别时尚且流连，夫妻多年，竟如此寡情？！

　　钱锺书说，《笺》注"未必贴切《诗》意，而自饶情致"。

　　钱锺书肯定《笺》注之意趣所在是，用路人和夫妻对比来凸显负心汉的绝情，并顺势引两诗以证同道之有情。黄庭坚诗："梦魂南北昧平生，邂逅相逢意已倾。……同是行人更分首，不堪风树作离声"；杨万里诗："在家儿女亦心轻，行路逢人总弟兄；未问后来相忆否，其如临别不胜情。"

　　这里，《笺》注及黄、杨诗均表明，《谷风》所写负心人对结发之妻的态度，远不如同路人短暂相处之情。

【古代"夫妇情"不如"兄弟情"】

"宴尔新婚，如兄如弟。"

《谷风》写负心汉另娶新欢，待之"如兄如弟"，令结发之妻嫉妒、心酸。

钱锺书说，按后世常情来看，夫妻应当比兄弟亲密，夫妻情胜过兄弟情；说夫妇新婚之喜"如兄如弟"，是想表示亲密却反而显得疏远了。换言之，按后世之见，此喻有病，好比把江海之浩荡比喻成溪水之潺潺。

然而，在远古时代，兄弟情确实胜过夫妻情。

古书《周官·大司徒》便说"昏（婚）姻嫁娶"是"联兄弟"。把男女结合称为"联兄弟"，足见"兄弟"之情重。

《礼记·曾子问》说："女之父母死，……婿使人吊，如婿之父母死，则女之家亦使人吊。"《注》曰："必使人吊者，未成兄弟。"

女子父母死，女婿家来人吊唁，正如女婿父母死，女子家也来人吊唁，这一礼节正说明夫妇并不是兄弟。

钱锺书指出："就血胤论之，兄弟、天伦也，夫妇则人伦耳；是以友于骨肉之亲当过于刑于室家之好。新婚而'如兄如弟'，是结发而如连枝，人合而如天亲也。"血胤即血统。

兄弟之情为"天伦"，夫妻之情为"人伦"，天伦高于人伦，其根据是古人的"血统论"观念。

可见，《谷风》把负心汉和新嫁娘的亲密情状比喻为兄弟情，其来有自，完全符合诗经时代的情理。

【轻薄妻子之喻】

中国从五六千年之前就进入了父系社会，奉行男权主义，轻视妇女，种种轻薄妻子的比喻多出男人之口。

〔把妻子喻为衣服〕

常得志《兄弟论》云："若以骨肉远而为疏，则手足无心腹之用；判合近而为重，则衣衾为血属之亲。"

《续〈西厢〉升仙记》第四出法聪所云："岂不闻'夫妻如衣服'？"

《三国演义》一五回刘备所云："兄弟如手足，妻子如衣服；衣服破，尚可缝，手足断，安可续？"

莎士比亚剧中一人闻妻死耗，旁人慰之曰："故衣敝矣（oldrobes are worn

out），世多裁缝（the tailors of the earth），可制新好者。"

〔把妻子喻为墙皮〕

元杂剧《神奴儿》第一折李德仁曰："在那裏别寻一个同胞兄弟，媳妇儿是墙上泥皮。"

元杂剧《秋胡戏妻》第二折："常言道：'媳妇是壁上泥皮。'"

〔把妻子喻为车轮〕

敦煌变文《孔子项讬相问书》小儿答夫妇、父母孰亲之问曰："人之有母，如树有根，人之有妇，如车有轮，车破更造，必得其新。"

【"夫妇情"不如"兄弟情"的故事】

〔故事一〕：据清文言小说长白浩歌子著《萤窗异草》载：

冯埙有个弟弟叫冯堃，是个无赖，经常对他傲慢无礼，他都一笑了之。亲戚打抱不平："冯堃和你一母所生，你如此憨厚，他怎么如此刁蛮无礼？"

冯埙说："我自小父母双亡，就这一个弟弟，如果我们兄弟不和，对不住死去的双亲。"人们因此而感佩冯埙仁厚。

弟堃结发之妻死后另娶一妇，性格刁蛮凶悍，喜欢挑拨离间。冯堃于是无事生非，对其兄嫂无端发火肆骂。埙妻不堪，央告其夫，冯埙反怒于妻："你怎么像个长舌妇？我寒门不容挑拨。"于是，和弟商议，欲休妻。弟开始还劝阻，后听信老婆谗言，每每无中生有、添油加醋，造谣诬陷其嫂，并以搬出家门相胁迫。于是，冯埙去妻意坚。埙妻嚎啕乞留，长跪不起。弟堃从旁激将："我早知哥哥儿女情长英雄气短。"冯埙毅然出妻。弟堃夫妇阴谋得逞，十分得意。

冯埙休妻之后，不言再娶，挣钱交给弟媳持家。弟媳自己锦衣玉食，以粗茶淡饭待兄，冯埙也隐忍不言。弟媳不依不饶，又生一计，让冯堃放话休掉自己。冯埙不愿让弟弟家庭破裂，自出家门，财产留给了弟弟一家。冯埙流浪谋生，路遇故旧黄椿。

以下就是钱锺书在此则札记中所引的冯埙与黄椿的对话：

黄椿斥埙"因昆弟而弃夫妇之伦"，埙辩曰："兄弟、手足也，妻子、衣服也；宁为手足去衣服？"椿笑曰："因手足之故，而裸以为饰，即圣人亦无取焉。"

冯堃夫妇得到家产私相庆幸。后来，家产因房屋失火而付之一炬。

以下还有故事，当然是善有善报恶有恶报，兹不赘述。

我觉得钱锺书上面的引文有小小失误。

钱锺书引文：

埙辩曰："兄弟、手足也，妻子、衣服也；宁为手足去衣服？"此处引录不全，致语意适反。

按钱锺书所录：我难道为了手足而舍弃衣服，为了兄弟而舍弃妻子？

冯埙休妻就是为了兄弟抛弃妻子，绝不会提出这样的反问。

今查《萤窗异草》之《冯埙》篇方知，钱锺书仅仅截录了原文半句话。原文为："宁为手足去衣服，忍为衣服间手足？"

原文是，冯埙辩解道：我宁可为了手足而舍弃衣服，怎么忍心为了衣服而兄弟反目？

〔故事二〕据希腊古史载：

古希腊最后一任国王大流士要处死获罪大臣，并株连罪臣妻子的家人。罪臣之妻号泣求情，国王大流士同意赦免一人，由罪臣之妻选择。这个女人乞求宽恕她的哥哥或弟弟，国王十分惊愕。女人说："如果上苍容我再嫁，我丧夫还会有新夫，丧子还会生新子，而我的父母早亡，兄弟死了便永不再有了。"国王怜悯她，给她留了一个弟弟和一个儿子。

〔故事三〕据元曲郑廷玉《楚昭公》载：

春秋时楚昭公因不肯归还湛庐宝剑导致伍子胥领吴兵伐楚，楚昭王兵败后携弟、妻、子逃亡至汉江，追兵在后，四人不得不挤上一条小船。船到江心，风浪大作，江水灌入，船即将倾覆。艄公大喊：必须有一人跳江，不然将全船覆灭，并建议楚昭公以亲疏关系定夺，疏者下船。艄公催逼，昭公不决。弟以嫂嫂、侄儿和昭公为亲，自己为疏，欲跳江中，被昭公揪住衣服阻止。昭公妻见此情景，说"兄弟同胞共乳，一体而分，妾身乃是别姓不亲，理当下水"。说毕，跳入江中。

附录：《管锥编—毛诗正义》第十七则

谷风

《序》："刺夫妇失道也"。按此《邶风》也，《小雅—谷风》之《序》曰："刺朋友道绝"。二诗词意相肖，何须强分朋友与夫妇乎？"行道迟迟，中心有违；不远伊尔，薄送我畿"；《笺》："无恩之甚：行于道路之人，至于将别，尚舒行，其心徘徊。"按未必贴切《诗》意，而自饶情致。黄庭坚《豫章先生文集》卷二六《跋胡少汲与刘邦直诗》引胡此篇："梦魂南北昧平生，邂逅相逢意已倾。……同是行人更分首，不堪风树作离声。"极称"同是"一语为"佳句"；杨万里《诚斋集》卷四《分宜逆旅逢同郡客子》："在家儿女亦心轻，行路逢人总弟兄；未问后来相忆否，其如临别不胜情。"二诗均可申郑《笺》。潘德舆《养一斋诗话》卷五："或曰：'唐宋真有分乎？曰：'否'。胡少汲'同是行人'云云，此即唐人语矣。胡犹宋之不甚著名者也。"盖亦甚赏胡语。郑《笺》已道此情，而笔舌朴儜，遂不醒目也。

"宴尔新婚，如兄如弟"；《正义》："爱汝之新婚，恩如兄弟。"按科以后世常情，夫妇亲于兄弟，言夫妇相昵而喻之兄弟，似欲密而反疏矣。《小雅—黄鸟—正义》："《周官—大司徒》十有二教，其三曰：'联兄弟'，《注》云：'联犹合也，兄弟谓昏姻嫁娶。'是谓夫妇为'兄弟'也。"《礼记—曾子问》："女之父母死，……婿使人吊，如婿之父母死，则女之家亦使人吊。"《注》："必使人吊者，未成兄弟。"《正义》："以夫妇有兄弟之义。"盖初民重"血族"（kin）之遗意也。就血胤论之，兄弟、天伦也，夫妇则人伦耳；是以友于骨肉之亲当过于刑于室家之好。新婚而"如兄如弟"，是结发而如连枝，人合而如天亲也。观《小雅—常棣》，"兄弟"之先于"妻子"，较然可识。常得志《兄弟论》云："若以骨肉远而为疏，则手足无心腹之用；判合近而为重，则衣衾为血属之亲。"（《文苑英华》卷七四八；严可均收入《全隋文》卷二七，《隋书—文学传》有得志，并及此论，《全唐文》误收入卷九五三），正谓兄弟当亲于妻室。"判"即"半"，"判合"谓合两半而成整体，段玉裁《经韵楼集》卷二《夫妻牉合也》一文说此甚明。"手足"、"衣衾"之喻，即《续〈西厢〉升仙记》第四出法聪所云："岂不闻'夫妻如衣服'？"《三国演义》一五回刘备所云："兄弟如手足，妻子如衣服；衣服破，尚可缝，手足断，安可续？"（参观《三国志·吴书·诸葛瑾传》裴注："且备、羽相与，有若四体，股肱横亏，愤痛已深。"）

〔增订三〕《三国演义》语最传诵。如清长白浩歌子《萤窗异草》初编卷二《冯垠》黄椿斥垠"因昆弟而弃夫妇之伦"，垠辩曰："兄弟、手足也，妻子、衣服也；宁为手足去衣服？"椿笑曰："因手足之故，而裸以为饰，即圣人亦无取焉。"希腊古史载大流士王欲戮大臣，株连其妻党。罪人妇号泣以求，王许赦一人，惟妇所请。妇乞恕其兄或弟，王大怪之。妇曰："倘上天命妾再适人，是妾丧夫而有夫，丧子可有子也。然妾之父母早亡，不复能有兄或弟矣！"王怜而宥其弟及一子。是兄弟如手足而夫儿如衣服也。

元曲郑廷玉《楚昭公》第三折船小浪大，"须遣不着亲者下水"，昭公以弟为亲而妻为疏，昭公夫人亦曰："兄弟同胞共乳，一体而分，妾身乃是别姓不亲，理当下水"。《神奴儿》第一折李德仁曰："在那里别寻一个同胞兄弟，媳妇儿是墙上泥皮"（石君宝《秋胡戏妻》第二折："常言道：'媳妇是壁上泥皮'"）。皆其旨也。敦煌变文《孔子项托相问书》小儿答夫妇、父母孰亲之问曰："人之有母，如树有根，人之有妇，如车有轮，车破更造，必得其新"；虽相较者为父母而非兄弟，然车轮之喻，正与衣服、泥皮同科。莎士比亚剧中一人闻妻死耗，旁人慰之曰："故衣敝矣（old robes are worn out），世多裁缝（the tailors of the earth），可制新好者"；又一剧中夫过听谗言，遣人杀妻，妻叹曰："我乃故衣（a garment out of fashion），宜遭扯裂"（ripped）；亦谓妻如衣服耳。约翰—唐（John Donne）说教云："妻不过夫之辅佐而已，人无重其拄杖如其魔股者"（She is but Adiutorium, but a Help: and nobody values his staffe, as he does legges）；亦谓妻非手足耳。

钱锺书论"耳聋多笑"

《管锥编—毛诗正义》札记第十八则

《管锥编—毛诗正义》第十八则《旄丘》，副标题为《耳聋多笑》。

"叔兮伯兮，褎（yòu，盛服）如充耳"是《诗经—旄丘》中的一句诗。

关于"褎如充耳"，郑玄《笺》注为："人之耳聋，恒多笑而已。"

钱锺书先生此则札记，针对《笺》注谈了两个问题：第一，就解"诗"而言，《笺》注是"穿凿之见"；第二，"人之耳聋，恒多笑而已。"此注如果不是用来解诗，单纯作为一句话，是很曲体人情的，颇为可取。

钱锺书的原话如下：

"叔兮伯兮，褎（yòu，盛服）如充耳"；《笺》："人之耳聋，恒多笑而已。"按注与本文羌无系属，却曲体人情。

【《笺》注为穿凿之见】

《笺》注《诗经——旄丘》的"褎如充耳"：褎为常笑，充耳为塞耳，四个字连在一起解为："人之耳聋，恒多笑而已。"

钱锺书说：郑《笺》"就解《诗》而论，固属妄凿"，是想当然，无根蒂的穿凿。

钱锺书赞成陈启源《毛诗稽古编》将《笺》注斥为"康成之妄说"。

——康成即郑康成，郑玄也；妄说，即无根据、想当然之说。

郑玄把"充耳"解为塞耳，进而敷衍为耳聋多笑，正是想当然。

"充耳"究竟何意呢？

《毛传》："褎，盛服也；充耳，盛饰也。"就是说，褎为华服，充耳为美饰。

《国风—卫风—淇奥》的第六句诗有"充耳琇莹"。充耳即挂在冠冕两旁的饰物，下垂至耳。琇莹为宝宝。

挂在冠冕两旁的饰物，下垂至耳是"充耳"的正解。

然而，自从郑玄《笺》注："充耳，塞耳"后，朱熹承之，后人又从之，把充耳解作塞耳不闻，直到今天，正所谓谬种流传。

百度百科词条：

褎如充耳是一个汉语成语，拼音是 yòu rú chōng ěr，意思是面带笑容，塞耳不闻，出自《诗经·邶风·旄丘》。

成语词典：褎如充耳：褎：常带笑容。面带笑容，塞耳不闻。〔出自〕：《诗经·邶风·旄丘》："叔兮伯兮，褎如充耳。"

也有几个诗词网，注释虽然说充耳是挂在冠冕两旁的饰物，下垂至耳；但译文却把充耳解释成"塞耳不闻"。

至于讲这个冠冕所挂的宝玉是用于塞耳的，我以为，这也是穿凿之妄说，官宦对上敢塞耳吗，对下需要塞耳吗？

【"耳聋恒多笑"之曲体人情】

《笺》"人之耳聋，恒多笑而已。"此注如果不是用来解诗，单独看却能曲体人情。

耳聋"恒多笑"三字包含了多少辛酸。别人说什么，聋子听不到，却装着听到了，生怕别人歧视他耳聋，是以多笑，此其一；别人说什么，聋子听不懂，却装着听懂了，以示尊重别人，以求博得对方平等看待，是以多笑，此其二；别人对其说话，无论是何意思，善言抑或恶语一律报以微笑，"恒"者，不变也，这是表情吗？这其实是一种僵态，此其三；渴望与人交流而不能，面笑而内心焦虑，此其四，等等。如此这般，所以，钱锺书评价《笺》注"恒多笑"是"曲体人情"。

进而，钱锺书把"耳聋恒多笑"类比为"瞎子趁淘笑"。

他援引赵南星《清都散客笑赞》的记载，瞎子与人同时坐在某地，众人见到好笑的事情发笑，瞎子也笑，众人问他见到什么发笑，瞎子说，你们都笑，肯定有事情好笑。可见，瞎子趁淘笑和聋子恒多笑，其辛酸和痛苦的心理应该是一样的。

附录:《管锥编—毛诗正义》第十八则

旄丘—耳聋多笑

"叔兮伯兮,褎(yòu,盛服)如充耳";《笺》:"人之耳聋,恒多笑而已。"按注与本文羌无系属,却曲体人情。

盖聋者欲自掩重听,辄颔首呀口,以示人耳心通。

今谚则不言聋子,而言"瞎子趁淘笑",如赵南星《清都散客笑赞》记瞽者与众共坐,众有见而笑,瞽者亦笑,众问:"何所见而笑?"瞽答:"你们所笑,定然不差。"

陈启源《毛诗稽古编》斥此《笺》为"康成之妄说",正如其斥《终风》"愿言则嚏"郑《笺》("俗人嚏,云:'人道我'")为"穿凿之见"。就解《诗》而论,固属妄凿,然观物态、考风俗者有所取材焉。

钱锺书论"舟车皆可言'驾'"

《管锥编—毛诗正义》札记第十九则

《管锥编—毛诗正义》第十九则《泉水》，副标题为《舟车皆可言'驾'》。

钱锺书此则《舟车皆可言驾》，讲述用车和用船都可以称"驾"。

开始，我读此则，感觉钱锺书前半部分讲了"舟车皆可言驾"，后半部分换了一些例子又讲"舟车皆可言驾"，似乎有些累赘。仔细阅读，发现情况不是那样。

钱锺书此则前半部分，讲的是乘车和坐船，是别人操作自己来乘坐。后半部分，讲的是御车和操舟，是自己操作自己乘坐，用现在的话说是自驾游。

但无论是乘车和坐船，还是御车和操舟，均可言"驾"。

【乘车和坐船皆可言驾】

钱锺书讲乘车和坐船皆可言"驾"：

"思须与漕，我心悠悠，驾言出游，以写我忧。"按"驾"为"或命巾车"之意。《卫风—竹竿》："淇水悠悠，桂楫松舟，驾言出游，以写我忧"；则"驾"为"或棹孤舟"也。——以上是钱锺书《毛诗正义》札记第十九则《泉水》的前半部分。

钱锺书用陶渊明《归去来兮辞》的"或命巾车，或棹孤舟"来注释上面诗句里的"驾"字。

"思须与漕，我心悠悠，驾言出游，以写我忧。"这是《诗经—泉水》的一句诗。

钱锺书说这句诗中的"驾"就是"或命巾车"的意思。或：或者；命：差使、命令；巾车：有布篷的小车。

既然是"命"，是差使、命令，就是别人操作自己来乘坐。

"淇水悠悠，桂楫松舟，驾言出游，以写我忧。"这是《诗经—竹竿》的一句诗。

钱锺书说这句诗中的"驾"就是"或棹孤舟"的意思。或：或者，棹：划船的桨，用如动词划，孤舟：一条小船。

"棹孤舟"和"命巾车"因并列而同类，是乘船而非自己划船。

【操舟和御车皆可言驾】

钱锺书讲操舟和御车皆可言"驾"：

操舟曰"驾"，苏轼《前赤壁赋》："驾一叶之扁舟"，即此"驾"。御车亦曰"驾"，苏轼《日日出东门》："步寻东城游，……驾言写我忧"，乃此"驾"，故为章惇所纠，而以"尻轮神马"自解也（《东坡题跋》卷三）。——以上是钱锺书《毛诗正义》札记第十九则《泉水》的后半部分。

钱锺书说，苏轼《前赤壁赋》："驾一叶之扁舟"，用"驾"，苏轼《日日出东门》："步寻东城游，……驾言写我忧"也用"驾"，可见，无论是操舟还是御车皆可言"驾"。

钱锺书这里的措词为"操舟"和"御车"，"操"字和"御"字区别于前半部分之"命"字，显然是自己操作。

此则最后一句用词和内容较为生僻：苏轼《日日出东门》："步寻东城游，……驾言写我忧"，乃此"驾"，故为章惇所纠，而以"尻轮神马"自解也（《东坡题跋》卷三）。

此句何意，解释一下："步寻东城游，……驾言写我忧"为苏轼《日日出东门》的两句诗，这两句在同一首诗里，前一句苏轼讲他在步行，后一句苏轼讲他在驾车，苏轼的朋友章惇看到这首诗后，忍不住质问："你前面说'步寻东城游'，后面又说'驾言写我忧'，何其上下纷纷也？"上下纷纷即前后不一，讥笑他写诗太不严谨，前后矛盾。

苏轼大才，随机应变，引庄子"尻轮神马"为自己辩解。

"尻轮神马"典出《庄子—大宗师》："浸假而化予之尻以为轮，以神为马，予因以乘之，岂更驾哉！"尻，臀部。庄子这句话的意思，他以自己的臀部作为车舆，以自己的精神意识作为驾车的骏马，不需凭借任何外物，他就可以天马行空任意遨游。

苏轼借庄子这个典故，在《东坡题跋》卷三为自己文字疏忽辩解：“吾有诗云：‘日日出东门，步寻东城游。城门抱关卒，怪我此何求。吾亦无所求，驾言写我忧。’章子厚谓参寥曰：‘前步而后驾，何其上下纷纷也？’仆闻之曰：‘吾以尻为轮，以神为马，何曾上下乎？’参寥曰：‘子瞻文过有理似孙子荆。’（子荆曰：‘所以枕流，欲洗其耳；所以漱石，欲砺其齿。’）”

参寥是苏轼、章惇的共同文友。章惇对参寥说苏轼诗前后不一。苏轼这样为自己辩护：我的屁股就是车轮，精神就是马，前面说步行，后面说驾车，实际都是我在行进，我的诗哪里上下纷纷，前后不一呢？

苏轼的这个回答当然是文过饰非，尽管他解释得很妙。

原来这最后一段生僻文字是钱锺书顺手牵来的一桩文坛逸事！

最后说一下“驾”字的衍迁和用法：虽然“舟车皆可言驾”，但是从字形推测，驾字起初是用于言车，驾车；后来才用于言舟，驾舟。从字源学推测，起初是用于牲口拉，后来才用于人拉。

驾字是动词，也可作名词，指车辆，借用为敬辞，称对方，如大驾光临。驾字也用于特指帝王的车，借指帝王。电视剧常有“驾崩”二字，恐怕没有人不知道是怎么回事。

舟车是古代主要交通工具，现如今有了汽车、普通列车、动车、高铁和飞机等，亦均可言驾。

附录：《管锥编—毛诗正义》第十九则

泉水—舟车皆可言驾

“思须与漕，我心悠悠，驾言出游，以写我忧。”按“驾”为“或命巾车”之意。《卫风—竹竿》：“淇水悠悠，桂楫松舟，驾言出游，以写我忧”；则“驾”为“或棹孤舟”也。操舟曰“驾”，苏轼《前赤壁赋》：“驾一叶之扁舟”，即此“驾”。御车亦曰“驾”，苏轼《日日出东门》：“步寻东城游，……驾言写我忧”，乃此“驾”，故为章惇所纠，而以“尻轮神马”自解也（《东坡题跋》卷三）。

钱锺书论"'莫黑匪乌'之今谚"

《管锥编—毛诗正义》第二十则

　　《管锥编—毛诗正义》第二十则《北风》，副标题为《"'莫黑匪乌'之今谚"》。

　　"莫赤匪狐，莫黑匪乌"是《诗经—北风》里的一句诗。

　　《诗经—北风》

　　北风其凉，雨雪其雱。惠而好我，携手同行。其虚其邪？既亟只且！

　　北风其喈，雨雪其霏。惠而好我，携手同归。其虚其邪？既亟只且！

　　莫赤匪狐，莫黑匪乌。惠而好我，携手同车。其虚其邪？既亟只且！

　　此诗写先秦卫国腐败，君臣皆黑，民不聊生，人们纷纷结伴背井离乡，平民地走，贵族乘车，人们互助友爱，相携逃往他国，有人行动迟缓，性急者催促其快速前行。

　　诗共三章。

　　第一章、第二章的第一句，是起兴兼比、赋，北风呼啸，雨雪纷纷，自然气候恶劣，象征社会黑暗，也兼赋逃亡之路的艰辛和凄凉，第二、三句写民众互助友爱相携逃亡。

　　第三章的第一句和前两章的第一句不同，运用比喻直笔君臣皆黑："莫赤匪狐，莫黑匪乌"——没有狐狸不是红色的，没有乌鸦不是黑色的。

　　钱锺书札记将《诗经—北风》这句难解的关键诗拈出解读：

　　"莫赤匪狐，莫黑匪乌"；《传》："狐赤乌黑，莫能别也"；《正义》："狐色皆赤，乌色皆黑，喻卫之君臣皆恶也。"按今谚所谓"天下乌鸦一般黑"。

　　《传》注："狐赤乌黑，莫能别也"。

毛《传》此注的意思是，狐狸是红色的，乌鸦是黑色的，狐狸和乌鸦都没有别的颜色。但是，这句话容易理解成红色的狐狸和黑色的狐狸不能分辨，从而造成歧义。

钱锺书先生又举的孔颖达《正义》语义便明确无误：

"狐色皆赤，乌色皆黑，喻卫之君臣皆恶也。"

狐狸的毛色都是红的，乌鸦的毛色都是黑的，比喻卫国君臣皆恶，没有一个好东西。

最后，钱锺书指出：

莫黑匪乌"按今谚所谓'天下乌鸦一般黑'"。

钱锺书把《诗经》中的艰涩诗句和千年以后的今谚划上等号，使其一目了然。《诗经》的诗句和今谚都是当时社会现实的反映，历史往往有惊人的相似之处，历经几多王朝，漫长的封建社会统治者和被统治者的关系何其相似乃尔。

说明一下，"莫黑匪乌"是"匪乌莫黑"的倒装句，译成白话即没有乌鸦不是黑的。不能直接将"莫黑匪乌"读解为，没有黑的不是乌鸦。煤炭是黑的，就不是乌鸦。一笑。

赤狐或红狐、火狐占域辽阔，而非全部，少数地区还有蓝狐、银狐和彩狐，先民视界有限，说"莫赤匪狐"（狐色皆赤）乃归纳不全，所以后来并无"天下狐狸一般红"的民谚。又一笑。

附录：《管锥编—毛诗正义》第二十则

北风—"莫黑匪乌"之今谚

"莫赤匪狐，莫黑匪乌"；《传》："狐赤乌黑，莫能别也"；《正义》："狐色皆赤，乌色皆黑，喻卫之君臣皆恶也。"按今谚所谓"天下乌鸦一般黑"。

钱锺书论"尔汝群物"

《管锥编—毛诗正义》第二十一则

《管锥编—毛诗正义》第二十一则《静女》，副标题为《"尔汝群物"》。

"自牧归荑，洵美且异；匪女之为美，美人之贻"是《诗经—静女》中的一句诗。

这句诗是以男子的口吻写的，说静女"郊野采荑送给我，荑草鲜美又珍稀。不是荑草格外美，美人相赠有情意"。

《传》："非为其徒说美色而已，美其人能遗我法则"。

《正义》："言不美此女，乃美此人之遗于我者。"

钱锺书对《传》和《正义》的注疏给了"三个字"评语："按谬甚"。（即错得离谱！）

钱锺书的理由是："诗明言物以人重，注疏却解为物重于人，茅草重于姝女，可谓颠倒好恶者。"

可见，在钱锺书看来，《传》和《正义》把那句诗注疏错了。诗意是人比花美，注疏却说诗意为花比人美，本末颠倒了。所以，指责他们错得离谱。

我以为，钱锺书这里有可能错怪了《传》和《正义》。

《诗经—静女》："自牧归荑，洵美且异；匪女之为美，美人之贻"诗中的"女"字，并不是代指"静女"，而是代指"荑"。

《传》、《正义》并没有把诗注疏成"荑"比"静女"美，而是注疏为：男子在意的并不是荑草的鲜美，而是静女赠送荑草的这份心意。

以上是钱锺书《毛诗正义—静女》的开篇，为问题的缘起。以下钱锺书正式讲述他的论题——"尔汝群物"。

【"尔汝群物"的涵义】

"尔、汝"是文言，现今白话为第二人称"你"或"你们"。"群物"指植物、动物以及山川等非人的东西。

"尔汝群物"就是把"群物"即上述非人的东西当作自己的同类，称呼为"你"、"你们"。

花草树木无知，禽兽有知而与人异类。尔汝群物是诗人因为自己感情充沛，用钱锺书的话叫"至情洋溢"，因而把花草树木、禽兽之类群物都看成自己的同胞，称呼为你、你们，并与其互动酬答。

诗人喜欢，可以把群物（草木禽兽之类）视作人，诗人不喜欢，可以把人看作群物（草木禽兽之类）。对于诗人而言，只有爱憎之分，没有物我之分。

诗人把群物（草木禽兽之类）称呼为你、你们，有的是出于疼爱，也有的是出于憎恨。在诗人看来，如果某物与我休戚相关，我的心就会沉浸在某物之中，仿佛这个东西受到我的感染而变换了气质，变成我的同类，可以与之交流对话，情感互动。喜欢的话，对象就是我友，憎恨的话，对象就是我敌，外在对象对我只有爱憎之别，而无类别之分。

以上是贯穿钱锺书关于"尔汝群物"的主要思想。

我以为，钱锺书所谓"尔汝群物"实际上是诗文创作的一种方法叫"移情"。因为非人的群物之中已经移入了人的感情，人方可与其交流互动，称呼它们为"尔汝"。

【移情是"尔汝群物"的根据和前提】

什么是"移情"？

王国维在《人间词话》中称"以我观物，故物皆著我之色彩"为"有我之境"。"有我之境"就是移情。

德国心理学家、美学家立普斯认为"移情作用不是指的一种身体的感觉，而是把自己'感'到审美对象里去"。

朱光潜先生进一步解释说："移情作用有人称为'拟人作用'。拿我做测人的标准，拿人做测物的标准，一切知识、经验都可以说是如此得来的。把人的生命移注于外物，于是本来只有物理的东西可具人情，本来无生气的东西可有生气。所以法国心理学家德腊库瓦教授把移情作用称为'宇宙的生命化'。"（《文艺心理学》）

可见，移情是把自我感情对象化，是将自我之情转移到"群物"之中，使外在之物成为"有我之物"，使外在之境成为"有我之境"。人之所以能用"尔汝"来称呼"群物"，是因为在此之前人已经移情于物了，把外物当成自己的同类了。

因此，移情在先，"尔汝群物"在后，移情是"尔汝群物"这种拟人化表达的根据和前提。

【"尔汝群物"诸例】

钱锺书在《毛诗正义—静女》札记中，关于"尔汝群物"举例如下：

1. "自牧归荑，洵美且异；匪女之为美，美人之贻"就是钱锺书《管锥编—毛诗正义》第二十一则《静女》所引《诗经—静女》中的那句诗，诗意如前述。——此句把"荑"称为"女"，"女"即"汝"。

2. 《桧风—隰有苌楚》："乐子之无知"。意思是：羡慕你无知不烦恼。——此句把"苌楚"称为"子"，"子"即你。

3. 宁戚《扣牛角歌》："黄犊上坂且休息，吾将舍汝相齐国"。意思是老牛请上坡休息，我将要舍下你到齐国去任相。（相传春秋时期，宁戚很穷，渴求机遇。一天，齐桓公出城迎客，宁戚乘机在车下喂牛，敲击牛角唱出此歌，齐桓公听到后邀请入宫，相谈甚洽，授事识才，后拜为上卿，在齐桓公称霸中起到重要作用。）——此句把"黄犊"称为"汝"。

4. 杜甫："浊醪谁造汝"（杜甫《落日》：落日在帘钩，溪边春事幽。芳菲缘岸圃，樵爨倚滩舟。啅雀争枝坠，飞虫满院游。浊醪谁造汝，一酌散千忧。）——此句把"浊醪"（酒）称为"汝"。

5. 杜甫："天风吹汝寒"。（杜甫《废畦》诗：秋蔬拥霜露，岂敢惜凋残。暮景数枝叶，天风吹汝寒。绿沾泥滓尽，香与岁时阑。生意春如昨，悲君白玉盘。）——此句把"枝叶"称为"汝"。

6. 《魏风—硕鼠》："三岁贯女"，"逝将去女"。——此句把"硕鼠"（大老鼠）称为"女"，即"汝"。

7. 《书—汤誓》："时日曷丧，予及女皆亡"。（相传夏桀把自己称为太阳，老百姓愿意和他一道灭亡。）——此句把"太阳"称为"女"。

以上前五例是亲词，后两例是怨词。正如梁玉绳《瞥记》所说，"尔汝"可为贱简之称，用于怨词；亦可为忘形亲密之称，用于亲词。对人如此，对物也如此。

附录:《管锥编—毛诗正义》第二十一则

静女—尔汝群物

"自牧归荑,洵美且异;匪女之为美,美人之贻";《传》:"非为其徒说美色而已,美其人能遗我法则";《正义》:"言不美此女,乃美此人之遗于我者。"按谬甚。诗明言物以人重,注疏却解为物重于人,茅草重于姝女,可谓颠倒好恶者。"女"即"汝"字,犹《桧风—隰有苌楚》:"乐子之无知",或《艺文类聚》卷四三引宁戚《扣牛角歌》:"黄犊上坂且休息,吾将舍汝相齐国",或《汉书—贾谊传—服赋》:"问于子服:'余去何之?'"(师古注:"加其美称也",《文选—鵩鸟赋》作"请问于鵩兮")呼荑、呼犊曰"汝",呼楚、呼鵩曰"子",皆后世说杜诗如孙奕《履斋示儿编》卷一〇论"浊醪谁造汝"等句所谓"少陵尔汝群物"是也(参观施鸿保《读杜诗说》卷八论《废畦》:"天风吹汝寒")。卉木无知,禽犊有知而非类,却胞与而尔汝之,若可酬答,此诗人之至情洋溢,推己及他。《魏风·硕鼠》:"三岁贯女","逝将去女";《书—汤誓》:"时日曷丧,予及女皆亡",此之称"汝",皆为怨词。盖尔汝群物,非仅出于爱昵,亦或出于憎恨。要之吾衷情沛然流出,于物沉浸沐浴之,仿佛变化其气质,而使为我等匹,爱则吾友也,憎则吾仇尔,于我有冤亲之别,而与我非族类之殊,若可晓以语言而动以情感焉。梁玉绳《瞥记》卷二考"尔汝"为贱简之称,亦为忘形亲密之称。呼人既然,呼物亦犹是也。

〔增订四〕美国文学家梭洛(H. D. Thoreau)尝云:"人言及其至爱深知之物,辄用人称代名词,一若语法所谓'中性'非为彼设者"(The one who loves and understands a thing best will incline to the personal pronouns in speaking of it .to him there is no neuter gender)。亦"尔汝群物"之旨也。

钱锺书论"诗中自述语气
非即诗人自陈行事"

《管锥编—毛诗正义》札记第二十二则

《管锥编—毛诗正义》第二十二则《桑中》，副标题为《诗中自述语气非即诗人自陈行事》。

问题由《诗经—桑中》缘起，《桑中》是《诗经》中的一首诗。

《桑中》

爱采唐矣？沬之乡矣。云谁之思？美孟姜矣。期我乎桑中，要我乎上宫，送我乎淇之上矣！

爱采麦矣？沬之北矣。云谁之思？美孟弋矣。期我乎桑中，要我乎上宫，送我乎淇之上矣！

爱采葑矣？沬之东矣。云谁之思？美孟庸矣。期我乎桑中，要我乎上宫，送我乎淇之上矣！

译文

到哪儿去采女萝？到那卫国的沬乡。我的心中在想谁？漂亮大姐她姓姜。约我等待在桑中，邀我相会在上宫，送我远到淇水旁。

到哪儿去采麦穗？到那卫国沬乡北。我的心中在想谁？漂亮大姐她姓弋。约我等待在桑中，邀我相会在上宫，送我远到淇水上。

到哪儿去采蔓菁？到那卫国沬乡东。我的心中在想谁？漂亮大姐她姓庸。约我等待在桑中，邀我相会在上宫，送我远到淇水滨。

【关于《桑中》的分歧意见】

关于《桑中》，有一些意见分歧。钱锺书如下一段文字介绍了他们的分歧所在。

《桑中—序》："刺奔也。"按吕祖谦《家塾读诗记》引"朱氏"以为诗乃淫者自作，《朱文公集》卷七〇《读吕氏〈诗记〉》仍持"自状其丑"之说。

后世文士如恽敬《大云山房文初稿》卷二《桑中说》，经生如胡承珙《毛诗后笺》卷四，力持异议。然于《左传》成公二年申叔跪之父巫臣所谓"桑中之喜，窃妻以逃"云云，既无词以解，遂弥缝谓诗"言情"而非"记欲"，或斤斤辩非淫者自作，而如《序》所谓讽刺淫者之作。皆以为逾礼败俗，方且讳匿隐秘，"虽至不肖者，亦未必肯直告人以其人其地也"。

梳理一下上面的文字：

1.《桑中—序》："刺奔也。"为毛诗《桑中》题下的小序。

《桑中—序》"刺奔也"后还有一段文字："卫之公室淫乱，男女相奔，至于世族在位，相窃妻妾，期于幽远，政散民流而不可止。"

《桑中—序》秉承了毛诗的一贯做法"以经解诗"，认为《桑中》诗是讽刺卫国"宫室淫乱"。其实，从文本上看，《桑中》更像民歌，未必牵扯宫室，也不见讽刺的字眼和意味。

《桑中—序》未免牵强。

2. 朱熹说《桑中》是"淫者自作"。吕祖谦援引朱熹，说《桑中》是"自状其丑"。

从文本看，朱熹、吕祖谦倒是把《诗》作诗读，认定《桑中》是淫诗，是诗人写自己的淫事，"自状其丑"。

3. 恽敬、胡承珙从维护《诗经》的经学地位出发，反对朱熹、吕祖谦将《桑中》看做淫诗，但对于《左传》也将"桑中"作为淫意运用感到十分头疼。因为《左传》也是经书，不容怀疑。他们不能容许《诗经》中有淫诗，也不能容许《左传》有误判。这使他们左右为难。因此，只好巧为弥合，说《桑中》诗是"言情"而不是"记欲"，或者，辩解说《桑中》不是淫者自作，而是"讽刺淫者之作"。实际上，都默认《桑中》所写伤风败俗，所以竭力为其掩盖。

这里实际上牵涉两个问题：

第一、《桑中》是否是淫诗。毛诗小序认为《桑中》是刺淫；朱熹、吕祖谦认为《桑中》是写淫，恽敬、胡承珙认为《桑中》非淫，但底气不足。

第二、《桑中》是否是"淫者自作"。朱熹、吕祖谦回答：是；恽敬、胡承珙回答：否。

钱锺书是怎么看待这个问题的呢？

钱锺书把《桑中》作为"诗"读而不是作为"经"读，从文本上确定其为记淫之作，但认为朱熹、吕祖谦认定《桑中》为淫者自作、自状其丑根据不足，诗中自述口气未必是诗人所为，而往往是代为宾白，即诗人代替诗中所写人、物发声。

【钱锺书关心一般性问题——诗中自述是否为诗人所为？】

钱锺书指出："《桑中》未必淫者自作，然其语气则明为淫者自述。桑中、上宫，幽会之所也；孟姜、孟弋、孟容，幽期之人也；'期'、'要'、'送'，幽欢之颠末也。直记其事，不著议论意见，视为外遇之簿录也可，视为丑行之招供又无不可"。

钱锺书完全从《桑中》一诗的文本着眼，指出此诗可以看作外遇之簿录，也可以看作丑行之招供。从此判断，钱锺书对《桑中》诗所描写的行为持否定的态度，倾向于视《桑中》为淫诗。钱锺书也不赞成毛诗小序把《桑中》说成是"刺奔"即讽刺淫事，因为此诗根本"不著议论意见"，看不出任何讽刺意味。

钱锺书说，《桑中》是否为淫者自作、自状其丑，如今已无从考证，也无需辨明清楚了。

钱锺书是客观的，他只做文本分析，而没有妄加评判。

钱锺书感兴趣的是一般性问题。他认为，我们写诗或者鉴赏诗，诗中以自述口气说的话未必就是说话人的亲身行为，往往是诗人的一种想象，代为发声。这就是本则的论题和结论："诗中自述语气非即诗人自陈行事"。

【"诗中自述语气非即诗人自陈行事"的例证】

为了论证"诗中自述语气非即诗人自陈行事"，钱锺书举了若干例子予以证明。

1.《鸱鸮》

这是一首禽言诗，以一只母鸟的口吻诉说猫头鹰已叼走了它的小鸟，为了防止猫头鹰的再次欺凌和风雨的侵袭，奋起加固鸟巢，一边忙碌一边呐喊。

鸱鸮鸱鸮，既取我子，无毁我室。恩斯勤斯，鬻子之闵斯。

迨天之未阴雨，彻彼桑土，绸缪牖户。今女下民，或敢侮予？

予手拮据，予所捋荼。予所蓄租，予口卒瘏，曰予未有室家。

予羽谯谯，予尾翛翛，予室翘翘。风雨所漂摇，予维音哓哓！

译文

猫头鹰啊猫头鹰，你已夺走我孩子，别再毁坏我家室。操心操劳多辛苦，养育孩子我病倒。

趁着天上没下雨，寻取桑树之根皮，捆扎窗子和门户。如今你们这些人，也敢把我来欺侮。我手操劳已麻木，我采白茅把巢补，我把茅草储藏起，我嘴积劳已成疾，我的家室未筑起。

我的羽毛已稀少，我的尾巴已枯焦。我的家室太危险，风雨飘摇很难保，我心恐惧大声叫。

诗中母鸟口吐人言，总不能说诗人自陈行事吧。（注：诗人在《鸱鸮》中是假托母鸟口吐人言，而不是猫头鹰。钱锺书文中说"《鸱鸮》出于口吐人言之妖鸟"，这里称"妖鸟"可能是钱锺书把善良母鸟误记成了猫头鹰。）

2.《卷耳》

《卷耳》写一对恩爱夫妇，新婚不久丈夫就奔赴远方服役。

诗的结构特别，一首诗分写两地情景。

一端是美丽少妇采摘卷耳思恋、担心丈夫。

另一端是女子的丈夫在崎岖的山路上辗转、跋涉，举步维艰。

《卷耳》

采采卷耳，不盈顷筐。嗟我怀人，寘彼周行。

陟彼崔嵬，我马虺隤。我姑酌彼金罍，维以不永怀。

陟彼高冈，我马玄黄。我姑酌彼兕觥，维以不永伤。

陟彼砠矣，我马瘏矣。我仆痡矣，云何吁矣！

译文

采了又采卷耳菜，采来采去不满筐。

叹息想念远行人，竹筐放在大路旁。

登上高高的石山，我的马儿已困倦。

我且斟满铜酒杯，让我不再长思念。

登上高高的山冈，我的马儿步踉跄。

我且斟满牛角杯，但愿从此不忧伤。

登上高高山头呦，我的马儿难行呦。

我的仆人病倒呦，多么令人忧愁呦。

两端有男女两个主人公都用第一人称"我"，完全是自述语气，一个在采卷耳，一个在路途劳顿。从用词上好像是诗人自陈行事，而实际上绝不可能，诗人没有分身术，既做妻子又做丈夫，既在家乡采卷耳，又在路上奔波。

3. 陆云《为顾彦先赠妇》四首。

一

我在三川阳，子居五湖阴。山海一何旷，譬彼飞与沉。目想清惠姿，耳存淑媚音。独寐多远念，寤言抚空衿。彼美同怀子，非尔谁为心？

二

悠悠君行迈，茕茕妾独止。山河安可逾？永隔路万里。京室多妖冶，粲粲都人子。雅步袅纤腰，巧笑发皓齿。佳丽良可羡，衰贱焉足纪。远蒙眷顾言，衔恩非望始。

三

翩翩飞蓬征，郁郁寒木荣。游止固殊性，浮沉岂一情。隆爱结在昔，信誓贯三灵。秉心金石固，岂从时俗倾。美目逝不顾，纤腰徒盈盈。何用结中款，仰指北辰星。

四

浮海难为水，游林难为观。容色贵及时，朝华忌日晏。皎皎彼姝子，灼灼怀春粲。西城善雅舞，总章饶清弹。鸣簧发丹唇，朱弦绕素腕。轻裾犹电挥，双袂如霞散。华容溢藻幄，哀响入云汉。知音世所希，非君谁能赞？弃置北辰星，问此玄龙焕。时暮勿复言，华落理必贱。

一、三首是诗人陆云代顾彦先赠言，二、四首是诗人陆云代顾彦先之妇酬答。诗作完全是陆云的自述语气，但其实不是陆云自陈行事。诗的题目已明示为代言，审内容可见，是代顾彦先赠言，代顾彦先之妻酬答。

附录：《管锥编—毛诗正义》第二十二则

桑中—诗中自述语气非即诗人自陈行事

《桑中—序》："刺奔也。"按吕祖谦《家塾读诗记》引"朱氏"以为诗乃淫者自作，《朱文公集》卷七〇《读吕氏〈诗记〉》仍持"自状其丑"之说。后世文士如恽敬《大云山房文初稿》卷二《桑中说》，经生如胡承珙《毛诗后笺》卷四，力持异议。然于《左传》成公二年申叔跪之父巫臣所谓"桑中之喜，窃妻以逃"云云，既无词以解，遂弥缝谓诗"言情"而非"记欲"，或斤斤辩非淫者自作，而如《序》所谓讽刺淫者之作。皆以为逾礼败俗，方且讳匿隐秘，"虽至不肖者，亦未必肯直告人以其人其地也"。夫自作与否，诚不可知，而亦不必辩。设身处地，借口代言，诗歌常例。貌若现身说法（Ichlyrik），实是化身宾白（Rollenlyrik），篇中之"我"，非必诗人自道。假曰不然，则《鸱鸮》出于口吐人言之妖鸟，而《卷耳》作于女变男形之人疴也。诗中如《玉台新咏》卷三陆云《为顾彦先赠妇》四首，一、三代夫赠，二、四代妇答；刘禹锡悼武元衡，而诗题为《代靖安佳人怨》，并有《引》言"代作"之故。词中更成惯技，毛先舒《诗辨坻》卷四论词曰："男子多作闺人语；孙夫人妇人耳，《烛影摇红》词乃更作男相思语，亦一创也"；俞正燮《癸巳存稿》卷一二论唐昭宗《菩萨蛮》结句当作"迎奴归故宫"，乃托"宫人思归之词"，如李后主词之"奴为出来难"，均"代人称'奴'"，犹《诗》云："既见君子，我心则降"，乃"代还士之妻称'我'"。

〔增订四〕毛先舒谓"男子"词"多作闺人语"，刘熙载《昨非集·词》有《虞美人》二首，皆力非倚声家结习者。第一首云："自后填词'填'字可休提！"已属言之匪艰，行之维艰。第二首云："好词好在须眉气，怕杀香奁体。便能绮怨似闺人，可奈先拚肮脏自家身！"则"须眉气"与头巾气絪缊莫辨矣！人读长短句时，了然于扑朔迷离之辨，而读《三百篇》时，浑忘有揣度拟代之法（Prosopopeia）；朱熹《语类》卷八解道："读《诗》且只将做今人做底诗看"，而于《桑中》坚执为"淫者状其丑"，何哉？岂所谓"上阵厮杀，忘了枪法"乎！《桑中》未必淫者自作，然其语气则明为淫者自述。桑中、上宫，幽会之所也；孟姜、孟弋、孟庸，幽期之人也；"期"、"要"、"送"，幽欢之颠末也。直记其事，不著议论意见，视为外遇之簿录也可，视为丑行之招供又无不可。西洋文学中善诱妇女之典型名荡荒（Don Juan），历计所狎，造册立表：诗文写渔色之徒，亦每言其记总账。

〔增订三〕张君观教曰："忆唐长安无赖子好雕青，至以所狎妇女姓名、里贯涅之身上，亦如唐荒之'造册立表'。征吾国故事，似不应漏此。"是也。按其事见于《清异录》卷三《肢体》："自唐末，无赖男子以剳刺相高，……至有以平生所历郡县、饮酒、蒲博之事，所交女人姓名、年齿、行第、坊巷、形貌之详，一一标表者。时人号为'针史'。"

《桑中》之"我"不啻此类角色之草创，而共诗殆如名册之缩本，恶之贯而未盈者欤。古乐府《三妇艳》乃谓三妇共事一夫，《桑中》则言一男有三外遇，于同地幽会。王嘉《拾遗记》卷一载皇娥与白帝之子游乎穷桑，"俗谓游乐之处为桑中也，《诗》中《卫风》云云，盖类此也"，杜撰出典。"桑中"俗语流传，众皆知非美词。司马相如《美人赋》："暮宿上宫，有女独处；皓体呈露，时来亲臣"；沈约《忏悔文》："淇水上宫，诚无云几，分桃断袖，亦足称多"；则"上宫"亦已成淫肆之代称矣。

钱锺书论"《正义》隐喻时事——诗文中景物不尽信而可征——君子亦偶戏谑"

《管锥编—毛诗正义》第二十三则

《管锥编—毛诗正义》第二十三则《淇奥》，副标题为《〈正义〉隐喻时事——诗文中景物不尽信而可征——君子亦偶戏谑》。

【《正义》隐喻时事】

俗话说，会看看门道，不会看看热闹。读书也是这样。读书"得间"就是在字里行间读出书里隐含的真实意思。钱锺书称赏方东树读书"得间"，看出了孔颖达《正义》对《淇奥—序》的注疏隐喻时事。

话说《淇奥·序》："美武公之德也。"美，赞美，形容词用如动词。全句意思是《淇奥》诗是赞美武公之德的。

武公何人？

原名叫姬和，卫国第 11 代国君。

按照《史记》记载，卫国的老国君卫釐侯临死时，立太子姬馀为君，送给次子姬和很多财产，姬和便拿那些财宝结交卫国武士。

周宣王十六年（约公元前 812 年），卫釐侯去世，姬和贿赂并策动武士，利用给其父上坟之际，袭击姬馀于墓园上，逼迫哥哥姬馀跑进釐侯坟墓的墓道自杀而死。卫人将姬馀安葬在釐侯的墓旁，给他加个谥号，叫做"共伯"。姬馀死，取而代之，是为卫武公。

卫武公执政后，能继承卫开国明君康叔的德政，励精图治，增修城垣，兴办牧业，致卫国政通人和，百姓和集。

《淇奥—序》"美武公之德也。"后还有一段话，这样赞美卫武公："有文章，又能听其规谏，以礼自防，故能入相于周。美而作是诗也。"

可见，卫武公有才华，尊法度，能自律且从谏如流，治理国家有方，民众安乐。

《淇奥》就是人们赞美他的作品。

诗歌以淇水边的竹子，比喻卫武公的高风亮节，歌颂他风度翩翩、心胸宽大，威武英俊、容光焕发；赞美他谈话诙谐风趣，从不刻薄伤人。仪态威武庄重，心地正大光明。

但是，这样一个近乎完美的国君却不是正常继承王位，他的王位是用智谋和武力夺得的。

孔颖达《正义》这样注疏《淇奥—序》："武公杀兄篡国，得为美者，美其逆取顺守；齐桓、晋文皆以篡弑而立，终建大功，亦其类也"。

孔疏并没有贬斥卫武公杀兄篡国，而把它称为"逆取"，把他的执政及其成效称为"顺守"。

如果将《淇奥·序》（毛诗小序）和孔颖达的《正义》注疏对比一下，可以发现，毛诗小序就诗论事，指出《淇奥》因卫武公有德政而赞扬他，这样就够了。孔疏却无厘头地引申到他杀兄篡国，并援引齐桓、晋文之事迹为其正名，说他是"逆取顺守"。孔疏为何这样做，稍后再说。

孔疏这样写，好像偏离了注经的本份。姚范很反感，他在《援鹑堂笔记》中指出：

"说经者当如是乎！"

本来杀兄篡国有违封建道统，是大逆不道的，《正义》注疏却为其辩护。所以姚范怒斥道：注疏经书难道可以这样干！

方东树似乎看出了其中奥妙："此唐儒傅会，回避太宗、建成、元吉事耳。"

"唐儒傅会"是说孔颖达的注经班底附会其事，特意"回避太宗、建成、元吉事耳。

唐儒是指孔颖达等注经班底，唐儒为什么会附会，因为他们是唐太宗御用的。

唐贞观年间，孔颖达等人奉唐太宗诏命分工合作给经书写注释，由孔颖达总成。《毛诗正义》是其中一部。

唐儒附会什么？

唐太宗的当政是策动玄武门事变，杀掉兄长李建成、四弟李元吉，迫使老王让他继承了皇位的。

因此，唐太宗十分看重也十分担心历史对他继承合法性的评价。

唐太宗曾就这一问题向大臣们发表过引导性意见："周得天下，增修仁义；秦得天下，益尚诈力：此修短之所以殊也。盖取之或可以逆得，而守之不可以不顺故也。"

从这段话可以看出，玄武门之变弑兄夺位是唐太宗的心病，他顾虑世人和历史对他有非议，竭力给自己的行为找理由。他将"周得天下"和"秦得天下"相比较，他称赏周武王"逆取顺守"，实际上是给自己玄武门之变的行为找根据。

现在，我们应该知道孔疏为何超出常理对《淇奥—序》进行注疏的原委了。

孔疏是逢迎圣意，或者是为了讨好，或者是迫于某种压力，将唐太宗给自己所作的辩护词"逆取顺守"写进《淇奥—序》的注疏。此举，对太宗而言是正中下怀的。

应该说，孔疏是煞费苦心的，它既要给太宗弑兄篡国正名，又不能点明太宗弑兄篡国之事。孔疏赞卫武公"逆取顺守"实际上是赞唐太宗"逆取顺守"。孔疏的良苦用心被方东树说破了，得到钱锺书的首肯，称赏他"读书甚得间"，认为他在孔疏中读到了言外之意。

最后，我们回到本节的题旨"隐喻时事"。钱锺书说孔疏"隐喻时事"，是说孔疏名为注经，实际上间接而巧妙地为时政服务。通常，"隐喻时事"大多是影射时弊，而孔疏这里则是为唐太宗弑兄篡国正名。当然，孔疏赞扬卫武公顺守，为国为民建功立业，也是肯定并激励唐太宗要像卫武公那样为民多办实事，为国为民建功立业才能光耀青史。

【诗文中景物不尽信而可征】

"瞻彼淇奥，绿竹猗猗。"是《卫风—淇奥》的一句诗，文辞优美、格调高雅，为世人称赏。但有人说，淇奥无竹，更有人说"绿竹"是两个词，绿是一种草，竹是另一种草。绿竹到底是什么，历史上一直争论不绝，成了一个学术公案。

毛《传》最先说，诗句中的"绿竹"不是竹子，是草。

毛《传》说："绿，王刍也；竹，萹竹也。"

　　王刍是什么？萹竹是什么？郭璞云："王刍，今呼白脚莎，即沴蓐豆也。萹竹似小藜，赤茎节，好生道旁，可食。"

　　如果读者还是不熟悉，没关系，知道这是两种草，可食就行了。可食，说明这也是两种菜。

　　毛《传》的作者根据什么说"绿竹"不是绿色的竹子，而是两种可食的草呢，莫非他们在淇奥只见有这两种草，不见有绿色的竹子？如今已不得而知。淇奥是黄河支流淇水和奥水所在的那一片土地。

　　左思说："见'绿竹猗猗'，则知卫地淇澳之产。"淇澳即淇奥。左思相信《诗经》，相信淇澳产竹并没有错，但还是遭到了钱锺书的非议。左思遭非议，不是他相信淇澳产竹，而是他主张景物描写需亲见而不能虚构。

　　左思《三都赋—序》自诩他写赋真实可信，可"稽之地图"、"验之方志"，斥责杨雄、马融、班固、张衡作赋"虚而无征"。

　　左思说："见'绿竹猗猗'，则知卫地淇澳之产。"钱锺书针对其言评点到："是或不免尽信书欤？"

　　意思是：你指责杨雄、马融、班固、张衡他们作文虚构，你自己怎么能只根据书就判断淇奥产竹呢？书难道可以完全相信吗？

　　钱锺书强调，书不可全信。

　　地理学家郦道元注重实证，他对淇奥是否有竹的问题感兴趣，就查考史籍并亲临实地，这是科学和文学对待问题方法上的区别。他在《水经注》里写道：

　　"《诗》云：'瞻彼淇澳，菉竹猗猗。'汉武帝塞决河，斩淇园之竹木以为楗；寇恂为河内，伐竹淇川，治矢百余万，以输军资。今通望淇川，并无此物，唯王刍编草，不异毛兴。"

　　郦道元的实地考察证实淇川并没有竹子，唯有王刍、编草如毛《传》所说，丰美异常。

　　但是，他叙述了两件重要历史事件：黄河瓠子决口，汉武帝曾躬临实地，命砍伐淇园之竹以作柱桩，使得竹林衰颓。（见《史记—河渠书》）东汉初年的寇恂作河内（今河南黄河以北地区）太守时，曾砍伐淇园的竹子作了一百余万支箭。（见《后汉书—寇恂传》）两次滥伐可能还加上气候变化，导致竹林被毁，到了郦道元注《水经》的北魏时，淇川之地已无竹可见了。

　　郦道元的记述说明，淇川曾经有竹，北魏时已无。

后来如宋荦《筠廊偶笔》、陈锡璐《黄妳余话》、程晋芳《勉行堂诗集》卷二三《过淇川》第一首等都说淇奥无竹，他们并不知道郦道元早有此说。

高适是唐朝人，生活在北魏之后，却说见到了淇川之竹。高适《自淇涉黄河途中作》之四："南登滑台上，却望河淇间。竹树夹流水，孤村对远山。"

钱锺书评价高适是"以古障眼"，正如，韩愈《此日足可惜》之"甲午憩时门，临泉窥斗龙"，也是缘自《左传—昭公十九年》"郑大水，龙斗于时门之外洧浦"，也是"以古障眼，想当然耳"。

高适和韩愈这里写景都是依古籍所载想当然，而貌似亲见。

唐代的李匡乂在《资暇录》中说"猗猗"并非指"笋竹"，因此讥笑文人将"猗猗"代指"绿竹"，是用事之"大误"。

更有甚者，宋代的程大昌《演繁露》记载，有一场考试，试题为"赋竹"，考生行文中写了"淇竹"，竟被考官以违背毛《传》注疏为由请出了考场。

清代经生（研究经学之人）生怕世人怀疑《诗经—淇奥》用语失实，即明明淇川无竹，却写"瞻彼淇奥，绿竹猗猗"，因此征引《尔雅》、《说文》、《本草图经》，说明诗中"绿竹"是两个词——"绿"和"竹"，分别代表两种草或两种菜。

唐李匡乂、宋程大昌及清之经生均全信毛《传》，认定《淇奥》之"绿竹"是两种可食用的草，而不是笋竹。

钱锺书认为，绿竹就是绿色的竹子，或者称笋竹，不是什么草。他只举了一个例子，非常有力。

钱锺书指出：

"特不知于《竹竿》之'籊籊竹竿，以钓于淇'，又将何说？"

这里钱锺书引诗解诗。既然《竹竿》一诗写了在淇水边用竹竿钓鱼，那么，如果淇川没有绿竹，哪来的竹竿呢？难道可以用草制作钓竿？《竹竿》诗和《淇奥》诗写作年代相近，可以相互印证，证明淇奥地区当时是有竹的。

由此可见，那种认为诗人写《卫风—淇奥》时淇川根本就没有绿竹，绿竹是两种草的说法，压根是站不住脚的。

一句话，淇川原先是有竹的；淇川无竹是后来的事，因为滥砍滥伐和气候变化。

钱锺书梳理关于淇川有无绿竹，以及"绿竹猗猗"之绿竹，是绿色的竹子还是两种草，目的是阐明文学鉴赏和文学创作的一个道理：

"窃谓诗文风景物色，有得之当时目验者，有出于一时兴到者。出于兴到，固属凭空向壁，未宜缘木求鱼；得之目验，或因世变事迁，亦不可守株待兔。"

诗文中的景物描写，有亲见，也有虚拟，都是容许的。古人写景有虚构，对于古人虚拟之景物，不宜缘木求鱼；即使是古人声称亲见的景物，也可能因年代久远而变化，不可守株待兔。

钱锺书的结论如本则札记的小题——诗文中景物不尽信而可征。

钱锺书是用实事求是和发展的观点来看待诗文中的景物描写的，值得我们认真学习。对诗文中的景物描写不可全信，如果发现诗文所写与所见不符，则要考虑有可能它是虚构的，也有可能因年代久远而变迁，而且，不符的原因是"可征"的，感兴趣的话不妨去探寻清楚。

【君子亦偶戏谑】

"宽兮绰兮，倚重较兮。善戏谑兮，不为虐兮"——《淇奥》诗的结句，翻成白话：宽宏大量真旷达，倚靠车耳驰向前，谈吐幽默真风趣，开个玩笑人不怨。

这句诗赞卫武公乐观开朗，战事间歇，偶尔拿兵士取乐，兵士不仅不生气还与之同乐，是为谑而有度，谑而不虐，是为会开玩笑。

典籍状君子，常端庄而厉，不苟言笑。

《礼记—表记》说，君子的仪表端庄让人敬畏，表情严肃令人忌惮，言语简明使人信服。

《玉藻》曰："君子之容舒迟：足容重，手容恭，目容端，口容止，声容静，头容直，气容肃，立容德，色容庄。"

君子从容不迫，"足容重"，走路脚步要稳重，不要轻举妄动；"手容恭"，无事时，手要自然下垂，不要乱动；"目容端"，目光要正视，不要游移，不要左顾右盼；"口容止"，表达简洁，不要废话；"声容静"说话声音要平静，不要粗暴；"头容直"要昂首挺胸，不要东倚西靠；"气容肃"要呼吸均匀，平心静气；"立容德"要站立如松，不倚不靠；"色容庄"：要气色庄重，面无倦意。

总之，君子的仪态举止，应保持端庄持重，一丝不苟。

然而，以为君子老是一副"正人君子"的仪态就大错特错了。端庄稳重是君子的常态，而不是君子的全部。

钱锺书告诉我们：君子亦偶戏谑。

戏谑就是开玩笑。

孔子是讲究礼仪的君子典范，万世师表，他也偶尔开开玩笑，但笑而有度。

钱锺书给我们讲了几个孔子开玩笑的例子，以证"君子亦偶戏谑"。

1. 然《阳货》记孔子"莞尔而笑，"于子游有"前言戏之耳"之谑。（钱锺书文）

钱锺书所述载于《论语—阳货》：

子之武城，闻弦歌之声，夫子莞尔而笑曰："割鸡焉用宰牛刀。"子游对曰："昔者偃也闻诸夫子曰：'君子学道则爱人，小人学道则易使也。'"子曰："二三子，偃之言是也。前言戏之耳。"

话说孔子听说自己的弟子子游在武城做官，便另携一、二弟子前往。到武城听到有人弹琴唱歌，知道这是子游在实施教化，寓教于乐。他觉得子游这样做未免滑稽，在这样一个小地方，用这种高级教育来教化老百姓。等于杀鸡用牛刀，小题大作了！子游听到后，严肃地质询孔子：老师，以前您常教导我们，"君子学习了礼乐就能爱人，小人懂得了礼乐会遵守规矩"。孔子发觉自己失言了，立即和同来的弟子说"学生们，子游说得对，我刚才是开玩笑的"。

可见，孔子有时开开玩笑，还是有点自鸣得意的。"莞尔而笑"，活化了孔子当时的情态。

2.《宪问》复载人传公叔文子"不言不笑"，孔子以为疑。（钱锺书文）

钱锺书讲的这个故事载于《宪问》：

子问公叔文子于公明贾曰："信乎？夫子不言，不笑，不取乎？"公明贾对曰："以告者过也。夫子时然后言，人不厌其言；乐然后笑，人不厌其笑；义然后取，人不厌其取。"子曰："其然，岂其然乎？"

孔子向公明贾打听公叔文子，问："真的吗？公叔文子不说话，不笑，不要别人的财物，有这种事吗？"公明贾回答说："告诉您的人言过其实了。公叔文子在该说话的时候才说话，所以人们不讨厌他说话；高兴的时候才笑，所以人们不讨厌他笑；合乎义理才取财物，所以人们不讨厌他取财物。"孔子说："原来如此。难道他真能做得这样恰如其分吗？"

一个人，能做到当说时说，当笑时笑，当取时取。这很难做到，需要很深的修养。

这个故事说明，孔子不赞成君子一直不苟言笑。

3.《公冶长》子欲"乘桴"而谓子路"无所取材"，郑玄注曰："故戏之耳"。（钱锺书文）

钱锺书上述典故出自《论语·公冶长》——

"子曰：道不行，乘桴浮于海，从我者其由与。子路闻之喜。子曰：由也好勇过我，无所取材。"

话说春秋时，孔子周游列国没有见用，治国大道不能实行，发牢骚说了上面的话。孔子说，治国平天下的理想不能实现，不如乘着木筏，泛舟远洋，去天涯海角做个隐士吧。愿意跟随我的，一定是子路。

孔子是随口一句感叹，哪知子路听了信以为真，为老师信任而挑选自己喜形于色。于是孔子用带有调侃的口吻告诉子路，没有地方取得制造木筏的材料，暗示子路，自己并非真的想要出海。

郑玄根据孔子对子路说"无所取材"，认定孔子是在开玩笑。孔子这样说，或者是自嘲，自我找个台阶下。也说明子路虽勇敢、真诚，也未免头脑简单，把老师的愤激语当做决定。

孔子说"无所取材"可能还有另一层深意，胆小怕事的人多，子路不怕出海风险，反而以随我而高兴，勇气胜过我，真要出海恐怕再也找不到第二个像子路这样勇敢随我的人了。

4.《雍也》述孔子谓仲弓曰："犁牛之子骍且角"，脱若《论衡·自纪》篇所言，仲弓为伯牛之子，则孔子亦双关名字为戏。（钱锺书文）

孔子有一个弟子冉雍，字仲弓，德才兼备。

《孔子家语·七十二弟子解》曰："冉雍，字仲弓，伯牛之宗族，生于不肖之父，以德行著名。"《史记·仲尼弟子列传》曰："孔子以仲弓为有德行，曰雍也可使南面。仲弓父，贱人。"

仲弓因出身低贱有些自卑，孔子开着玩笑鼓励他，英雄不问出处。

古时祭祀山川神灵用的牛，必须是没有杂毛的，犄角端正的。而犁牛有杂毛，长相不美，只能犁地，不能用来供神。但是不排除它可以生出毛色和犄角均符合祭祀所用的牛崽。

"犁牛之子骍且角"是说犁牛繁殖的小牛"骍且角"（骍：长着一身红通通的毛，角：有端正的犄角），就可以用来祭拜神灵，而不管它的出生。

孔子说"犁牛之子骍且角"，实际是借仲弓父名"伯牛"来一语双关。

把仲弓的父亲比作犁牛，把仲弓比作犁牛之子，用毛色纯红、犄角端正来形容仲弓德才兼备，不会因为其父"不肖"、"贫贱"而影响他（走向神坛）成为栋梁之才。

孔子这是寓教于乐，何等的幽默、诙谐，玩笑开得不失分寸，且有文化、有内涵。

总之，君子可偶尔开开玩笑，但君子本性善良而聪慧，因此，君子开玩笑风趣而不伤人。

附录：《管锥编—毛诗正义》第二十三则

（一）《正义》隐喻时事

《淇奥·序》："美武公之德也。"《正义》："武公杀兄篡国，得为美者，美其逆取顺守；齐桓、晋文皆以篡弑而立，终建大功，亦其类也"。按姚范《援鹑堂笔记》卷六引《正义》此节而斥之曰："说经者当如是乎！"方东树按语："此唐儒傅会，回避太宗、建成、元吉事耳。"读书甚得间。《左传》昭公六年郑人铸刑书：《正义》娓娓百许言，论"古今之政"，"不可一日而无律"，非复经说，已成史论，亦必有为而发。

（二）诗文中景物不尽信而可征

"瞻彼淇奥，绿竹猗猗"；《传》："绿，王刍也；竹，萹竹也。"按左思《三都赋·序》斥扬、马、班、张作赋，"考之果木，则生非其壤，……虚而无征"，而曰："见'绿竹猗猗'，则知卫地淇澳之产。"是或不免尽信书欤？《水经注》卷九《淇水》："《诗》云：'瞻彼淇澳，菉竹猗猗。'汉武帝塞决河，斩淇园之竹木以为楗；寇恂为河内，伐竹淇川，治矢百余万，以输军资。今通望淇川，并无此物，唯王刍编草，不异毛兴。"后来如宋荦《筠廊偶笔》、陈锡璐《黄妳余话》卷三、程晋芳《勉行堂诗集》卷二三《过淇川》第一首等皆道淇奥无竹，而均不知郦道元已早言此。然则高适《自淇涉黄河途中作》之四："南登滑台上，却望河淇间，竹树夹流水，孤村对远山。"殆以古障眼，想当然耳，亦如韩愈《此日足可惜》之"甲午憩时门，临泉窥斗龙"矣（《左传》昭公十九年记"龙斗于时门之外洧水"）。唐李匡义《资暇录》卷上谓《诗》之"猗猗"非指"笋竹"，因讥词章家用事"大误"；宋程大昌《演繁露》卷一记馆职试题赋竹，试人用"淇竹"，主者以其违注疏黜之。吴曾《能改斋漫录》卷三未见《水经注》所记，乃引《史记》以驳《缃素杂记》而申王安石《诗传》"虚而节，直而和"之解。清之经生恐世人疑《诗》语失实，博征《尔雅》、《说文》、《本草图经》之属，分"绿"与"竹"为二草或二菜名，非形容虚心直节之此君。特不知于《竹竿》之"籊籊竹竿，以钓于淇"，又将何说？然用心良苦，用力甚勌，过而存之斯可也。《郑风·溱洧》："维士与女，伊其相谑，赠之以芍药。"而白居易《经溱洧》云："落日驻行骑，沉吟怀古情。郑风变已尽，溱洧至今清；不见士与女，亦无芍药名。"与淇奥之竹，无独有偶。窃谓诗文风景物色，有得之当时目验者，有出于一时兴到者。出于兴到，固属凭空向壁，未宜缘木求鱼；得之目验，或因世变事迁，亦不可守株待兔。林希逸《竹溪虎（几为鬲）斋十一稿》续集卷七《秋日凤凰台即事》有小序论李白登此台诗句"三山半落青天外，二水中分白鹭洲"云："余思翰林题诗时，台必不尔。白鹭洲问之故老，指点固无定所；而三山则于此台望已不见，乃远落于前江之尾。若当时果尔，则诗辞不应如此模写也。谩刊正之，以俟好古者。"郎瑛《七修类稿》卷三："孟子曰：'牛山之木尝美矣'，欧阳子曰：'环滁皆山也'。余亲至二地，牛山乃一岗石小山，全无土木，恐当时亦难以养木；滁州四望无际，只西有琅玡。不知孟子、欧阳何以云然？"何绍基《东洲草堂诗钞》卷十八《王少鹤、白兰岩招集慈仁寺拜欧阳文忠公生日》第六首："野鸟溪云共往还，《醉翁》一操落人间。如何陵谷多迁变，今日环滁竟少山！"潘问奇《拜鹃堂诗集》卷二《空舲峡》："夜静猿声听不见，古人文字恐荒唐。"丁国钧《荷香馆琐言》卷上："王禹偁《竹楼记》言黄冈多竹，东坡黄州诗亦有'好竹连山觉笋香'句。光绪乙未，予随学使者襄校莅黄，遍游山水，未见一竹。杨惺吾丈邻苏园中以巨竹编篱，丈言黄地大小竹皆无，须渡江至武昌县乃购得。泥古不可以例今。"连类举例，聊以宽广治词章者之心胸。密尔敦诗中咏群鬼烂漫卧，喻如瓦朗勃罗萨（Vallombrosa）沼面秋叶（autumnal leaves）委积，累代传诵。而近世亲游其地者以为密尔敦必出耳食，否则植树大变（the character of the woods hasentirely changed），因弥望皆经霜不凋之松，无它木也。足与淇奥之竹、溱洧之芍药，鼎足而三。《史通·暗惑》驳郭伋竹马事曰："夫以晋阳无竹，古今共知，……群戏而乘，如何克办？"淇奥之竹，若是班乎？读诗者若缘此而有杀风景之恨，则卿辈意亦复易败耳。

〔增订三〕苏轼摹写赤壁景色，後人继作，所见异词。《后赤壁赋》有曰："江流有声，断岸千尺，……履巉岩，……攀栖鹘之危巢"；《东坡志林》卷九亦曰："黄州守居之数百步为赤壁，……断崖壁立，江水深碧，二鹘巢其上。"

韩驹与轼年辈相接,《陵阳先生诗》卷三《登赤壁矶》已云:"岂有危巢与栖鹘,亦无陈迹但飞鸥。"晚明袁中道《珂雪斋近集》卷一《东游日记》:"读子瞻赋,觉此地深林邃石,幽蒨不可测度。韩子苍、陆放翁去公未远,至此已云是一茅阜,了无可观,'危巢栖鹘',皆为梦语。故知一经文人舌笔,嫫母化为夷施,老秃鹳皆作绣鸳鸯矣!"清初陆次云《北墅绪言》卷下《下赤壁赋》:"清浅蓬莱,涨为平陆。冯夷徙而深居,潜蛟迁而远伏。求所谓'纵一苇、凌万顷'之奇观,杳不可以再复。昔读两赋,宛转流连;兹寻其迹,渺若云烟。欲听箫声,无复闻其怨慕;欲观鹤影,何从仰其蹁跹!坡仙於此,尝致慨乎孟德,後坡仙而至者,复致慨乎坡仙!"发挥更畅。邵长蘅《青门簏稿》卷九《游黄州赤壁记》则颇兼袁、陆二氏之意:余曩时读子瞻赋所云……,意必幽邃峭深,迥然耳目之表。今身历之,皆不逮所闻。岂又文人之言少实而多虚,虽子瞻不免耶?抑陵谷变迁,而江山不可复识耶?"李兆洛《养一斋文集》卷九《道浮山记》亦述同游者怪刘大魁记此山之过"褒",因疑"古今之文举不足信"。诗文描绘物色人事,历历如睹者,未必凿凿有据,苟欲按图索骥,便同刻舟求剑矣。盖作者欲使人读而以为凿凿有据,故心匠手追,写得历历如睹但写来历历如睹,即非凿凿有据,逼真而亦失真。为者败之,成者反焉,固不仅文事为然也。"一经文人舌笔,嫫母化为夷施",又可合之纪昀《阅微草堂笔记》卷九记《西楼记》中穆素徽,因言:"然则传奇中所谓'佳人',半出虚说"(参观《随园诗话》卷一六记王子坚言穆素徽)。故丁绍仪《听秋声馆词话》卷五记顾翰语,以"美人"为"书中三不可信"之一(参观《老残游记》第一三回翠环评狃客题壁诗)。西方谈艺,每道此事。举十七世纪法国小说诙谐为例:"此姝之美不待言。我不为读者描摹其纤腰、妙目、盛鬋等娇姿,因君辈即真睹伊人,见面有雀斑痘坎,未必能识为吾书中人正身。小说所写主角莫不肤白皙而貌妍秀,皆纸上之假面耳,揭其本相,则此中大有黑丑男女在"。克罗采噬学士辈读古人情诗,於所咏意中人,不啻欲得而为眼前人,亲接芳容。可谓误用其心。庄论谑语,正尔同归。

〔增订四〕方苞《望溪文集》卷一四《题天姥寺》:"余寻医浙东,鲍甥孔巡从行。抵嵊县,登陆,问天姥山。肩舆者曰:'小丘耳,无可观者。'……至山下,果如所云。……鲍甥曰:'嘻咄哉!李白之诗乃不若舆夫之言之信乎?'余曰:'诗所云乃梦中所见,非妄也。然即此知观物之要矣。'"果如袁中道之说,醒人写景,每"为梦语",则"梦中所见",更不须如痴人之考"信"。张汝南《浙道日记》："咸丰七年七月十八日。杭人谓是潮生日。……此浙江潮之大略也。夙所说'百万军声，隐隐如雷'者，不闻也；又'如万叠银山，忽然倾卸'者，不见也。证以《七发》中'八月之望'一段，十不得一。即予从前所作《曲江观涛歌》，亦未见时所附会。文士笔端，多不足信如此！"能自言"附会"，可谓不欺之学矣。"

（三）君子亦偶戏谑

"宽兮绰兮，倚重较兮。善戏谑兮，不为虐兮"；《笺》："君子之德，有张有弛，故不常矜庄，而时戏谑。"按《豳风—东山》："其新孔嘉，其旧如之何？"《笺》："又极序其情乐而戏之"，虽误解诗意，然谓周公"戏"其军士，则足与"善戏谑"、"不常矜庄"相发明。《礼记·表记》："君子貌足畏也，色足惮也，言足信也。"《玉藻》："君子之容舒迟：足容重，手容恭，目容端，口容止，声容静，头容直，气容肃，立容德，色容庄。"《左传》襄公三十一年北宫文子论君子云："有威而可畏谓之成，有仪而可象谓之仪。"《论语·学而》记孔子曰："君子不重则不威。"《尧曰》记孔子曰："君子正其衣冠，尊其瞻视，俨然人望而畏之。"《述而》状孔子之容止，亦曰"子温而厉，威而不猛，恭而安"。然《阳货》记孔子"莞尔而笑，"于子游有"前言戏之耳"之谑；《宪问》复载人传公叔文子"不言不笑"，孔子以为疑；《公冶长》子欲"乘桴"而谓子路"无所取材"，郑玄注曰："故戏之耳"；《雍也》述孔子谓仲弓曰："犁牛之子骍且角"，脱若《论衡·自纪》篇所言，仲弓为伯牛之子，则孔子亦双关名字为戏，正如《离骚》之"以兰为可恃，椒专佞以慢慆"之双关大夫子兰、子椒也。释迦则"恐人言佛不知笑故"而开笑口（安世高译《佛说处处经》说"笑光出者有五因缘之二)，且口、眼、举体毛孔皆笑（《大智度论·放光释论》第一四，参观《缘起义释论》第一)；耶稣又悲世悯人，其容常戚戚，终身不开笑口。方斯二人，孔子"时然后笑"，较得中道。韩愈颇解其旨，《重答张籍书》云："昔者夫子犹有所戏；《诗》不云乎：'善戏谑兮，不为虐兮'；《记》云：'张而不弛，文武不能也'。恶害于道哉！"即合并《阳货》及《淇奥》郑笺语意耳。又按《答张籍第一书》云："吾子又讥吾与人人为无实驳杂之说，此吾所以为戏耳。比之酒色，不有间乎？"《汉书·严、朱、吾丘、主父、徐、严、王、贾传》记武帝令王褒等为歌颂，议者以为"淫靡不急"，帝曰："词赋贤于倡优博弈远矣！"韩愈之解嘲准此。

钱锺书论"《诗》《骚》写美人
——'无使君劳'可两解"

《管锥编—毛诗正义》札记第二十四则

《管锥编—毛诗正义》第二十四则《硕人》，副标题为《〈诗〉〈骚〉写美人——'无使君劳'可两解》

【《诗》《骚》写美人】

《诗经·卫风·硕人》是赞美卫庄公夫人庄姜的，共四章，第二章形容庄姜的美丽：

"手如柔荑，肤如凝脂，领如蝤蛴，齿如瓠犀，巧笑倩兮，美目盼兮"。

前五句用六个比喻，描写庄姜的静美：

手如柔荑：十指尖尖如春草的芽苞，柔软白嫩。

肤如凝脂：皮肤像凝固的脂膏，洁白细腻。

领如蝤蛴：美丽脖颈如天牛的幼虫，白皙纤长。

齿如瓠犀：牙齿雪白匀称，像葫芦籽一样排列整齐。

螓首蛾眉：额头像螓首一样方正开阔，眉毛像蚕宝宝一样弯曲细长。

最后一句中的"螓"是一种昆虫，似蝉而比蝉小，前额方正开阔。《传》："螓首，颡（sǎng，额头）广而方。"

钱锺书特别强调，正是这个"螓首"，代表额头的方正开阔，在上古和国外被看作女性脸庞美丽的关键部位。

为此，他引用《传》《鄘风—君子偕老》《齐风—猗嗟》以至拉丁诗、西班牙旧传、亚刺伯古说等加以印证。

人们写美女，总是瓜子脸，柳叶眉，樱桃嘴，水汪汪的大眼睛等，而往往忽略眉上的额头。

想一想，看重女性前额的方正开阔还是颇有道理的。

这个部位的方正阔达称天庭饱满。

天庭饱满，柳眉上挑方有施展之地。

天庭饱满，眼睛会像镶嵌在蓝天的星星炯炯有神。

天庭饱满，颧骨才不会凸显，下颚无论是圆是尖，总是相宜的。

相反，如果发际离眉太近，额头扁平狭窄，纵然是漂亮的柳叶眉也无法施展，纵然是明亮的眼球也会显得突兀。

《硕人》前五句六个比喻全是静态的，到第六句、第七句，突然灵动起来：

巧笑倩兮，美目盼兮。

有各式各样的笑，巧笑是怎样的呢？

凡是见过美女的笑，看到这个"巧"字无不深会于心，但要表述好却是相当困难的，我想：

巧笑应是清纯无染的，有婴孩般的天真；

巧笑应是深情羞怯的，有春心暗许的窃喜；

巧笑应是蕙心兰质的，有识破对方用意后的莞尔；

巧笑应是波光流动的，有欲语还休的妩媚。

描写巧笑比较著名的句子和画面有：

陶潜："瞬美目以流眄，含言笑而不分"。

白居易："回眸一笑百媚生"。

《红楼梦》写林黛玉：一双似喜非喜含情目。

徐志摩的诗：最是那一低头的温柔，像一朵水莲花不胜凉风的娇羞。

达芬奇的传世名画蒙拉丽莎：那双含笑的眼睛。

我还在网络上抄摘了两句，都是巧笑一类的：

那闪着青春光彩的笑容，像一朵在夏雨之后悄然绽开的睡莲，含着晶莹的雨珠，羞怯而又优雅地点着头。

嘴角露出一丝不易察觉的微笑，像水面上的一道涟漪，迅速划过脸部，然后又在眼睛里凝聚成两点火星，转瞬消失在眼波深处。总之，那是一种天真无邪、聪慧灵动、过目难忘、摄人心魄的美，写它角度各有不同，都言而难周。

巧笑的情状是纷繁多彩的，而且是动态的，难以用一个词准确地描摹，《硕人》用了一个字概括——"倩"，倩就是美。这个词是概念的，也是模糊的。因为模糊，反而能激活人的丰富想象。看到这句诗，每个人脑海中呈现的巧笑就是他曾经遇见过的样子，它又是生动具体的。

"美目盼兮"是怎样的呢？

有很多把"盼"解释成黑白分明，我觉得并不准确。美目实际上就包含了黑白分明，炯炯有神，盼字应该是含无限情意于一瞥，无语而千言，眼波如清溪一样流转，含情脉脉，意味深长，令人一见倾心。"盼"字准确传神地表达了女士眼波的流动之美。

"巧笑倩兮"和"美目盼兮"是密不可分的。"巧笑倩兮"的关键词是"巧"，"美目盼兮"的关键词是"盼"，生动传神地表达了女性聪慧灵动的柔美。

文学史上对《诗经—硕人》这六句诗评价极高，清朝学者姚际恒说："千古颂美人者无出其右，是为绝唱。"（《诗经通论》）方玉润说："千古颂美人者，无出'巧笑倩兮，美目盼兮'二语。"（《诗经原始》）

《楚辞》对美人的描写之极致在《招魂》："蛾眉曼睩，目腾光些。靡颜腻理，遗视绵些。娭光眇视，目曾波些"，

纤秀的蛾眉下明眸灵动，

美妙的双眼放射光芒。

肌肤细腻如脂如玉，

留下动人一瞥意味深长。

目光撩人脉脉注视，

眼神流转似波光粼粼。

钱锺书说：此"即《诗》之'蛾眉'、'美目盼'、'清扬'也。"

《大招》："靥辅奇牙，宜咲嫣只"，即《诗》之"巧笑倩"也。

靥辅：脸颊上的酒涡。奇牙：门齿。咲：笑。嫣（yān 嫣）：同"嫣"，笑得好看。只，语气词。

"靥辅奇牙，宜咲嫣只"——迷人的酒涡整齐的门牙，嫣然一笑令人心舒神畅。

钱锺书说，这就是《诗经》的"巧笑倩"啊！

可见，《楚辞》和《诗经》对美女的描写如出一辙。究其原因，或者是《楚辞》学习、借鉴了《诗经》，或者《楚辞》和《诗经》的作者对美女的观感和

体认是英雄所见略同。

在描写美女上，《楚辞》和《诗经》有何不同呢？

钱锺书说：

"然卫、鄘、齐风中美人如画像之水墨白描，未渲染丹黄。"

《诗经》写美女大多只写风姿气韵，很少涉笔容颜气色，如绘画用水墨白描，不着色彩。也有例外，就是《郑风—有女同车》，其中"颜如舜华"，"颜如舜英"把美女的颜貌比作木槿等花卉，好像有了色彩，却忽视了美女的情态及其它，显得单调。

《楚辞》不同，在描写美女雪肤玉肌之外，还不忘着笔桃颊樱唇，风姿和红颜相互映衬。

如《招魂》云："美人既醉，朱颜酡些"，即美人已经喝醉了，她美丽的面庞上就多了些酡红。

《大招》云："朱唇皓齿，嫭以姱只。容则秀雅，稚朱颜些"，即唇红齿白，容颜多美，气质多么秀雅，面庞的皮肤就象幼儿般细嫩红润。

钱锺书说，《楚辞》更多地采用色彩烘托，注重女性容颜气色的描写，这是《楚辞》在《诗经》基础上的推进和丰富。

【"无使君劳"可两解】

"大夫夙退，无使君劳"是《硕人》一诗第三章的最后一句。意思是卫国的大臣们早早退朝，免得使君太劳累。

钱锺书说，这句诗中的"君"可作两种解释，既可以解读为君王，也可以解读为君王夫人庄姜。

把"无使君劳"解读为写君王的是郑玄。

郑玄《笺》："无使君之劳倦，以君夫人新为配偶。"莫要使君王太劳累，因为他新娶了美貌无匹的夫人庄姜。郑玄的这个注释，正如杜甫《收京》："万方频送喜，无乃圣躬劳"。京城收复了值得庆贺，但希望外邦来朝送礼不要太频繁，免得圣上太劳累。

把"无使君劳"解读为写君王夫人庄姜的是胡培翚、陈奂之辈。

钱锺书说："胡培翚、陈奂等皆驳郑笺，谓'君'即指夫人。"

胡培翚、陈奂不同意郑玄的解释，认为"无使君劳"不是写君王而是写君王夫人庄姜。他们的理由已无从查考。

　　我想，理由可能有二，其一：《硕人》诗各章都是写庄姜的，所以这里的"君"也是指庄姜；其二："无使君劳"如果写君王，应该像白居易《长恨歌》所写：春宵苦短日高起，从此君王不早朝。而《硕人》诗句"无使君劳"在第三章，并非写君王不早朝，此章写得是君王迎娶新人庄姜回宫的情景。

　　硕人敖敖，说于农郊。四牡有骄，朱幩镳镳。翟茀以朝。大夫夙退，无使君劳。

　　译文：丰腴高挑美女郎，车过郊野多愉悦。四马得得多雄健，红绸系在马嚼上，华车徐驶往朝堂。诸位大夫早退朝，今朝莫使君太劳。

　　钱锺书说，郑玄把"无使君劳"解读为写君王也说得通。

　　"无使君劳"写君王并非一定是迟上朝，也可以是早退朝，均有诗证。白居易《长恨歌》："春宵苦短日高起，从此君王不早朝"是迟上朝；而李商隐《富平少侯》："当关不报侵晨客，新得佳人字莫愁"是早退朝。当关人把呈奏人拒于朝堂之外，呈奏少，君王自可早退朝。迟上朝和早退朝目的一样，就是为了使君王有更多的精力和时间陪伴新人。

　　最后，钱锺书调侃道，迟上朝和早退朝就像养猿猴的狙公早上给猴子三个芋头晚上给猴子四个芋头猴子不高兴，后来改为早上给四个芋头晚上给三个芋头，猴子就高兴了，其实是一模一样的，换汤不换药。

　　"无使君劳"有两种解读，有解为写君王的，也有解为写君王夫人庄姜的，钱锺书认为两种解读都可以。

附录：《管锥编—毛诗正义》第二十四则

硕人

（一）《诗》《骚》写美人

　　"手如柔荑，肤如凝脂，领如蝤蛴，齿如瓠犀，螓首蛾眉。巧笑倩兮，美目盼兮"；《传》："螓首，颡（sǎng，额）广而方。"按《鄘风—君子偕老》："扬且之皙也。……子之清扬，扬且之颜也"；《传》："扬，眉上广。……清扬，视清明也；扬且之颜，广扬而颜角丰满。"《郑风—野有蔓草》："清扬婉兮"；《传》："眉目之间，婉然美也。"《齐风—猗嗟》："抑若扬兮"；《传》："抑，美色；扬，广扬。"再三道螓首、扬颜。异域选色，亦尚广颡，如拉丁诗咏美人三十二相、

西班牙旧传美人三十相、亚剌伯古说美人三十六相，无不及之，拉丁文
"supercilia"，尤可为毛传"眉上"之直译。

《楚辞—招魂》："蛾眉曼睩，目腾光些。靡颜腻理，遗视绵些。娭光眇视，
目曾波些"，即《诗》之"凝脂"、"蛾眉"、"美目盼"、"清扬"也。《大招》：
"靥辅奇牙，宜咲嫣只"，即《诗》之"巧笑倩"也。

然卫、鄘、齐风中美人如画像之水墨白描，未渲染丹黄。《郑风·有女同
车》："颜如舜华"，"颜如舜英"，着色矣而又不及其他。

至《楚辞》始于雪肤玉肌而外，解道桃颊樱唇，相为映发，如《招魂》云：
"美人既醉，朱颜酡些"，《大招》云："朱唇皓齿，嫭以姱只。容则秀雅，稚
朱颜些"；宋玉《好色赋》遂云："施粉则太白，施朱则太赤"。色彩烘托，渐
益鲜明，非《诗》所及矣。

（二）"无使君劳"可作两解

"大夫夙退，无使君劳"；《笺》："无使君之劳倦，以君夫人新为配偶。"
按杜甫《收京》："万方频送喜，无乃圣躬劳"，即此"劳"字。胡培翚、陈奂
等皆驳郑笺，谓"君"即指夫人。实则郑说亦通，盖与白居易《长恨歌》："春
宵苦短日高起，从此君王不早朝"，李商隐《富平少侯》："当关不报侵晨客，
新得佳人字莫愁"，貌异心同。新婚而退朝早，与新婚而视朝晚，如狙公朝暮
赋芋，至竟无异也。

钱锺书论"叙事曲折
——'士''女'锺情之异"

《管锥编—毛诗正义》札记第二十五则

《管锥编—毛诗正义》第二十五则《氓》，副标题为《叙事曲折——'士''女'锺情之异》

钱锺书此则讲述了"叙事曲折"和"'士''女'锺情之异"两个问题。

为方便读解，将《氓》诗分章并试译如下：

第一章

氓之蚩蚩，抱布贸丝。匪来贸丝，来即我谋。送子涉淇，至于顿丘。匪我愆期，子无良媒。将子无怒，秋以为期。

译文

愣头小伙他叫氓，怀抱布匹来换丝。其实不是真换丝，借口买卖来泡我。送他渡过淇水西，到了顿丘情依依。不是我要误佳期，你无媒人失礼仪。希望不要再生气，秋天一定嫁给你。

第二章

乘彼垝垣，以望复关。不见复关，泣涕涟涟。既见复关，载笑载言。尔卜尔筮，体无咎言。以尔车来，以我贿迁。

译文

登上那堵破土墙，面朝复关凝神望。复关不见氓身影，心里忧伤泪涟涟。情郎忽从复关来，又说又笑心欢喜。你去卜卦问吉祥，卦象祥和你放心。赶着你的车子来，把我嫁妆往回装。

第三章

桑之未落，其叶沃若。于嗟鸠兮，无食桑葚！于嗟女兮，无与士耽！士之耽兮，犹可说也。女之耽兮，不可说也。

译文

桑树叶子未落时，挂满枝头绿萋萋。那些斑鸠真讨厌，很快桑叶吃精光。告诫年轻姑娘们，别对男人太痴情。男人要是迷恋你，要说放弃并不难。女子若是恋男人，要想摆脱不容易。

第四章

桑之落矣，其黄而陨。自我徂尔，三岁食贫。淇水汤汤，渐车帷裳。女也不爽，士贰其行。士也罔极，二三其德。

译文

桑叶一旦要凋谢，又枯又黄任飘零。自从嫁到你家来，三年挨饿受清贫。淇水滔滔逼我归，车帷溅湿水淋淋。我做妻子没差错，是你变卦缺德行。你的品行太差劲，颠三倒四没准星。

第五章

三岁为妇，靡室劳矣；夙兴夜寐，靡有朝矣。言既遂矣，至于暴矣。兄弟不知，咥其笑矣。静言思之，躬自悼矣。

译文

婚后三年为你妇，繁重家务尽辛勤。早起晚睡不嫌苦，忙里忙外非一朝。你的目的一达到，逐渐对我施凶暴。兄弟不知我处境，个个见我都讥笑。静下心来想一想，独自黯然把泪抛。

第六章

及尔偕老，老使我怨。淇则有岸，隰则有泮。总角之宴，言笑晏晏。信誓旦旦，不思其反。反是不思，亦已焉哉！

译文

白头偕老当年誓，如今未老遭埋怨。淇水滔滔终有岸，沼泽虽宽有尽头。回想往日多欢乐，说说笑笑好开心。当年山盟又海誓，哪料反目竟成仇。面目看清不多想，既已情断就决裂。

【叙事曲折】

钱锺书对《氓》诗总体评价是："按此篇层次分明，工于叙事。"

《氓》诗的层次分明一目了然。

此诗共六章,以弃妇口吻倾诉其婚姻不幸,从恋爱成亲,婚后受虐,到最终发誓与氓一刀两断。

第一章,女子诉说她与氓相识经过。

第二章,女子诉说自己陷入情网,冲破媒妁之言与氓结合。

第三章,由叙事转为议论,发泄一腔悲愤。

第四章,诉说自己遵守妇道,安于贫困,氓却和婚前判若两人,反复无常,对她百般刁难、折磨,迫使其返回娘家。

第五章,诉说自己起早贪黑,忙里忙外,试图换回氓的真情,却事与愿违。氓的占有欲和性欲达成后,就开始对她进行折磨以至家暴。回娘家又遭兄弟耻笑。

第六章,诉说氓本性难改,自己难有出头之日,苦海无边,便发誓与负心人一刀两断。

说《氓》"工于叙事"是指此诗叙事曲折。

钱锺书对《氓》叙事曲折有精辟的阐释:"然文字之妙有波澜,读之只觉是人事之应有曲折。"

"文字之妙有波澜"是说诗人文字水平高超,写得摇曳生姿,跌宕起伏,煞是好看;"读之只觉是人事之应有曲折"是说读起来感觉入情入理,生动逼真,符合生活真实。

现今普遍将弃女的婚姻不幸归结为当时社会的"男尊女卑",归结为氓的虚伪和欺骗,钱锺书认为这一不幸主要源于弃女自身的初恋不慎、不自重。

钱锺书说:"盖以私许始,以被弃终,初不自重,卒被人轻,旁观其事,诚足齿冷,与焦仲卿妻之遭逢姑恶、反躬无咎者不同。"

钱锺书说弃女是"初不自重,卒被人轻"是尊重文本的。尊重文本就是尊重事实,不是主观臆断。

恋爱之初,貌似憨厚的氓抱布贸丝,以交换为由来撩妹。大概此女对氓的长相和外表很中意,氓并无苦追之烦难,此女则迅速坠入情网,每每渡过淇水一直将其送到顿丘。真是一往情深深几许。这么远,女子一人独自返回,不禁令人心疼。

他们的第一次矛盾,是女子没有如约嫁给他。原因明明是氓没有请媒人来提亲,是氓的过错。女子没有追责,氓却因此而发火。女子还反过来陪不是,加以解释：不是我拖延，实在是你没有请媒人来提亲，并慌忙承诺，你不要发火，今秋我一定嫁给你。

女子不管媒妁之言的成规，决定义无反顾地投入氓的怀抱，钱锺书评点"私许，不自重"就是指此。

在等待成亲的这段时间，情况如何呢？

此女的情状是："乘彼垝垣，以望复关。不见复关，泣涕涟涟。既见复关，载笑载言。"——只要有时间，就登上那废弃的土城墙眺望氓过来必经的关卡，不见氓来，就泪如泉下；见到氓来，就有说有笑。天真无邪，一往情深，毫无保留。

氓之情状是："尔卜尔筮，体无咎言。以尔车来，以我贿迁。"——氓占卦求签，确认没有任何不利征兆后，才放心派车来把此女及嫁妆一同搬走。这有多么的迟疑和不放心。

对比之下，女子热情过度，男子怠慢谨慎。

婚后生活如何呢？

"自我徂尔，三岁食贫。淇水汤汤，渐车帷裳。女也不爽，士贰其行。士也罔极，二三其德。"

此女到氓家粗茶淡饭，安于贫穷，小心翼翼，不出任何差错，却遭遇氓的百般刁难和折磨，被迫返回娘家。

"三岁为妇，靡室劳矣；夙兴夜寐，靡有朝矣。言既遂矣，至于暴矣。"

这样又过了三年，起早贪黑，忙里忙外，勤俭持家，希望通过勤劳来换取氓的回心转意，却事与愿违，他的占有欲和性欲达成后，就开始对她折磨以至家暴。

《氓》诗再现了此女的不幸遭遇，也透露了不幸的根源。

在性格上，氓暴躁粗鲁，此女温柔软弱，在行为上，此女从恋爱到婚姻一而再再而三地迁就、忍让，滑入泥潭越陷越深，氓则一步步得寸进尺。

再有，"兄弟不知，咥其笑矣。"即她的不幸遭遇不仅没有得到兄弟的同情和帮助，而且遭到兄弟耻笑，也是自取其咎。想来此女自贬身价，突破媒妁之言，当然也不是父母之命，更不会去征求兄弟的意见，如今出现状况，自讨苦吃，就难怪兄弟嘲笑了。前因后果一切都写得贴近生活。

总之，此女婚姻的不幸不是偶然的。她婚前的私许，不自重，为她婚后被轻视、遭抛弃埋下了伏笔。而她婚后无原则的软弱和忍让，又使不幸一步步加重，最终招致毒打。当然，在苦不堪言且永无宁日之后，她愤然猛醒，发誓和氓一刀两断也在情理之中、事所应该。

"以私许始，以被弃终，初不自重，卒被人轻。"钱锺书先生的这个见解不是凭空杜撰的，而是《氓》诗文本呈现的。读者诸君可以凭自己的生活经验判断，初始不慎并一直维持不平等的两性关系，一味无原则的忍让自然会导致这种不幸的后果，这就是生活的真相。

《氓》诗写得波澜起伏，入情入理，写出了"人事之应有曲折"。

《氓》诗不仅写出了弃女婚姻遭遇的"应有曲折"，而且采用弃妇自述的形式，运用多种表达方式，再现了她倾诉现场的内心活动和情绪变化。

我以为，《氓》是一首叙事诗，是诗人根据弃妇遭遇加工整理的作品，不过是采用弃妇自述的口吻来表达的。这种形式恰如崔永元所教授的"口述历史"。

《氓》诗行文曲折有致，有对比、有中断叙述插入议论，有叙述前先用比兴等，完全再现了此女的情绪起落，是弃妇倾诉现场的"应有曲折"。

例如，《氓》诗第一、第二章是此女自述从恋爱到成亲的经过，到第三章却突然中断了，出现了整章议论。这是因为此女在讲完成亲后讲婚后情况前，突然想到了她的辛酸和苦难，情绪完全失控，难抑一腔悲愤，说不下去了，只好暂停，转为发泄心中的怨气。

再如：《氓》诗第三章、第四章均以桑叶打比方。

第三章

桑之未落，其叶沃若。于嗟鸠兮，无食桑葚！

第四章

桑之落矣，其黄而陨。

桑叶未落时，郁郁青青，象征青春美好。桑之既落，象征人老珠黄，青春不再。她让年轻姑娘们吸取她的教训，不要太情痴。桑叶未落时绿意葱茏，一旦被斑鸠吃光后就惨了，不要让斑鸠吃得太欢。男恋女，好脱身，女恋男，陷泥潭。女子青春不再，只重外表的不德男子就不会捧你了，难免遭抛弃。

弃妇为何总用桑叶做比呢？

看来，采摘桑叶是她的看家本领，她熟悉桑叶，所以在诉苦时能顺手拿来，脱口而出。

又如：《氓》多处提到淇水。

淇水是此女活动的必经之地，太熟悉，犹如家常便饭。所以，她一再提及它，用它打比方。

如"送子涉淇，至于顿丘"，讲述相恋时的依依不舍；"淇水汤汤，渐车帷裳"，诉说被弃后再度涉淇，比喻返回娘家的凄凉；"淇则有岸，隰则有泮"，比喻遭遇婚虐没有出头之日。同是一条淇水，第一、四、六章频频出现，甚至可以设想，第二章"以尔车来，以我贿迁"也是渡过淇水的。这一条淇水，犹如小说家采用的草蛇灰线，几乎贯穿了此女不幸遭遇的全部历程。

这首诗整体采用的是倒叙，就是此女现场说法，面对她的听众尤其是年轻姑娘，从恋爱开始，讲述她的不幸婚姻，其中时而运用对比，时而穿插比兴，时而中断叙述大发感慨，告诫教训，文字波澜起伏并且贴近生活现实，栩栩如生。简直分不清是弃妇口才了得，还是诗人笔法高超。

《氓》诗还有一个特点是"前伏后应"。

钱锺书指出："'子无良媒'而'愆期'，'不见复关'而'泣涕'，皆具无往不复、无垂不缩之致。"

"无垂不缩，无往不收"是宋代大书法家米芾率先提出来的书法运笔法则，钱锺书借此来阐释写作。

"无垂不缩"指写竖画时，笔画末端要"缩"笔，即"回锋"收笔。不仅垂露竖如此，也包括悬针竖。悬针竖虽露锋出笔，但在提笔收锋时，要向上内回，使笔锋虽露而笔力不浮。

"无往不收"指写横画时，在收笔时要向左回锋，使笔画内敛、有力。

可能是为了简略，米芾只说了横竖，实际上包括点、撇、捺、勾等所有笔画都要有起有收。

书法上的这一特点反映在诗文叙事上就是"前伏后应"，比如小说家前面写墙上挂着一杆枪，在后面的章节中一定会用到这杆枪，绝无闲笔。

试想，这首诗如果纯是叙事，平铺直叙，就不会如此精彩。

最后说一下，我为什么说《氓》诗不是诗人写自己，因为诗中有意暴露了女主人公的初不自重。如果诗人就是弃女，她会竭力掩盖。诗人不护短，故意挑明此女初不自重，是为了阐明《氓》诗的意图，就是：告诫未婚的女士们，婚姻大事一定要慎重考察，力求男女平等，不可失察和轻率。因此，我的判断是，《氓》诗不是诗人写自己，诗人不是弃女，他只是采用了弃女自述的形式。

【"士""女"锺情之异】

钱锺书对"士之耽兮,犹可说也;女之耽兮,不可说也"中的"说"字进行训诂,指出"说"字有两种解释。

第一种:辩解开脱

《正义》:将"说"注释为"解"。《笺》、《释文》均将"说"解释成"脱"。

钱锺书说:"解"和"脱",意思相通,就是:辩解开脱。

《正义》曰:"说,解也。士有百行,可以功过相除;至于妇人,无外事,维以贞信为节。"

男士社会事务繁多,在两性问题上名声不好,其他方面优秀,可功过相抵;女子除了家庭,外无别事,贞洁唯一。

《周易》卷论《大过》有:男多借口,女难饰非,恶名之被,苛恕不齐。

在两性问题上名声不好,男士有各种借口,女子则百口莫辩,恶名加身,往往对女子苛刻,对男士宽宥。

以上的引文,可以作为"士之耽兮,犹可说也;女之耽兮,不可说也"诗意的佐证和参考,同是行为不端,男子易开脱,女士难辞咎。

第二种:宽解摆脱

陷入情网而能自拔,犹如鱼鸟能逃脱罗网:

男士为情所困,可以游山玩水,争名夺利,以分散注意力,排遣心结;移情分心以求摆脱,虽难而可为;女子乃闺房窈窕,独居少欢,不能随性外出,恣意游戏,一旦挂念往往是"才下眉头又上心头","剪不断理还乱",郁郁不能自解,即"耽不可说"也。

正如明人院本《投梭记》所说:"常言道:'男子痴,一时迷;女子痴,没药医'。"

亦如古罗马诗篇所载,女子对男士说:"吾与子两情之炽相等,然吾为妇人,则终逊汝丈夫一筹,盖女柔弱,身心不如男之强有力也。"

通言之,男士的心思不是全部耗费在用情上,尚有多余的精力用于其他事项;爱情对男士而言只是生涯中的一段插曲,对女子来说则是生命的全书。

这就是"士耽"与"女耽"的区别所在。(耽:迷恋,沉溺。)

现如今,社会进步,男女平等,"士耽"与"女耽"的区别已成历史。

总之,"士之耽兮,犹可说也;女之耽兮,不可说也"诗句中的"说"字,可解为"辩解开脱",也可解为"宽解摆脱"。辩解开脱是对外人而言的,重在舆论，关乎解释，现如今有"解释就是掩饰"，可以参照；宽解摆脱是对自己而言的，重在内心，关乎行动。

我以为，从《氓》诗内容判断，"说"字解为"宽解摆脱"为好。

附录：《管锥编—毛诗正义》第二十五则

氓

（一）叙事曲折

按此篇层次分明，工于叙事。"子无良媒"而"愆期"，"不见复关"而"泣涕"，皆具无往不复、无垂不缩之致。然文字之妙有波澜，读之只觉是人事之应有曲折；后来如唐人传奇中元稹《会真记》崔莺莺大数张生一节、沈既济《任氏传》中任氏长叹息一节，差堪共语。皆异于故作波折（suspense），滥弄狡狯，徒成"鼓噪"者也（《儿女英雄传》第六回论叙事不肯"直捷痛快，……这可就是说书的一点儿鼓噪"）。"兄弟不知，咥其笑矣"，亦可与《孔雀东南飞》之"阿母大拊掌，不图子自归"比勘。盖以私许始，以被弃终，初不自重，卒被人轻，旁观其事，诚足齿冷，与焦仲卿妻之遭逢姑恶、反躬无咎者不同。阿兄爱妹，视母氏怜女，亦复差减。是以彼见而惊，此闻则笑；"不图"者，意计不及，深惜之也，"不知"者，体会不及，漠置之也。

（二）"士""女"锺情之异

"士之耽兮，犹可说也；女之耽兮，不可说也"；《正义》："说，解也。士有百行，可以功过相除；至于妇人，无外事，维以贞信为节。"按孔疏殊可引申。《硕人》："说于农郊。"《笺》："'说'当作'襚'。……更正衣服"，即所谓脱换。《礼记·文王世子》："武王不说冠带而养。"《释文》谓"说"亦作"脱"。"解"之与"脱"，义可相通。辩解开脱（excuse），一意也，孔氏所言仅此。男多借口，女难饰非，恶名之被，苛恕不齐，参观《周易》卷论《大过》。

宽解摆脱（extlicate），又一意也：纽情缠爱，能自拯拔，犹鱼鸟之出纲罗：夫情之所锺，古之"士"则登山临水，恣其汗漫，争利求名，得以排遣；乱思移爱，事尚匪艰。古之"女"闺房窈窕，不能游目骋怀，薪米丛脞，未足忘情摄志；心乎爱矣，独居深念，思塞产而勿释，魂屏营若有亡，理丝愈纷，解带反结，"耽不可说"，殆亦此之谓欤，明人院本《投梭记》第二〇出："常言道：

'男子痴，一时迷；女子痴，没药医'。"古罗马诗人名篇中女语男曰："吾与子两情之炽相等，然吾为妇人，则终逊汝丈夫一筹，盖女柔弱，身心不如男之强有力也。——意谓男子心力不尽耗于用情，尚绰有余裕，可以傍骛；斯大尔夫人言，爱情于男只是生涯中一段插话，而于女则是生命之全书，拜伦为诗敷陈之。皆即"士耽"与"女耽"之第二义尔。

钱锺书论"诗文之词虚而非伪"

《管锥编—毛诗正义》札记第二十六则

《管锥编—毛诗正义》第二十六则《河广》,副标题为《诗文之词虚而非伪》。

【《河广》之虚言】

《诗经—河广》:

谁谓河广? 一苇杭之。谁谓宋远? 跂予望之。

谁谓河广? 曾不容刀。谁谓宋远? 曾不崇朝。

相传这是春秋时代客居卫国的宋人表达急于还乡的抒情之作。

说滔滔黄河,一条芦苇般的小船就可以渡过去;说隔着黄河,相距遥远的卫国和宋国,跂跂脚就可望见。

说滔滔黄河,容不下像小刀一样的船只;说隔着黄河,相距遥远的卫国和宋国,一个早晨就能到达。

此乃虚言也,虚言就是夸张。

汉高祖说:"黄河如带",陆机说:"巨海犹萦带",隋文帝称长江为"衣带水"。

《郑风—蹇裳》说,亲,你要是想我,就提着衣襟渡过溱水、洧水来找我。溱水、洧水乃大河也,仿佛可跨步涉水而过。

西洋诗:情人赴幽会,海峡可泅水而过,不惜跳入滚滚洪流。

以上均为虚言,均是夸张,与《河广》有异曲同工之妙。

【虚言岂可稽】

诗人往往是梦想家,喜欢做梦,也喜欢造梦,还喜欢说梦,情感异于常人,想象力奇诡，因了他们的创造，我们可以突破尘世的寡味和烦闷，获得生活的无限趣味。

然而，对诗人的夸大其辞不能太当真。

比如，《卫风—河广》说黄河不宽，《周南—汉广》说汉水宽广。

如果有人根据《河广》和《汉广》诗去考订黄河和汉水的地理位置，实地丈量二者的宽度，来证明汉水比黄河要宽广，就是痴人。

有个成语叫"痴人说梦"，它的原意是：向痴人说梦而痴人相信。

钱锺书诙谐地说，向这些痴人谈诗，就是向他们说梦，他们会信以为真的。可惜，如果劝他们不要读诗，恐怕他们也未必听从。

唐诗中可见"斗酒十千"，也可见"斗酒三百"，如果大家聚在一起讨论，唐朝斗酒到底多少钱，为何诗人说法不一？是酒价变动，还是酒品优劣不同，是酒家视情涨跌，还是买家出手有别，那也是痴人之举。

对一模一样的酒，好显摆的人会夸口"斗酒十千"，想哭穷的人则会说"斗酒三百"；或许，是诗人根据抒情之需，随手写下的。"斗酒三百"和"斗酒十千"应该都不是当时的实价。

何曾想，河之宽窄、酒之贵贱这些"吟风弄月之语"却被一些痴人拿来做"捕风捞月之用。"

殊不知，虚言不可稽核，也无需稽核，见诗文中有虚言而去稽核者，皆痴人也。

【虚言探讨之简史】

最先是杨慎说，数有"虚"。

据传《三国演义》开篇"滚滚长江东逝水"，就是杨慎写的。

《公羊传》记葵邱之会曰："（齐）桓公震而矜之叛者九国"。说的是春秋时期的故事。

公元前 655 年，周王室内讧，齐桓公联合诸侯保住了太子郑的地位。不久，又拥立太子郑为王，即周襄王。

公元前 651 年，齐桓公召集诸侯在葵丘会盟，周襄王派代表参加，对齐桓公极力表彰。这是齐桓公多次召集诸侯会盟中最盛大的一次，标志着齐桓公的霸业达到顶峰。这之后，齐桓公的尾巴就翘起来了，他试图仿效夏、商、周三代，封泰山祭天地，废黜周天子取而代之，被管仲劝止。一些国家见其日益矜高骄纵，就纷纷叛离。

后来人们研究，《公羊传》说的这九国究竟是哪几个国家，始终弄不明白。

杨慎说，"古人言数之多止于九"，所以"九国"谓叛者多，并非实为九国。

哦！人们豁然开窍，原来九是虚数，深究是没有结果的。

后来，人们开始注意到，不仅数有"虚"，言也有"虚"。

汪中论词有婉曲和形容，章学诚随后，谈到古今语、雅俗语都有虚，刘师培更是"量沙擢发、海滴山斤"，将古籍中"虚言"搜罗尽举，唯恐遗漏。

第一个对"虚"言问题做理论阐述的是孟子。

钱锺书特别强调："窃谓始发厥旨，当推孟子。"（孟子的理论后面讨论。）

以上是"虚言"探讨之简史。

【文词之"虚而非伪"】

钱锺书首先提出了孟子的理论。

孟子《万章》论《诗》曰：

"故说《诗》者不以文害辞，不以辞害志；以意逆志，是为得之。"

后世一直把孟子这段话奉为研究文学的重要理论而广泛运用。

迄今，我见到的文献均将"文"解释为字词，将"辞"解释为句子。把孟子的话翻译成：所以解说诗的人，不要拘于文字而误解词句，也不要拘于词句而误解诗人的本意。读者要通过自己的思考去推测诗人的本意，这样才能真正读懂诗。

我以为，把"文"解为字词，把"辞"解为句子，把"文""辞"关系看作字词和句子的关系未必准确；如果把"辞"解为语言（包括词、句子和段落），把"文"解释成是对"辞"的修饰，可能更为恰当。

我以为，刘勰把未经修饰的语言称作"质"，把经过修饰的语言称为"文"，较为清楚明白，可以作为孟子这段话的参照。刘勰的"质"等于孟子的"辞"。

刘勰提出了"文附质"、"质待文"的观点，要求"文不灭质"，文质统一，文质彬彬。文质不符，修饰不当，就是"以文害辞"。

一个人的想法，在心为志，写在纸上为辞；对辞加以修饰才为文。

"故说《诗》者不以文害辞，不以辞害志"这一句可以译成：解说《诗经》的人，不要因为修饰损害对语言的理解，也不要因为语言损害对作者心志的理解。而"以意逆志，是为得之。"这一句仍然可以译为：读者要通过自己的思考去推测诗人的本意，这样才能真正读懂诗。

至此，我们已经比较清楚了。

诗人写诗是先有"志"（思想感情），然后把它写下来（孟子称为"辞"、刘勰称为"质"），最后，对写下来的东西进行修饰，就是"文"。反过来，读者对诗的鉴赏和解读，是从诗（辞、文）逆推诗人的真意（志）。孟子提醒解诗不可"以文害辞"、"以辞害志"。

那么，"虚言"（夸张）作为一种修饰，是否会"害辞"以至"害义"呢？

回答是：非也！

《文心雕龙—夸饰》云："文辞所被，夸饰恒存。……辞虽已甚，其义无害也"

刘勰说，文辞所在，夸张和修饰总是不可避免的。……文辞尽管夸张，但并不会妨害作者思想感情的表达。

钱锺书同意刘勰的见解。他说，刘勰是正确的；然而，刘勰没有说明原因。

于是，钱锺书就自己来说明。

钱锺书说：

"盖文词有虚而非伪，诚而不实者。语之虚实与语之诚伪，相连而不相等，一而二焉。是以文而无害，夸或非诬。"

"文词有虚而非伪"，就是文词有夸张（修饰），然夸张（修饰）并不是虚伪；"诚而不实"，就是作者有真情实感，但文词往往虚而不实。

一段语言文字，往往感情是真挚的，文词却是夸张的，身兼二职，并行不悖，这就是钱锺书所谓"一而二"，就像同一件商品同时具有使用价值和交换价值一样。

钱锺书如下的一段话尤为重要："诚伪系乎旨，征夫言者之心意，孟子所谓'志'也；虚实系乎指，验夫所言之事物，墨《经》所谓'合'也。所指失真，故不'信'；其旨非欺，故无'害'。"

文词之"诚"、"伪"，在于诗人的宗旨和初衷，就是孟子所说的"志"、心志，心诚则写出来的东西自然诚恳，心不诚写出的东西自然虚假；文词之"虚"、"实"，写得东西要和实际相对照，与实际相符为实，不符为虚。

总之，要把文词之"诚"、"伪"和文词之"虚"、"实"区分开来。文词之"诚"、"伪"是诗人的内心，文词之"虚"、"实"是表达内心的手段，实言可以表达真诚，虚言也可以表达真诚，虚言可能比实言表达得更好。

举个例子吧。

李白诗："白发三千丈，缘愁似个长"。李清照词："只恐双溪舴艋舟，载不动许多愁。"这些文词是夸张的，与实际悬殊，是虚言，头发不可能那么长，愁不是实物，不可能用舟载，但用这些虚言来表达惆怅的感情，是无比诚恳、无比深重、无比沉痛的。

虚言就是修饰。文学是免不了要修饰，要形容，要用虚言的。可以说，用虚言表达诚心，正是文学的特质。与此不同，必须用实言，那是科学的品格。

这就是钱锺书"诗文之词虚而非伪"的内涵和道理。文词有虚夸，却并不虚伪，因为心诚也；文词有诚恳，却与实不符，因为夸张也。

【虚言之佳例】

最后一段，钱锺书列举了一些经典例证，一再申言不可把"虚言"当真，亦不可认"虚言"为非诚。

兹录几例，以资欣赏：

1. "高文何绮，好句如珠，现梦裹之悲欢，幻空中之楼阁，镜内映花，灯边生影。"——这些都是"虚言"，但并不是"伪言"，只是与实际不符，并不是心不诚。

2. "若夫辨河汉广狭，考李杜酒价，诸如此类，无关腹笥，以不可执为可稽，又不思之过焉。"——辩论黄河和汉水的广狭，稽核唐朝的酒价，等等，这无关学问多寡，把虚拟的东西当做实在的东西来考察，是没长脑子。

3. "潘岳《闲居赋》自夸园中果树云：'张公大谷之梨，梁侯乌椑之柿，周文弱枝之枣，房陵朱仲之李，靡不毕殖'；"
   "《红楼梦》第五回写秦氏房中陈设，有武则天曾照之宝镜、安禄山尝掷之木瓜、经西施浣之纱衾、被红娘抱之鸳枕等等。"——潘岳、曹雪芹所写一是散文，一是小说，均为"虚言"，均是文学描写，并非实情，如果去一一稽核，就是痴人信梦。

结尾，钱锺书一言以蔽之："顾尽信书，固不如无书，而尽不信书，则又如无书，各堕一边；不尽信书，斯为中道尔。"钱锺书最后宕开一句，教导我们如何对待书本，如何对待"虚言"，可为箴言。

附录：《管锥编—毛诗正义》第二十六则

河广·诗文之词虚而非伪

"谁谓河广，曾不容刀"：《笺》："小船曰刀，作'舠'，亦作'〔舟周〕'。"按解为刀、剑之刀，亦无不可；正如首章"一苇杭之"，《传》："杭、渡也"，《笺》："一苇加之，则可以渡之"，亦极言河狭，一苇堪为津梁也。汉高祖封功臣誓曰："黄河如带"，陆机赠顾书诗曰："巨海犹萦带"，隋文帝称长江曰"衣带水"，事无二致。"跂予望之"谓望而可见，正言近耳。《卫风—河广》言河之不广，《周南—汉广》言汉之广而"不可泳思"。虽曰河、汉广狭之异乎，无乃示愿欲强弱之殊耶？盖人有心则事无难，情思深切则视河水清浅；歧以望宋，觉洋洋者若不能容刀、可以苇杭。此如《郑风—褰裳》中"子惠思我"，则溱、洧可"褰裳"而"涉"，西洋诗中情人赴幽期，则海峡可泳而度，不惜跃入层波怒浪。《唐棣》之诗曰："岂不尔思，室是远而。"《论语—子罕》记孔子论之曰："未之思也，夫何远之有？"亦如唐太宗《圣教序》所谓"诚重劳轻，求深显达"而已。苟有人焉，据诗语以考订方舆，丈量幅面，益举汉广于河之证，则痴人耳，不可向之说梦者也。不可与说梦者，亦不足与言诗，惜乎不能劝其毋读诗也。唐诗中示豪而撒漫挥金则曰"斗酒十千"，示贫而悉索倾囊则曰"斗酒三百"，说者聚辩（参观王观国《学林》卷八、王楙《野客丛书》卷二、赵与时《宾退录》卷三、俞德邻《佩韦斋辑闻》卷一、史绳祖《学斋佔哗》卷二、周婴《卮林》卷三、王夫之《船山遗书》卷六三《夕堂永日绪论》内编），一若从而能考价之涨落、酒之美恶，特尚未推究酒家胡之上下其手或于沽者之有所厚薄耳，吟风弄月之语，尽供捕风捞月之用。杨慎以还，学者习闻数有虚、实之辨（杨有仁编《太史升庵全集》卷四三论《公羊传》记葵邱之会），而未触类圆览。夫此特修词之一端尔；述事抒情，是处皆有"实可稽"与"虚不可执"者，岂止数乎，汪中论数，兼及词之"曲"与"形容"（《述学》内篇一《释三九》中），章学诚踵而通古今语、雅俗语之邮（《文史通义》外篇一《〈述学〉驳文》），已窥端倪。后来刘师培（《左盦集》卷八《古籍多虚数说》）则囿于量沙擿发、海滴山斤，知博征之多多益善，而不解傍通之头头是道，识力下汪、章数等矣。窃谓始发厥旨，当推孟子。《万章》说《诗》曰："不以文害辞，不以辞害志。……如以辞而已矣，《云汉》之诗曰：'周余黎民，靡有孑遗'；信斯言也，是周无遗民也，"；《尽心》论《书》曰："尽信《书》则不如无《书》，吾于《武成》，取二三策而已矣。仁人无敌于天下，以至仁伐不仁，而何其血之流杵也。"《论衡》之《语增》、《艺增》、《儒增》，《史通》之《暗惑》等，毛举栉比，衍孟之绪言，而未申孟之蕴理。《文心雕龙—夸饰》云："文辞所被，夸饰恒存。……辞虽已甚，其义无害也"，亦不道何以故。皆于孟子"志"、"辞"之义，概乎未究。盖文词有虚而非伪，诚而不实者。语之虚实与语之诚伪，相连而不相等，一而二焉。是以文而无害，夸或非诬。《礼记—表记》："子曰：'情欲信，词欲巧'；亦见"巧"不妨"信"。诚伪系乎旨，征夫言者之心意，孟子所谓"志"也；虚实系乎指，验夫所言之事物，墨《经》所谓"合"也。所指失真，故不"信"；其旨非欺，故无"害"。言者初无诬罔之"志"，而造作不可"信"之"辞"；吾闻而"尽信"焉，入言者于诬罔之罪，抑吾闻而有疑焉、斤斤辩焉，责言者蓄诬罔之心，皆"以辞害志"也。高文何绮，好句如珠，现梦里之悲欢，幻空中之楼阁，镜内映花，灯边生影，言之虚者也，非言之伪者也，叩之物而不实者也，非本之心之不诚者也。《红楼梦》第一回大书特书曰"假语村言"，岂可同之于"诳语村言"哉？《史记—商君列传》商君答赵良曰："语有之矣：貌言，华也：至言，实也"：设以"貌言"、"华言"代"虚言"、"假言"，或稍减误会。以华语为实语而"尽信"之，即以辞害意，或出于不学，而多出于不思。《颜氏家训—勉学》记《三辅决录》载殿柱题词用成语，有人误以为真有一张姓京兆，又《汉书—王莽传—赞》用成语，有人误以为莽面色紫而发声如蛙。《资治通鉴—唐纪》六三会昌三年正月"乌介可汗走保黑车子族"句下，《考异》驳《旧唐书》误以李德裕《纪圣功碑》中用西汉故典为唐代实事；《后周纪》一广顺元年四月"郑珙卒于契丹"句下，《考异》驳《九国志》误以王保衡《晋阳闻见录》中用三国故典为五代实事。皆泥华词为质言，视运典为纪事，认虚成实，盖不学之失也。若夫辨河汉广狭，考李杜酒价，诸如此类，无关腹笥，以不可执为可稽，又不思之过焉。潘岳《闲居赋》自夸园中果树云："张公大谷之梨，梁侯乌椑之柿，周文弱枝之枣，房陵朱仲之李，靡不毕殖"；《红楼梦》第五回写秦氏房中陈设，有武则天曾照之宝镜、安禄山尝掷之木瓜、经西施浣之纱衾、被红娘抱之鸳枕等等。倘据此以为作者乃言古植至晋而移、古物入清犹用，叹有神助，或斥其鬼话，则犹"丞相非在梦中，君自在梦中"耳。《关尹子—八簿》："知物之伪者，不必去物：譬如见土牛木马，虽情存牛马之名，而心忘牛马之名。"可以触类而长，通之于言之"伪"者。亚理士多德首言诗文语句非同逻辑命题（proposition），无所谓真伪（neither has truth nor falsity）；锡德尼（Philip Sidney）谓诗人不确语，故亦不诳语（he nothing affirms, and therefore neverlieth）；勃鲁诺（Bruno）谓读诗宜别"权语"（detto per metafora）与"实语"（detto per vero）；维果亦谓"诗歌之真"非即"事物之实"；今人又定名为"羌无实指之假充陈述"。

〔增订四〕当世波兰文论宗匠谓文学作品中无"真实断语"，只有"貌似断语"。一美国学人亦言文学作品中皆"貌似语言动作"（quasi-speechacts——Richard Ohmann: "Speech Acts and the Definition of Literature"）。即原引所谓"不确语"、"权语"、"假充陈述"也。

孟子含而未申之意，遂尔昭然。顾尽信书，固不如无书，而尽不信书，则又如无书，各堕一边；不尽信书，斯为中道尔。

钱锺书论"《伯兮》二章三章之遗意
——心愁而致头痛"

《管锥编—毛诗正义》札记第二十七则

《管锥编—毛诗正义》第二十七则《伯兮》，副标题为《〈伯兮〉二章三章之遗意——心愁而致头痛》。

伯兮

伯兮朅兮，邦之桀兮。伯也执殳，为王前驱。

自伯之东，首如飞蓬。岂无膏沐？谁适为容！

其雨其雨，杲杲出日。愿言思伯，甘心首疾。

焉得谖草？言树之背。愿言思伯。使我心痗。

伯乃一国豪杰，英雄伟岸，一表人才。手持长矛，充当君王的先锋，多么荣耀。

一个女子用自豪的口吻赞美她的丈夫"伯"，叙述丈夫出征以后对他的刻骨铭心的思念和生死相依的至情。

【《伯兮》二章三章之遗意】

《伯兮》一共四章。

钱锺书此节论述《伯兮》第二章、第三章之遗意一再为后世诗人所沿用，指明文学传承之脉络。

〔《伯兮》第二章之遗意〕

"自伯之东，首如飞蓬。岂无膏沐？谁适为容！"

思妇说，自从丈夫东征后，我的头发乱如飞蓬，再也无心梳理，难道没有发液和脂粉，如今为谁去装扮呢！

《伯兮》第二章的遗意可以概括为一句话：女为悦已者容。

岁月悠悠，沧海桑田。多年以后，这位名"伯"的夫妇早已命归西天。但是，《伯兮》第二章的遗意犹存。

700多年后，汉末三国时期的诗人徐干创作的一组代言体的诗叫《室思》。这组诗写的是妻子对离家丈夫的思念。全诗分六章，就日常所见、所感、所思，多角度讲述了思妇对丈夫的盼望、失望和期待。

《室思》第三章有诗句："自君之出矣，明镜暗不治。"

意思是：自从丈夫走后，梳妆镜已蒙上了厚厚的灰尘，再也无心擦拭。

《室思》这句的意思和《伯兮》第二章的意思是一样的，丈夫不在自己的身边，就再也无心去梳妆打扮了。

又过了500多年，唐朝的杜甫遭逢"安史之乱"，写下了著名的"三吏三别"。

杜甫《新婚别》也是代言体诗，其中有："罗襦不复施，对君洗红妆。"

又是新婚，又是即将分离，新娘对从军的丈夫表示，从现在起我就把婚衣脱掉，再当面洗掉脂粉，一心一意等着你！好让他安心上战场，真是体贴入微，真情似海。

700多年又500多年，《伯兮》的遗意却一再被沿用。

〔《伯兮》第三章之遗意〕

第三章，"其雨其雨，杲杲出日。愿言思伯，甘心首疾。"

钱锺书只引了"愿言思伯，甘心首疾。"因为此句前的8个字是比兴，用天之阴雨绵绵，难见日出，喻盼君不归。

"愿言思伯，甘心首疾。"——长久的思念使我患上了头痛病，我也心甘情愿，无怨无悔。

王国维说，柳永《凤栖梧》："衣带渐宽终不悔，为伊消得人憔悴。"就是袭用《伯兮》此章的遗意。（柳永是北宋词人，婉约派创始人物）。

钱锺书对王国维的断语表示赞同。钱锺书还补充西诗名句："为情甘憔悴，为情甘苦辛。"和朱敦儒《鹊桥仙》："爱他风雪忍他寒。"（因为喜欢冬季的雪花而甘受寒冷）

柳永和朱敦儒均为宋代人，更在唐代杜甫之后，也屡屡沿用《伯兮》之遗意。

为什么《伯兮》二章三章之遗意，一再被后世沿用。

《伯兮》之遗意，700 年后，1200 年后在文学作品中一再被沿用，这绝不是偶然的。

"女为悦己者容""衣带渐宽终不悔，为伊消得人憔悴。"是体现女性真爱的永恒标志和证明。

妻子爱丈夫就会千方百计装扮并展示自己的美以取悦对方，就会视夫君为自己的唯一，是自己的全世界。

而丈夫一旦出征，妻子便再也无心装扮了。因为美的展现是为了美的欣赏。美的欣赏者一旦缺位，美的展现就立刻失去了任何意义。

妻子爱丈夫就会矢志不移地守候，日夜思念，日夜期盼，身心憔悴而心甘情愿。

春秋时期如此，春秋之后 700 年、1200 年也依然如此，只要有人类存在，今后这种情况仍然会发生。

《伯兮》二章三章之遗意，代表了妻子对夫君的真爱，是世间最美好的感情，这种美好的感情历千年而不变，是永恒的。

人性中永恒的东西必然会被文学创作抓住并反映，成为文学艺术的永恒话题。

【心愁而致头痛】

钱锺书首先援引《孟子·梁惠王》："举疾首蹙额。"赵歧注："疾首，头痛也，蹙额、愁貌。"指出《伯兮》之"首疾"就是头痛，也即现今之"伤脑筋"。

古人常常心脑难分。

文廷式说心脑互通，相辅相成，《说文》'思'字从'囟'从'心'，就是这个道理。

《黄庭经》说，脑是思维之元，即发源地。

以下是钱锺书的观点：

窃谓诗言相"思"以至"首疾"，则亦已体验"心之官"系于头脑。诗人感觉虽及而学士知虑未至，故文词早道"首"，而义理只言心。

译文：我以为《伯兮》说相思致使头痛，已经体会到思考问题的器官是头脑。诗人感觉到了的东西而学者却没有认识到，诗歌在春秋时期就说思维用脑，而后代学者在阐述义理的时候却还说思维用心。

附录：《管锥编—毛诗正义》第二十七则

伯兮

（一）《伯兮》二章三章之遗意

"自伯之东，首如飞蓬，岂无膏沐，谁适为容？"按犹徐干《室思》："自君之出矣，明镜暗不治。"或杜甫《新婚别》："罗襦不复施，对君洗红妆。"

"愿言思伯，甘心首疾。"按王国维论柳永《凤栖梧》："衣带渐宽终不悔，为伊消得人憔悴。"以为即《伯兮》此章之遗意（《静庵文集》续编《古雅之在美学上之地位》），是也。西诗名句所谓："为情甘憔悴，为情甘苦辛。"朱敦儒《鹊桥仙》："爱他风雪忍他寒。"风物流连正犹风怀牵缠矣。

（二）心愁而致头痛

《孟子·梁惠王》："举疾首蹙额。"赵歧注："疾首，头痛也，蹙额、愁貌。"可与此诗之"首疾"相参。今俗语有曰"伤脑筋"，西语复称事之萦心撄虑者曰"头痛"或"当头棒"，均此意。文廷式《纯常子枝语》卷一一："脑与心二说宜互相备，《说文》'思'字从'囟'从'心'，是其义。"又卷三三："《黄庭经》：'脑神觉元字道都'，此言脑为知觉之元也"（参观周星诒《窳櫎日记钞》卷下、谭嗣同《南学会讲义》第八次）。窃谓诗言相"思"以至"首疾"，则亦已体验"心之官"系于头脑。诗人感觉虽及而学士知虑未至，故文词早道"首"，而义理只言心。俞正燮《癸巳类稿》卷一四《书〈人身图说〉后》谓西洋人身构造与中国人异，其脏腑经络不全，"知觉以脑不以心"；既未近察诸身，而亦不如文氏之善读书矣。

钱锺书论"投赠与答报"

《管锥编—毛诗正义》札记第二十八则

　　《管锥编—毛诗正义》第二十八则《木瓜》，副标题为《投赠与答报》。

　　钱锺书将《木瓜》和《大雅—抑》对比：

　　《大雅—抑》有言："投我以桃，报之以李。"——"投桃报李"，施与和回报相等。

　　《木瓜》有言："投我以木瓜，报之以琼琚；匪报也，永以为好也。"——"投瓜报玉"，施薄而报厚。

　　《木瓜》是代言诗，诗人用第一人称说，你赠我以木瓜，我答报你美玉，并不是答谢你，而是要和你永结同心。

　　《木瓜》的"投赠和答报"远远超出了礼尚往来的尺度，因此，朱熹断言，此为爱情诗。

　　但这不是钱锺书此则阐述的重点。

　　钱锺书此则讲述"投赠与答报"是自古以来的人情世故。

　　钱锺书说，按社会学家的考证，初民的礼俗，赠送是一定希望对方答谢的。古人礼尚往来而计较多寡，一般回报肯定比赠送要丰厚一些，称作"投贻"，实际等同于交换，做生意。

　　我国先民"投赠"而求"答报"犹如美洲土著语把馈赠称之为（Potlatch）。钱锺书把这一土著语（Potlatch）戏译为"不得落节"，因其和唐代的谚语"不得落节"音近。

　　解释一下：落节在唐代的意思是不搭配、不协调的意思，"不得落节"，就是"答报"之礼品不得比"投赠"之礼品差。

钱锺书举唐谚"买褚得薛不落节"作为"不得落节"一词之印证。

褚指的是唐代书法家褚遂良（公元 596 年～659 年），字登善，唐朝政治家、书法家，工书法，初学虞世南，后取法王羲之，传世作品有《雁塔圣教序》《倪宽赞》《孟法师碑》等。褚遂良书法汲取众家之长，刚柔并济，清朗秀劲，力和美、骨与韵趋于一体。

薛指的是薛稷（公元 649～713），比褚遂良小 53 岁，为隋代著名文学家薛道衡的孙子，唐太宗名臣魏徵的外孙，自幼喜爱书法。薛稷从魏徵处借得虞、褚书法后，通过精勤的临习，书法锐进，尤得褚遂良之笔法精髓。董通《广川书跋》卷七评曰："薛稷于书，得欧、虞、褚、陆（陆柬之）遗墨至备，故于法可据。然其师承血脉，则于褚为近。"因此，在唐中宗、睿宗之时便流传有"买褚得薛不落节"之说。

"买褚得薛不落节"的意思是，购买褚遂良书法而能得到薛稷的临摹作品，就不吃亏，因为薛稷之于褚遂良是青出于蓝而胜于蓝。

钱锺书说，后世经济发展了，馈赠索求回报之心逾炽，总希望回报物品比所赠物品贵重丰富，送礼可以获利。

不仅人事交际如此，和鬼神打交道也如此。

《史记—滑稽列传》说，淳于髡笑种田人仅仅拿一只猪蹄一盅酒去祭祀，祈祷鬼神保佑获得大丰收，也是以少贪多。

张尔歧《济阳释迦院重修记》讥讽所谓"功德"实际在借佛法作交易：怀着强烈的愿望，祈求福佑，当他施舍时，纯粹想着报偿，就像拿东西给别人，左手给予而右手索取，希图以一换十。

钱锺书最后说：

"以《木瓜》之篇，合《史记—货殖列传》载白圭语：'以取予'，于古来所谓'交际'、'人事'，思过半矣。"

白圭，司马迁在《史记—货殖列传》记述了他的事迹。所谓"以取予"就是他总结的一套经商致富的原则，即根据星象、市场等信息对来年丰收还是歉收做出预判，果断采取"人弃我取，人取我与"的商事策略。白圭根据自己的商事策略积累了大笔财富，被奉为中华商祖。李嘉诚炒房产、巴菲特炒股票岂不是"人弃我取，人取我与"，供求关系是当下的，但对未来供求关系的判断、对现实交易的抉择却是需要知识、经验、远见的，也需要定力和魄力。

钱锺书指出，把《木瓜》诗所昭示的人际交往总希望"小往而大来"的心理和白圭"人弃我取,人取我与"的商事策略结合起来看,对自古以来世俗社会的人情世故和生意交换的情形,就了解过半了。

人际交往以利益衡量为其内核,商业交换也是以利益衡量为其内核。钱锺书在众多史料中选取这两个方面来考量世俗社会的经济生活,是否深刻、准确,请读者诸君根据自己的生活经历去判断。我想说的是,钱锺书不仅对政治有见解,对经济也有见解,有些人把钱锺书认作是只会在故纸堆里讨生活的学究,是浅薄的。

附录:《管锥编—毛诗正义》第二十八则

木瓜·投掷与答报

"投我以木瓜,报之以琼琚;匪报也,永以为好也。"《传》:"琼、玉之美者,琚,佩玉名。"按《大雅·抑》:"投我以桃,报之以李。"报与施相等也。此则施薄而报厚;王观国《学林》卷一说"木瓜"云:"乃以木为瓜、为桃、为李,俗谓之'假果'者,亦犹画饼土饭。……投我之物虽薄,而我报之实厚。"作诗者申言非报先施,乃缔永好,殆自解赠与答之不相称欤?颇足以征人情世故。群学家考论初民礼俗,谓赠者必望受者答酬,与物乃所以取物,尚往来而较锱铢,且小往而责大来,号曰投贻,实交易贸迁之一道,事同货殖,即以美洲土著语名之(Potlatch)。余戏本唐谚(《述书赋》、《书断》引语:"买褚得薛,不落节。"敦煌《李陵变文》:"其时匈奴落节,输汉便宜。")双关音义,译此名为"不得落节"。后进文胜之世,馈遗常责报偿,且每望其溢量逾值,送礼大可生利。不特人事交际为然,祭赛鬼神,心同此理;《史记·滑稽列传》淳于髡笑禳田者仅操豚蹄盂酒曰:"所持者狭,而所欲者奢。"是其例也。张尔歧《蒿庵文集》卷三《济阳释迦院重修记》讥"与佛法为市"之"功德"云:"希冀念炽,悬意遥祈,当其舍时,纯作取想,如持物予人,左予而右索,予一而索十。"虽仅嗤市道之"功德",而不啻并状"不得落节"。以《木瓜》之篇,合《史记·货殖列传》载白圭语:"以取予",于古来所谓"交际"、"人事",思过半矣。

钱锺书论"暝色起愁"

《管锥编—毛诗正义》札记第二十九则

《管锥编—毛诗正义》第二十九则《君子于役》，副标题为《暝色起愁》。

"鸡栖于埘，日之夕矣，牛羊下来；君子于役，如之何勿思？鸡栖于桀，牛羊下括；君子于役，苟无饥渴。"

以上是钱锺书对《诗经—君子于役》一诗的节录。(《君子于役》全诗如下：君子于役，不知其期。曷至哉？鸡栖于埘。日之夕矣，羊牛下来。君子于役，如之何勿思！君子于役，不日不月。曷其有佸？鸡栖于桀。日之夕矣，羊牛下括。君子于役，苟无饥渴？) 我猜想，这原来就是钱锺书读书时的摘录，他写《管锥编》时直接抄下来的，所以和《诗经—君子于役》原文不同。

钱锺书此则谈了两个问题，一个是关于《君子于役》的诗旨，另一个是关于《君子于役》的闺怨黄昏意象（暝色起愁）及其源流。

【诗旨辨正】

关于《君子于役》的诗旨，钱锺书主要提出顾炎武的误解加以讨论，指出了其误解的原因，提出了正解，说明了辨正的理由。

《君子于役》诗见上。那么，《君子于役》的诗旨是什么呢？

钱锺书首先抬出了顾炎武的见解：

"按《日知录》卷三论此诗，谓古之'君子以向晦入宴息'，日夕是'当归之时'，是以'无卜夜之宾，有宵行之禁'，及夫德衰邪作，长夜之饮，昏夜之乞，'晦明节乱矣'。"

《日知录》是顾炎武的著作，他在这本书中论此诗说，古时候"君子日落时就回家吃饭睡觉"，日落是当归之时，夜间没有宾客往来，路上实行宵禁，后来，人们道德下滑，日落不归，喝酒寻欢，偷鸡摸狗，昼夜颠倒。意谓《君子于役》是思妇怨夫日落不归。

这是顾炎武对《君子于役》诗旨的看法。

钱锺书对此持否定态度。

钱锺书指出，君子在外服役，有多种可能，不止一端。

有士卒戍边远征者：击鼓南行，零雨西悲；

有使臣奔走王事者：六辔驰驱，四牡騑騑；

有马夫随军劳顿者：王事靡盬，仆夫况瘁。

凡此种种，都不可能如种田农夫那样，天天早出晚归，但是也经常昼动夜息。

问题是，顾炎武为何置种种可能于不顾，偏偏认定君子是能归不归并由此认为《君子于役》的诗旨是讥刺时风日下，道德沦丧呢？

对此，钱锺书结合顾炎武的生平思想和学识，以敏锐的眼光，判断他是"意有所讽，借题发策"，以至于不怕别人误会他论诗差池。

钱锺书判断，顾炎武意在针砭时事，故借题发挥，借古讽今，指桑骂槐。

钱锺书指出："顾氏欲讥锺鸣漏尽而不知止之人，遂将此诗专说成日暮不归，置远役未归于度外。"

钱锺书说，《君子于役》明明写的是征夫远役未归，顾炎武却说是为官之人日暮能归不归，以至妻子"盼待君子'自公退舍'"，就是为了讥讽那些鸡鸣狗盗之徒。换言之，顾炎武为了讥刺当时社会风气腐败而不惜去借题发挥，造成对《君子于役》诗旨的误解。

因此，钱锺书对顾炎武有关《君子于役》诗旨的欠妥之论多示体谅："顾氏之言，诚为迂拘；谅其忧时愤世之志，毋以词害可矣。"反过来劝读者不要因为顾炎武解诗不确而看不到顾炎武的济世之志，足见钱锺书先生仁人之心。

那么，《君子于役》诗旨的正解是什么呢？

钱锺书认为，《采薇》有"行道迟迟，载饥载渴"是妻子思念远戍丈夫的忧虑之辞，《君子于役》之"苟无饥渴"与其意思相近，说明《君子于役》就是写妻子对远役丈夫的思念之情。

此乃《君子于役》的诗旨。

《毛诗序》云："君子行役无期度，大夫思其危难以风焉。"清方玉润《诗经原始》曰："妇人思夫远行无定也。"

以上在妻子思念远役丈夫诗旨之上，特别强调因不知丈夫归期（"无期度"、"无定"）造成的惶恐不安。

《毛诗序》和方玉润《诗经原始》的说法和钱锺书的意见基本是一致的，《君子于役》中的君子是远役之人，绝不是顾炎武所言的能归不归之人。

【暝色起愁】

许瑶光用七言绝句的形式来解说《君子于役》这首诗。

许瑶光《雪门诗钞》卷一《再读〈诗经〉四十二首》第十四首云："鸡栖于桀下牛羊，饥渴萦怀对夕阳。已启唐人闺怨句，最难消遣是昏黄。"钱锺书说许瑶光的这一论诗绝句"大是解人"。

我以为，"最难消遣是昏黄"就是钱锺书此则的副题"暝色起愁"。这是《君子于役》这首诗的闺怨意象。

想《君子于役》所写，夕阳西下之时，鸡儿、羊儿、牛儿纷纷归圈，一派田园之景，温静如画。往日的此时，夫君该已回家了，现时却不见踪影，思妇形单影只，怎不令她触景生情？"饥渴萦怀"即"君子于役，苟无饥渴"，说思妇惦记着远方夫君是否饥渴，最是体贴深情。对思妇而言，白昼她尚有家务分心，此际她已无所事事，这段时光就特别漫长难熬。此诗绝无寂寞二字，然寂寞如暮色苍茫笼罩四野，逐渐将思妇融入浓黑之中。夫君不知人在何方，归日遥遥无期，面对一片空茫，思妇落寞惆怅，孤清无助，想到她今夜又将独守空房，捱过那漫长的黑夜，情何以堪？

此即"最难消遣是昏黄"，此即"暝色起愁"。

【祖构与遗意】

钱锺书善于梳理文学源流。

"暝色起愁"或"最难消遣是昏黄"在漫长的文学史上已形成了一种闺怨黄昏意象，《君子于役》是"祖构"，后世特别是唐代诗词惯于将闺怨置于黄昏背影之中，是其"遗意"。

许瑶光"已启唐人闺怨句"已谓《君子于役》一诗开辟了唐代闺怨诗的先河。

钱锺书再引白居易、司马相如、吕温、潘岳、韩偓、赵德麟等人的诗赋，指出其"取景造境，亦《君子于役》之遗意。"

白居易《闺妇》诗云："斜凭绣床愁不动，红绡带缓绿鬟低。辽阳春尽无消息，夜合花开日又西。"此诗被明代评论家胡应麟推为"中唐后第一篇"。闺妇红绡绿鬓，斜凭绣床，整日思君盼君，待到"夜合花开日又西"时情更浓、意更切，难以自禁。

韩偓《夕阳》诗也说："花前洒泪临寒食，醉里回头又夕阳。不管相思人老尽，朝朝容易下西墙。"时届寒食，思妇临花洒泪，且以淡酒消愁，蓦见夕阳西下，夕阳不管闺妇因相思而憔悴，匆匆而没。

赵德麟《清平乐》："断送一生憔悴，只消几个黄昏！"人生有限，青春几何，思念使人憔悴，断送一生，只消几个黄昏。

最有名的是李白所作《菩萨蛮》词：

平林漠漠烟如织，寒山一带伤心碧。暝色入高楼，有人楼上愁。玉阶空伫立，宿鸟归飞急。何处是归程？长亭更短亭。

词写女子怀人，登楼眺望，恰在"暝色入高楼"的黄昏时分，怎不教人魂断寒山。

此再续二例。

温庭筠最负盛名的小令《梦江南》：

梳洗罢，独倚望江楼。过尽千帆皆不是，斜晖脉脉水悠悠，肠断白蘋洲。

元代曲家马致远的散曲名篇《天净沙—秋思》：

枯藤老树昏鸦，小桥流水人家，古道西风瘦马。夕阳西下，断肠人在天涯。

以上"斜晖脉脉水悠悠"、"夕阳西下"即"暝色起愁"也，即"最难消遣是昏黄"也。时空有变换，以黄昏为思念之背景的意境是相同的。

附录：《管锥编—毛诗正义》第二十九则

君子于役—暝色起愁

"鸡栖于埘，日之夕矣，牛羊下来；君子于役，如之何勿思？鸡栖于桀，牛羊下括；君子于役，苟无饥渴。"按《日知录》卷三论此诗，谓古之"君子以向晦人宴息"，日夕是"当归之时"，是以"无卜夜之宾，有宵行之禁"，及夫德衰邪作，长夜之饮，昏夜之乞，"晦明节乱矣"。意有所讽，借题发策，不自恤其言之腐阔也。君子于役，初非一端。击鼓南行，零雨西悲：六辔驰驱，四牡騑嘽；王事靡盬，仆夫况瘁。劳人草草，行道迟迟，岂皆能如泽耕畟耜之朝出暮返乎？而未始不昼动夜息也。顾氏欲讥锺鸣漏尽而不知止之人，遂将此诗专说成日暮不归，置远役未归于度外。"苟无饥渴"，即《采薇》之"行道迟迟，载饥载渴"，正不必为盼待君子"自公退食"也。《齐风—载驱》曰："鲁道有荡，齐子发夕"，固刺"宵行"；而《小雅—頍弁》曰："乐酒今夕，君子维宴"，《湛露》曰："厌厌夜饮，不醉无归"，又美"卜夕"。顾氏之言，诚为迂拘：谅其忧时愤世之志，毋以词害可矣。

许瑶光《雪门诗钞》卷一《再读〈诗经〉四十二首》第十四首云："鸡栖于桀下牛羊，饥渴萦怀对夕阳。已启唐人闺怨句，最难消遣是昏黄。"大是解人。白居易《闺妇》云："斜凭绣床愁不动，红绡带缓绿鬟低。辽阳春尽无消息，夜合花开日又西。"此胡应麟推为"中唐后第一篇"者（《少室山房类稿》卷一〇五《题白乐天集》），亦即言日夕足添闺思。司马相如《长门赋》："日黄昏而望绝兮，怅独托于空堂。"吕温《药师如来绣像赞》："触虑成端，沿情多绪。黄昏望绝，见偶语而生疑；清旭意新，闻疾行而误喜。"（《全唐文》卷六二九）；又可释日暮增愁之故。丁尼生写懊侬怀想欢子，不舍昼夜，而最憎薄暮日落之际（but most she loathed the hour/When the thick-moted sunbeam lay/Athwart the chambers, and the day/Was sloping toward his western bower）。诗人体会，同心一理。潘岳《寡妇赋》："时暧暧而向昏兮，日杳杳而西匿。雀群飞而赴楹兮，鸡登栖而敛翼。归空馆而自怜兮，抚衾裯以叹息。"盖死别生离，伤逝怀远，皆于昏黄时分，触绪纷来，所谓"最难消遣"。韩偓《夕阳》："花前洒泪临寒食，醉里回头问夕阳：不管相思人老尽，朝朝容易下西墙！"赵德麟《清平乐》："断送一生憔悴，只消几个黄昏！"取景造境，亦《君子于役》之遗意。孟浩然《秋登兰山寄张五》云："愁因薄暮起。"皇甫冉《归渡洛水》云："暝色起春愁。"有以也夫！正不必如王安石之改皇甫冉诗"起"字为"赴"（见《苕溪渔隐丛话》前集卷三六又后集卷九引《锺山语录》），更不须如王士禎《论诗绝句》之附和也。

〔增订一〕李白《菩萨蛮》："暝色入高楼，有人楼上愁"；柳永《凤凰阁》："这滋味、黄昏又恶"；晏几道《两同心》："恶滋味、最是黄昏。"此类词句皆言"暝色起愁"耳。

钱锺书论"身疏则谗入"

《管锥编—毛诗正义》札记第三十则

《管锥编—毛诗正义》第三十则《采葛》，副标题为《身疏则谗入》。

【身疏则谗入】

"一日不见，如三月兮"；《传》："一日不见于君，忧惧于谗矣"。按《郑风—子衿》："一日不见，如三月兮。"《笺》："独学无友，故思之甚。"二解不同，各有所当。

关于"一日不见，如三月兮"，钱锺书列出了两种解释。

一种：毛《传》说，大臣一天见不到皇帝，就像三个月不见让人惶恐。怕什么？怕小人在皇帝老子面前说自己的坏话。此为"忧谗说"。

另一种：郑《笺》说，一个人读书治学，多孤单、多寂寞呀，于是，想念曾经的挚友，如李白想念杜甫，一天不见，犹如三个月不见，想得很啦。此为"怀友说"。

钱锺书说，《传》和《笺》这两种看法，各有所当，都有它独到之处。

然而，钱锺书对郑《笺》的观点只是开篇提一下，后面就不再谈了，后面整篇札记均引证有关文献来阐释毛《传》的观点，正如他的副标题所列，谈"身疏则谗入"这一个问题。

《全三国文》卷八魏文帝《典论》记刘表父子事，曰："故曰：'容刀生于身疏，积爱生于近习'，岂谓是耶？"

《晋书—阎缵传》皇太孙立，上疏曰："故曰：'一朝不朝，其间容刀。'"

《北齐书—崔季舒传》阳休之劝崔从文宣行，曰："一日不朝，其间容刀。"

黄庭坚《豫章集》卷一四《东坡真赞》曰："一日不朝，其间容戈。"

均《采葛》毛传之旨。

钱锺书上引"一日不朝，其间容刀"，是说大臣一天不见君王，就可能招致杀身之祸。

上述引文涉及了几个历史故事，略陈如下。

"刘表父子"事：

刘表乃三国时荆州牧，长子刘琦，次子刘琮，均为刘表正室陈氏所生。刘表的宠妃蔡氏无后。刘表初以刘琦的相貌与自己甚为相像，十分宠爱他，但后来刘表次子刘琮娶蔡氏之侄女为妻，蔡氏因此爱刘琮，常向刘表进言，毁损刘琦、赞扬刘琮。久而久之，刘琦失宠。刘琦为避祸，请教并依从诸葛亮的计策请求出镇江夏。后刘表重病，刘琦欲探望亦未获准，刘琮因着兄长失宠和蔡氏的影响，很受父亲的宠爱，被拟定为荆州的接手人。

曹丕《典论》论此事，"容刀生于身疏"，说刘琦不得接近刘表，险些被杀。

"阎缵上疏"事：

阎缵，西晋人。年轻时喜欢交结英豪，博览典籍。开始为太傅杨骏舍人，后转安复令。骏被诛，阎缵弃官葬骏。河间王司马颙将其举荐为西戎校尉司马，因为有功，被封为平乐乡侯。

公元267年，司马衷被册为皇太子，290年，正式即位，为西晋王朝第二位皇帝。据说他有些痴呆，不能任事，由太傅杨骏辅政。后来，皇后贾南风谋害了杨骏家族，掌握了实际大权。

司马衷称帝后，立其长子司马遹为太子。司马遹是才人谢玖（市井屠夫之女）所生。

贾南风皇后并无子嗣，她对司马遹立为太子心怀忌恨，总想废其而后快。到元康九年，布下毒计：让宫女假传圣旨将太子遹灌醉后，用事先由潘岳起草的一份忤逆信要他誊录。然后持太子手迹向惠帝告发，栽诬太子遹想谋反。当时有许多大臣都不相信，劝惠帝传太子对质。可是惠帝天生愚弱，在贾后威逼下，竟不辨曲直，废掉了太子。太子被废，朝中多数大臣知其蒙冤，但无人敢于申辩，惟独阎缵用马车拉着棺材来到皇宫门前，为太子上书申冤。

司马遹死后，皇太孙司马臧立，阎缵再上书为太子遹辩护，"一朝不朝，其间容刀"就是上书中的一句话。

阎缵五十九岁时，卒于任上。

阎缵一生不拘小节，但在大事大非面前立场坚定，旗帜鲜明，敢作敢当。

官职虽微，不但史书记载，而且评价甚高。

"阳休之劝崔从文宣行"事：

崔季舒，聪明机敏，涉猎经史，长于尺牍，有当世之才。

权臣文襄辅政，宠信崔季舒。认为在魏帝的身旁，应该安置自己的心腹，故提拔季舒为中书侍郎，将大事移归中书处理。

文襄因偷情防卫薄弱，被嫉恨在心的厨子兰京伙同六位厨师杀害。文襄遇难后，文宣帝准备赶赴晋阳，负责皇室内务的黄门侍郎叫阳休之的劝崔季舒陪同前往，说："一日不朝，其间容刀。"季舒爱好声色，心在闲逸，故没有请求从行，准备恣意行乐。崔季舒久不在文宣帝身边，果然被嫉恨者罗列罪状，恼怒的文宣帝下令将崔季舒鞭笞二百，流放北地。

钱锺书引用的几个文献中，均有一句大同小异的话"一日不朝，其间容刀"。

一天不和皇帝老子见面，就可能被杀。多可怕呀！所谓"伴君如伴虎"，如临深渊如履薄冰。别只看那些大臣位高权重，荣华富贵，一呼百诺，实际上，他们个个活得提心吊胆，命悬一线。为什么，在封建社会，皇帝老子天下第一，权利不受约束，为所欲为，掌管着官员们的生杀大权。当然，皇帝也不是随便杀人。但是，有人说你想夺权，想弑君，皇帝老子一旦龙颜大怒，你就小命不保了，甚至株连九族。因此，他们怕谗言，不敢离开皇帝左右，不敢一日不朝，就不难理解了。

往下，看看钱锺书所引述的历史上阐发"身疏则谗入"的若干见解吧。

王安石《李舜举赐诏书药物谢表》表达比较到位：君子如若长期呆在封闭之地，围在皇帝身边的小人正好从旁挑拨。所以，自己常在皇帝左右，别人就很难进谗言，很难陷害于你，你也很容易获得宠幸。

《韩非子—八奸》甚至说，"在傍"，仅次于"同床"！自古以来得君王宠幸的权臣，功名富贵全有了，还是不敢全身而退，正是担心退出官场后与君王疏远，被小人乘虚而入，招致刀戈之灾。

李德裕在《退身论》中道出了官宦老迈依然不愿退位的"隐衷"：

他说：官宦难以退位，以我猜测，颇能得古人心怀。天下坏人多，一旦你无权，可能遭遇不测。掌握权柄能防御怨恨诽谤，如扛着剑戟抵挡狡猾的猛兽，关上大门以对付来报复的暴徒：如果丢弃剑戟，打开大门，就会灾难临头。官宦们迟迟不退，以求多保一天性命，以免杀身之祸，犹如骑马飞奔不能放开缰绳，惊涛骇浪中使船不能丢掉划桨。因此，我不愿辞官，并非贪图爵禄，实惧祸身也。你问我何以知道，我任鼎司时曾称病告退过，远赴水乡，以为远离朝廷安全了。哪里知道天高皇帝远，仍然遭遇谗害。我如今当然知道退出官场可能遭殃，只是不愿像文种、李斯那样死皮白赖抓着官位不放。是以左右为难。话再说回来，急流勇退说起来轻松，做起来谈何容易！须知，"去势""辞宠"之后，危险可能会来得更快！

陆机评点，官宦们不知道辞官以求安，辞宠以邀福，只知进不知退。

钱锺书就此感叹：陆机他们是只知其一不知其二，他们只知道辞官会丢财，不知道辞官也可能要丢命，书生毕竟是书生啊！

比较滑稽的是下面两段记述：

其一：载于《朱子语类》。秦桧初罢相，与一客人手握着手夜间在庭院中交谈。客人谈到富公（富直柔）离开朝廷到河北任职时被人谗害的事，秦桧突然放开他的手回屋，估计是吓出了小便回屋方便，弄得客人莫名其妙。呆了一会，秦桧出来"再三谢客"，一再说："见教了，见教了！"客人更加丈二和尚摸不着头脑，请问秦桧为什么感谢他？秦桧说："原来做宰相是不能辞官的！"

可见，"一朝不朝，其间容刀"，不仅忠臣怕，奸臣也怕。

其二，载于李光地《榕村语录续编》。徐乾学原为康熙朝编修，有人诬告他收受湖广巡抚张汧贿赂，皇帝将信将疑，将其解除官职，但是仍然留京主持修书。徐乾学因故落职，向康熙申诉说："'臣一去必为小人所害。……但要皇上分得君子小人，臣便可保无事。'上曰：'如何分？'"曰："凡是说臣好的，便是君子；说臣不好的，便是小人。"得到康熙的允诺，方才安心，辞官归家继续编修明史。徐乾学不愧为博学鸿儒，虑事周详，退职也设计好防范，以绝后患。

李德裕、秦桧、徐乾学三人虽人品不一，然而为去职后操心，担心自己的身家性命，是一样的，这正是毛《传》所说的"不见"则"忧惧于谗"，也即西方谚语所说的"身不在此，人必求疵"！

想来，皇权之下士人的人生是极其艰难、极其矛盾的。他们须呕心沥血穷经皓首求取功名，无论是为苍生还是为自己，无论是清官还是贪官，一切抱负或私欲都必须借助皇权来实现，舍此别无他途。他们跻身朝廷后还是战战兢兢，惶惶不可终日，紧跟皇帝左右，小心翼翼，一旦失宠就一切玩完。清官既要做事，又要防范小人谗言；贪官既要中饱私囊，又害怕丑事败露。

钱锺书的剖析告诉我们，贪官迟迟不愿退位不仅仅是有官瘾、贪财无厌，另一个重要原因是怕丢性命，这才是那些人终身殚精竭虑、死乞白赖不愿下台的"隐衷"；清官不愿告老赋闲，也是担心小人谗言加害。

【笔误成蝇】

相传三国时，吴国宫殿装修要新制屏风，于是传来国画高手曹不兴作画。

曹不兴拿了笔，蘸了墨，准备动手作画。哪知一不留神，毛笔误点下去，干净的绢面上顿时落下了一个小墨点。旁边伺候的人都为他捏一把汗。

只见曹不兴不慌不忙，对着小墨点端详了一会，把它改成了一只苍蝇，又从旁添了几笔花草。画面顿时栩栩如生，大家都啧啧称赞。

屏风画好以后，请孙权御览。孙权看了一会，发现画上有苍蝇，就伸手去弹，可是，久弹不去，仔细一看，方知是曹不兴画上去的，忍不住哈哈大笑。

后来，笔误成蝇传开了，成为掌故。

钱锺书拿这个掌故作比喻，认为毛《传》的"忧谗"说对解诗而言是曲解，但"忧谗"说对于理解封建社会的世道人事，却犁然有当，切中肯綮。

钱锺书写道：

毛《传》非即合乎诗旨，似将情侣之思慕曲解为朝士之疑惧，而于世道人事，犁然有当，亦如笔误因以成蝇、墨污亦堪作犆也。

钱锺书不同意毛《传》对《采葛》诗旨的解读，但是，他独具慧眼地看到了毛《传》解读中所包含的真知灼见，即封建朝廷君臣之间的依附关系和忧惧心理。从中我们可以了解到，在封建朝廷，官宦畏惧谗言实际是畏惧失宠，因为失宠意味着失去一切，意味着断送前途和性命。所以，毛《传》对《采葛》诗旨的解读虽然是曲解，但钱锺书没有把它当作败笔，反而说它是"笔误成蝇"，把它看成认识社会历史的精彩一笔。

可见，钱锺书对毛《传》的解读采取的是实事求是，一分为二的态度。他一方面指出毛《传》的"忧谗"说对解诗而言是曲解，另一方面，他指出撇开解诗，毛《传》的"忧谗"说对理解封建社会世道人事具有深刻而独到的价值。

钱锺书先生善于独立思考，善于去粗取精，去伪成真，善于抓住反映社会历史某些本质特征的重要史实和独到见解，加以开掘和阐发，给我们提供了有益的启迪。我以为，钱锺书的这种批判精神和读书方法值得我们钦佩和学习。

附录：《管锥编—毛诗正义》第三十则

采葛—身疏则谗入

"一日不见，如三月兮"；《传》："一日不见于君，忧惧于谗矣"。按《郑风—子衿》："一日不见，如三月兮。"《笺》："独学无友，故思之甚。"二解不同，各有所当。《全三国文》卷八魏文帝《典论》记刘表父子事，曰："故曰：'容刀生于身疏，积爱生于近习'，岂谓是耶？"《晋书—阎缵传》皇太孙立，上疏曰："故曰：'一朝不朝，其间容刀。'"《北齐书—崔季舒传》阳休之劝崔从文宣行，曰："一日不朝，其间容刀。"黄庭坚《豫章集》卷一四《东坡真赞》曰："一日不朝，其间容戈。"均《采葛》毛传之旨。王安石《临川集》卷一五《李舜举赐诏书药物谢表》所谓："况远迹久孤之地，实迩言易间之时。"最能曲传情事。苟离君侧，谗间即入，理固然矣。顾不离君侧，人自难于进谗间己，而己则易于进谗间人，即成佞幸；《韩非子—八奸》之二曰"在傍"，仅次于"同床"耳。故古来权臣得君者，锺鸣漏尽，马竭器盈，而恋位不去，亦以深虑去位而身与君疏，身疏而容刀、戈也。李德裕道此隐衷，最为切至。《李卫公外集》卷二《退身论》："其难于退者，以余忖度，颇得古人微旨。天下善人少，恶人多，一旦去权，祸机不测。操政柄以御怨诽者，如荷戟以当狡兽，闭关以待暴客：若舍戟开关，则寇难立至。迟迟不去者，以延一日之命，庶免终身之祸，亦犹奔马者不可以委辔，乘流者不可以去楫。是以惧祸而不断，未必皆耽禄而患失矣。何以知之，余之前在鼎司，谢病辞免，寻即远就泽国，自谓在外而安。岂知天高不闻，身远受害！近者自三公镇于旧楚，恳辞将相，归守邱园，而行险之人乘隙构患，竟以失巨浪而悬肆、去灌木而撄罗。余岂不知身退罹殃，盖耻同种、斯之不去也。则知勇退者岂容易哉！而陆士衡称'不知去势以求安，辞宠以要福'，斯言过矣！""种、斯"谓文种、李斯。《汉书—王、贡、两龚、鲍传—赞》以"朝廷之士入而不出"为一"短"，亦大似陆机"言过"，书生知其一不知其二也。《朱子语类》卷一三一："秦桧初罢相，出在某处，与客握手夜语庭中，客偶说及富公事。秦忽掉手入内，客莫知其故，久之方出，再三谢客，云：'荷见教！'客亦莫知所谓，扣问，乃答云：'处相位元来是不当起去'"；"富直柔握手之语，……往往只是说富公后来去朝廷使河北、被人谗间等事，秦老闻之，忽入去久之不出。富怪之，后出云：'元来做宰相是不可去。'"李光地《榕村语录续编》卷一三记徐乾学"落职尚不肯去，……固请陛辞，刺刺不休。上已他顾，东海近视，不见也，晓晓然曰：'臣一去必为小人所害。……但要皇上分得君子小人，臣便可保无事。'上曰：'如何分？'"曰："但是说臣好的，便是君子；说臣不好的，便是小人。"李、秦、徐三人薰莸有别，而操心虑患，无乎不同，正毛《传》所谓"不见"则"忧虞于谗"，亦即西谚所谓："身不在此，人必求疵。"毛《传》非即合乎诗旨，似将情侣之思慕曲解为朝士之疑惧，而于世道人事，犁然有当，亦如笔误因以成蝇、墨污亦堪作犓也。

钱锺书论"韩愈文来历"

《管锥编—毛诗正义》札记第三十一则

《管锥编—毛诗正义》第三十一则《叔于田》，副标题为《韩愈文来历》。

【"韩愈文来历"问题的背景情况】

"韩愈文来历"原是黄庭坚对韩愈学问渊博的赞语，说他作文"无字无来历"。

崇宁三年（1104）某日，59 岁的黄庭坚在流放地宜州接到外甥洪驹父的来信。洪驹父把自己写的文章寄上，请舅父指教，黄庭坚回信谈了他的诗文主张。

黄庭坚《答洪驹父书》颇长，兹将关键一段引录如下：

"自作语最难，老杜作诗，退之作文，无一字无来处。盖后人读书少，故谓韩、杜自作此语耳。古之能为文章者，真能陶冶万物，虽取古人之陈言入于翰墨，如灵丹一粒，点铁成金也。"

后来，黄庭坚的一句话"韩愈作文无一字无来历"传扬开来，被后世文人奉为作文金针。

【钱锺书对"韩文无字无来历"一说的态度】

介绍了"韩愈文来历"的背景材料之后，我们来学习钱锺书《毛诗正义—叔于田》这篇札记。

钱锺书先列举四段文字，后举出韩愈文，以示前面四段文字和韩愈文的渊源关系：

1. 诗经—《叔于田》：叔于田，"巷无居人；岂无居人？不如叔也，洵美且仁。"

译文：叔去打猎出了门，"巷里就像没住人。难道真的没住人？没人能与叔相比，那么英俊又慈仁。"（洵：真正的，的确）

2. 按《韩非子—有度》："故臣曰：'亡国之廷，无人焉。''廷无人'者，非朝廷之衰也。"

译文："所以下臣对我说：'败落的国家，朝廷中没有人了。说'朝廷里没有人'，不是朝廷中的臣子少了'"，是说没有人真正为朝廷服务。

3. 又《三守》："国无臣者，岂郎中虚而朝臣少哉？"

译文："所谓国家没有臣子，难道是近侍缺而朝臣少吗？"

后面的话是，这些臣子不事公务，都去谋私了，所以说，有国无臣。

4. 《论衡—艺增》："《易》曰：'丰其屋，蔀其家，窥其户，阒其无人也。'非其无人也，无贤人也。"

译文："《易》说：'廓大的房子，茅草荫蔽的屋顶，从门缝窥视，静悄悄像没有人'。那里不是没有人，是没有贤人。"

列举了上面四段文字后，举出韩文：

韩愈《送温处士赴河阳军序》："伯乐一过冀北之野而马群遂空，非无马也，无良马也。"（这句话估计是钱锺书读书时作的节录，现予补全："伯乐一过冀北之野，而马群遂空。夫冀北马多天下，伯乐虽善知马，安能空其群耶？解之者曰：'吾所谓空，非无马也，无良马也。伯乐知马，遇其良，辄取之，群无留良焉。苟无良，虽谓无马，不为虚语矣。'"

翻译："伯乐一过冀北，马群一下子就空了。冀北的马在世上多于其它地方，伯乐即使善于相马，怎么能一下子让马群空掉呢？解释的人说：'我所谓的空，不是指没有马，而是说没有好马。伯乐精通相马，遇见好的，就取走，到最后，马群中就没有好马了。如果没有好马，那么我说无马，就不是瞎说了。'"

将这几段话进行对比可以看出，韩愈之文和前面四段引文的相似度很高。相似度很高是否就说明，前面四段话就是韩文这段话的来历呢？

钱锺书指出："捉置一处，以质世之好言'韩文无字无来历'者。"

钱锺书的札记到此为止，对"韩文无字无来历"这个问题没有展开谈，没有提出具体意见。这和他此前的札记不一样。此前的札记他在文中会写出自己的意见和观点，明确而具体。这里只是点到为止，像未成文的提纲。

我想从钱锺书的这句话中窥探他对"韩文无字无来历"这一提法的态度。是肯定呢？还是否定呢？

把钱锺书这句文言翻成白话："捉置一处"就是——将四段文字和韩文放在一起看，"世之好言'韩文无字无来历'"就是——世人津津乐道的所谓"韩愈的文章没有一个字没有来历"。"以"就是——用来；剩下的一个动词"质"应该是关键词，值得特别关注。

【对钱锺书此则札记文意的猜测和补充】

我觉得"以质世之好言'韩文无字无来历'者。"这句话中有一个字特别值得关注，这个字是这句话中的"质"字。我以为，"质"就是钱锺书对"韩文无字无来历"一说的态度。

对"韩文无字无来历"，或作文一定要有来历，钱锺书如果赞成、肯定，他可能会用"证"字，表述为："以证世之好言'韩文无字无来历'者。"但是，他这里的措辞是"质"。我理解"质"的意思应该是"质询"、"质疑"。

因此，我猜想，钱锺书对黄庭坚所谓"韩文无字无来历"，或世人所谓"作文一定要有来历"的主张持否定的态度。

但钱锺书没有具体谈他的"质疑"，所以，我想不揣冒昧地进行一些补充和分析。

我想，黄庭坚《答洪驹父书》那段话的本意，是拿杜甫诗、韩愈文作典范，赞他们有学问，说他们写出的文字皆有来历，有根据，说明杜甫、韩愈学养深厚。黄庭坚如此说，是教导洪驹父要向他们学习，多多读书。这本来无可厚非。但后来黄庭坚的这一私人指教传扬出去，被历代文人奉为作文的金针。由于断章取义，并过分夸大，使"韩文无字无来历"这句话变成了一个偏见。这个偏见就是，如果古人未说过，在古籍中找不到根据，就不能写成文字。我把持有此偏见的人称为"文必有源"的主张者。

俗话说，过犹不及。本来是鼓励作文要向杜甫、韩愈学习，多读书，多积累，将古籍精华贯通融化在自己的行文中，增益作品的厚度，厚积而薄发。但过分强调，变成文必有源，书上找不到根据、古人没说过的东西就不能写，就不对了。如果说不学无术是一个极端，那么，文必有源就是另一个极端，都是不可取的。

我们应完整全面理解黄庭坚那段文字，不应拘泥于某一句话，更不应断章取义。我以为，黄庭坚如果说，杜甫作诗，退之作文，很多是有来历的，只有多读书，才能知道文字的源流关系；知道了文字的源流关系，才能更深入、更精确的理解这些文字。这是理所当然的。但说杜甫写诗、韩愈作文"无一字无来处"，变成了无一例外，并要求我们作文一定要效法，就未免强调过分，与实不符了。

杜甫身处唐朝由盛转衰的历史时期，他崇尚儒家的仁政思想，有"致君尧舜上，再使风俗淳"的宏伟抱负，其诗多写社会动荡、政治黑暗、人民疾苦，被誉为"诗史"。杜甫一生写诗一千五百多首，有《杜工部集》传世，其中很多是传颂千古的名篇，比如"三吏"和"三别"，《春夜喜雨》、《茅屋为秋风所破歌》、《蜀相》、《闻官军收河南河北》、《登高》、《登岳阳楼》等，他的那些千古警句，只能来自生计遭逢与真切感受，大都是灵感突发，怎么可能一一都有来处？

杜甫学识渊博，善于在经典中汲取营养，而妙在为己所化用。他瞧不起那些食古不化，"递相祖述"的人，也不可能在诗情勃发时一字字顾及来处。

至于古文运动的重要推手韩愈，更是明确反对词句的剽窃因袭。

元和间，新科进士刘正夫请教为文之道，韩愈让他多学前贤，"师其意，不师其辞"，重境界而轻辞藻，提倡形成自己的风格。他举司马相如、司马迁、刘向、扬雄为例，提倡"自树立，不因循"。

韩愈有"陈言务去"的主张。他在《与李翊书》中说，如果心中有感，一定要摒弃那些陈词滥句。晚年，他仍孜孜以求创新，声明"不蹈袭前人一言一句"。苏轼称他"文起八代之衰，而道济天下之溺"。

一句话，黄庭坚《答洪驹父书》说杜甫韩愈诗文"无一字无来历"有些夸大其词，把作文要汲取前人养料强调到囿于古人的程度，过分了。

我们还应看到，"文必有源"的主张者把黄庭坚的"无一字无来历"奉为作文金针有断章取义之嫌。

黄庭坚《答洪驹父书》在赞扬杜甫、韩愈"无一字无来历"之后，还有一句话："古之能为文章者，真能陶冶万物，虽取古人之陈言入于翰墨，如灵丹一粒，点铁成金也。"

黄庭坚这句话有两方面含义。"陶冶万物"是指取材于自然万物、世道人情而融会贯通，是取材于外界现实。这是文章的一个来源。然后，才是"取古人之陈言入于翰墨"，但要求"如灵丹一粒，点铁成金"。这是文章的另一个来源。

关于为文，黄庭坚先说取材万物而后才说取材古言，"文必有源"的主张者弃置黄庭坚的前一句话，专门把黄庭坚的后一句取出作过分强调，显然是断章取义，片面肢解。而且，黄庭坚明明说古言只是添加在大熔炉中的一粒丹砂，"文必有源"的主张者却把这一粒丹砂视为整个熔炉，根本是喧宾夺主，本末倒置。

因此，我以为，钱锺书此则札记的目的就是质疑黄庭坚"韩文无字无来历"的说法，质疑后人"文必有源"的主张。

诚然，杜甫、韩愈学养深厚，出言往往蕴含古意，但均是因现实而发声，均是陶冶万物自出机杼的心语，绝对不会去依傍因袭古人。

附录：《管锥编—毛诗正义》第三十一则

叔于田·韩愈文来历

"巷无居人；岂无居人？不如叔也，洵美且仁。"按《韩非子—有度》："故臣曰：'亡国之廷，无人焉。''廷无人'者，非朝廷之衰也。"又《三守》："国无臣者，岂郎中虚而朝臣少哉？"《论衡—艺增》："《易》曰：'丰其屋，蔀其家，窥其户，阒其无人也。'非其无人也，无贤人也。"韩愈《送温处士赴河阳军序》："伯乐一过冀北之野而马群遂空，非无马也，无良马也。"捉置一处，以质世之好言"韩文无字无来历"者。

〔增订三〕《左传》襄公一五年："师慧过宋朝，将私焉。其相曰：'朝也！'慧曰：'无人焉。'相曰：'朝也，何故无人？'慧曰：'必无人焉。若犹有人，岂其以千乘之相易淫乐之朦？必无人焉故也。'"即韩非所谓"亡国之廷无人"，而以便溺为谲谏也。